Tsukikage
著：槻影
Chyko
イラスト：チーコ
嘆きの亡霊は
Nageki no bourei ha intai shitai
引退したい
～最弱ハンターによる最強パーティ育成術～
4

せめて夜じゃなかったらもう少しテンションが上がったはずなのに……。

そんな事を考えていると、馬車の横を変なライオンに跨った灰色マッチョが通り過ぎていった。

ノミモノライダーキルキル君だ。ノミモノは興奮したようにふーふー唸り、キルキル君が勢いよく手綱を引いている。躍動感に溢れすぎていて吐きそうになり、僕は外を覗くのをやめた。

「……」

今日は珍しく魔物が出ないなあとは思っていたが、そりゃあんなのが走っていたら魔物も逃げるだろう。むしろキルキル君ライドノミモノの方がずっと魔物っぽい。悪夢とかに出そうだ。足してはいけないものが足されている。

……安全な旅ができそうだなぁ。

親愛なるますたぁが変わってしまったティノを見て、さも予定調和であるかのように呟く。

「超《スーパー》ティノ」

やっぱりますたぁの言っている事はわからないな。

とっさに浮かんだ考えに何故か強い満足感を覚え、ティノは大地を蹴り、目の前の試練に向かって加速した。

4
嘆きの亡霊は
Nageki no bourei ha intai shitai
引退したい
〜最弱ハンターによる最強パーティ育成術〜

CONTENTS

第4部
指名依頼
Chapter IV "ORDER QUEST"

Prologue　頼りになるますたぁ

「クライさん、グラディス家からお礼状が来ていますが……」

「んー、ああ、その辺に置いといて」

「……ちゃんと後で開封してくださいね？」

色々な意味で予想外で波乱万丈だったゼブルディアオークションも終わり早一週間。

クランマスター室に引きこもり平和な日常を謳歌していると、エヴァがやたら豪華な装丁の封書を持ってきた。机に置かれた封書のグラディスの紋章があしらわれた封蝋を確認し、視線を逸《そ》らす。

グラディス伯爵ご令嬢、エクレール・グラディスとの確執があったのはつい先日の事だ。

結局、宝具争奪戦はアークと僕の絆の力によって極めて穏便な形で僕の勝利に終わった。エクレール嬢、ひいてはグラディス伯爵との関係も無意味に悪化せずに済んだ。

僕にとってはこの上ない結果だし、もうそれで終わりでいいじゃんと思うのだが、ハンターと違って、貴族や商人はすぐに手紙を出したがるから困る。

小さくハードボイルドにため息をつく。そもそも、お礼状なんて受け取る理由がないのだが……手紙来るの早すぎない？　前回の騒動で蓄積した疲労は全然解消されていない。もう嫌だ。

クランマスター室の机の上にはまだ読んでもいない手紙が何通も放置されていた。

認定レベルに比例するように僕に届く手紙の数は日に日に増え、今では驚くほどの量になっていた。特にクランマスターとしての地位につき、ほぼ帝都から出なくなってからそれは顕著になっており、何らかの助力を乞う手紙だとか、招待状だとか、お礼状だとか果たし状だとか履歴書だとか、渡されたところで嬉しくもないしどうにもならない手紙ばかりが溜《た》まりに溜まっている。

いつかは開けなくちゃならないというのはわかっているのだが、どうしてもなかなか手が伸びない。

僕は嫌な事は後回しに後回しにしてしまう人間なのだ。最近ではあまりに放っておきすぎたせいで、一部はエヴァが代わりに開封し、返事まで出してくれるようになっていたりする。

だが、それで評判が良くなったというのだから、僕の対応は正しかったのだろう。

「僕もほら、忙しいからなあ……」

「……クラン宛やパーティ宛はともかく、個人宛の手紙を迂闊に私が開封するのはどうかと思うのですが……機密が含まれている可能性もありますし……」

ないよ。エヴァに隠し事なんてしてないよ。いつもの僕を見ていればわかるだろう？

僕にたった一つでも取り柄があるとするのならば、それは秘密を持たない事だろう。エヴァにはクランマスターの承認印まで預けているくらいだ。

エヴァは肩を竦める僕に小さくため息をつき、厳選に厳選を重ねそれでも溜まってしまった手紙の束に視線を落とし、いつもより早口で言った。

「どうも、エクレール嬢はクライさんの出したケーキを……その、非常に気に入ったようです」

「！　そりゃそうだろうさ」

「……」

ああ、そうだ。取り柄はもう一つあったらしい。僕はエヴァの言葉に、自信を込めて大きく頷いた。

自慢じゃないが、僕はこの帝都の甘味処を知り尽くしている。喫茶店から洋菓子店まで、一つ一つ自分の足で巡ったのだ。知らないのは以前エヴァに教えてもらったような『退廃都区』の店くらいであり、アークを饗《もてな》すために用意したケーキも自信を持ってオススメできる一品だ。

帝都に来たばかりの時に初めて立ち入った、思い出深い洋菓子店の新作である。

立地が辺鄙《へんぴ》な所にあるせいで、初めて訪れた当時は寂れていたが、今ではいつも行列ができている、並んでもなかなか買えない店だ。接客も味も星三つです。店主とも顔見知りだ。

オススメの武器屋や道場、情報屋を聞かれても答えに詰まるが、甘味処ならばいくらでも答えられる。

エクレール嬢は貴族だが、甘味というのは素材が高級ならばいいってものではない。

しかし、まさか僕のチョイスが伯爵令嬢の舌まで魅了してしまうとは……久しぶりに実力を評価されたかのようで、非常に嬉しい。ハンター達は劇物を食べる機会が多いせいか味覚が鈍いらしく、なかなか同意を得られないのだ。

エヴァに見られている事に気づき、慌てて咳払いをしてみせる。

「ああ。甘い物はあまり好きじゃないけど、この街で知らないことなんてない」

ハードボイルドだろ？

「…………そりゃ……そうでしょうね」

しかし、そうか。これは、新たなケーキ仲間ができてしまうか。面倒臭い貴族のお嬢様だと思っていたが、舌は優秀らしい。ティノの代わりに引き連れるわけにはいかないだろうが、是非貴族御用達の店を紹介して欲しいものだ。

…………まぁ、それとこれとは話が別だけどね。

僕は机の上の手紙を全部まとめて処理することにした。

「まぁ適当に当たり障りのない感じで返事を出しておいてよ。依頼や招待系は全部断る方向で……僕もほら、忙しいからさ」

エヴァが白い目で僕を見てくる。

忙しい……とても便利な言葉だ。開封せずに返すのは申し訳ないが、文字を読むと眠くなってくるし、権力者や商人の手紙は堅苦しい言葉や迂遠《うえん》な表現を使う物ばかりで僕が読んでも正直、よくわからないものばかりだ。この優秀な副クランマスターに任せるのが一番波風が立たないのだ。

面倒臭い権力争いに巻き込まれるのは勘弁して欲しいし、海千山千の商人を相手にするのも怖い。

手紙が来始めた当初は、何もしなければどんどん数が減っていくだろうと思っていたのだが、その気配もない。僕は自分の事だけで精一杯だというのに、言い訳のバリエーションだけが増えていく。

もういっそ、手紙は確認なしで全部エヴァに処理して欲しいのだが、それは『なし』らしい。

僕のスケジュールを僕以上に理解しているエヴァが眉を顰《ひそ》める。

「……予定は入っていませんが」

「体を空けておく必要があるんだよ。ってか、皆、ただの一ハンターに手紙を出しすぎだと思わない？他のレベル8もこんなに忙しいのかな……ハンターの本分は宝物殿の探索だってのに」

「……そういえば、スヴェンさんからノミモノをなんとかしろというクレームが来ていますが」

「……可愛がってって、答えておいて」

怪物相手はむしろスヴェンの領分だろうに……今度シトリーと顔を合わせたら話をしよう。

大きな欠伸《あくび》をしたところで、ふと額縁に入れられ壁にかけられた真っ白なパズルが視界に入る。

エヴァに頼んで一緒に完成させた品だ。実はあのパズルは完成した後に自分で絵を描く物らしいのだが、面倒臭くてそこまでは手を付けていなかった。

「ああ、そうだ。それに……そろそろ絵も描かないとなぁ。うーん、しかし、どこから手を付けたものか……これは難問だな」

じっと白いパズルを凝視する。僕には絵心もなければ、想像力も貧困である。そもそも、まず画材を買わなくてはならないだろう。どうして真っ白のパズルなんて買ってしまったのか、見れば見るほど過去の自分をとっちめたい気分だ。

眉を顰め首を傾《かし》げていると、エヴァがまるで話題を変えようとするかのように言った。

「……そういえばクライさん、アークさんに出したケーキなんですが、まだ余ってますよ」

「え？　あー、忘れてたな。何切れだっけ？」

「二切れです。冷蔵庫に入れておきました」

パズルはまた今度でいいか……別に絵を描かないと困るわけでもないし。

一瞬で思考がケーキの方にいく。しかし二切れか……中途半端な数だな。アーク達とエクレール嬢を歓待して、僕も一切れ食べた。エヴァにも分けてあげて――残り二切れ。

秋の新作である。次にいつ手に入るかわからない。これは由々しき問題だ。

手紙なんて読んでいる場合じゃない。リィズとシトリーにあげてもいいが、彼女達は甘い物があまり好きじゃない。というか、ハンターは大体、繊細な甘みを感じ取れる舌を持っていない。

僕は真剣に悩みに悩んだ挙げ句、いつも通り考えるのに疲れて諦めた。

「ティノだな。ティノ一択」

「…………ティノ一択……ですか」

優しい『ますたぁ』だ。しかもハードボイルド。

ティノはハンターの中では数少ない甘みを感じ取れるケーキ仲間でもある。

二切れ余った新作ケーキ。もはやティノに食べてもらうために余ったと言っても過言ではないだろう。

僕とティノで二切れ。ジャストだ。ティノも喜ぶし、僕もいつも迷惑をかけているリィズ達のお返しをできて嬉しい。なんだかんだ、あの後輩には心労を重ねさせている。申し訳ないと思っていたのだ。

今日の僕は――冴えてる。

「エヴァ、悪いんだけど包んでくれる？　ティノの家に持っていくから」

「え？　今すぐ、ですか？」

やれやれ、エヴァはわかってないな。

早く持っていかないと、せっかくのケーキの味が落ちるだろ！

「！　わかりました。少々お待ちください」

呆れている事に気づいたのか、エヴァが慌てたように居住まいを正した。

いや、そこまで慌てなくても……エヴァは優秀だけど、いつもいつも反応が真面目《まじめ》すぎるな。

外に出るのだ、できれば護衛をつけたいところだが、あいにくこういう時に限ってリィズはいない。

まぁ、ティノの家まではそんなに距離はないし、人通りも多いのでなんとかなるだろう。

僕は久しぶりに外出の準備を整えると、エヴァに見送られ意気揚々とクランハウスを出た。

最近情けない姿ばかり見せていた。久しぶりに気の利《き》くますたぁの姿を見せてやるとするか。


「わかる？　ティー、困るってのはつまり――自分の力量が不足しているからそう感じるわけ。足りないのが経験であるにせよ能力であるにせよ、十分に研鑽《けんさん》した人間はそう簡単に困ったりしないの！」

「は、はい。お姉さま。でも――」

「でも、じゃない。でも、じゃ！　何回も言ってるでしょ？　何回言えばわかるの？」

炎を宿しているかのように揺れる瞳がティノを見下ろしていた。

ティノの師匠、リィズ・スマートはティノよりも背が低いが、毎回対面すると萎縮してしまう。

場所はティノの家のリビングだ。椅子の上で、深く腰をかけ、大きく脚を組むその姿は家主であるティノ以上に主らしい。実際にティノの借りている家は、お姉さまが帝都に滞在している時に拠点にしている場所の一つでもあった。一人暮らしなのにベッドも椅子も食器も二組あるのはそのためだ。

リィズはふんぞり返りながらも、手の平サイズの銀色の宝　箱《トレジャーボックス》にとりかかっていた。針金状のピッキングツールをその鍵穴にねじ込み、慎重な手付きで動かしている。

テーブルの上には他にも様々な形の錠前のついた宝箱が無数に並んでいた。盗賊《シーフ》が宝箱の鍵開けの練習に使うものだ。

宝物殿で極稀《まれ》に見つかる宝箱の解錠は盗賊《シーフ》の重要な役割である。宝箱は一つ見つければ中に複数のアイテムが入っている事が多く、ハンターにとってその発見は幸運の一つとされていた。

そして、仲間の盗賊《シーフ》がそれを開けられずに仕方なく重い宝箱ごと持ち帰る羽目になったという話はハンターの間でよく交わされる笑い話である。盗賊《シーフ》にとって非常に不名誉な話だ。

宝箱の鍵を開けるには宝物殿に顕現しうる古今東西の錠前を開ける技術が必要である。箱の形状や材質を確認し、罠の確認から鍵の解除、場合によっては鍵を開けずに箱を壊した方がいいなど、状況判断も求められる盗賊《シーフ》は、実は純粋な戦闘職と比べてやらなければならない事が多い。

盗賊《シーフ》は、腕っぷしだけではやっていけない。《絶影《ぜつえい》》はその血の気の多さで畏《おそ》れられているが、その他の技術についても一流だ。経験に裏打ちされた解錠技術についても学ぶべきところは多い。

「苦難は全て試練と言い換えられるわけ。困難から逃げてばかりいる者はどれだけ長い間ハンターをやっていてもクソ雑魚《ざこ》のままだし、大きな試練を乗り越えた時に人は成長するの！　文句を言うならやる事やってからにしろよッ！」

お姉さまが手に持っていた宝箱をテーブルの上に放る。

慌てて受け止めるティノの手の中で、箱は音一つ立てずに開いた。

「てめーが苦労してんのは、今までサボってきたツケなんだよ。自分のケツくらい自分で拭けッ！」

もっともな言葉だと、ティノは思う。お姉さまの訓練は厳しいが、ティノがそれを恐れつつ不満を抱いていないのはその師匠がそれ以上の訓練を自らに課している事を知っているからだ。ただ、他人の前でそれを出さないだけで——高レベルのハンターというものは才能だけでなれるものではない。

しかし、と。ティノはサンプルの宝箱をテーブルの上に置き、おずおずと言った。

「しかし、お姉さま。グレッグは商人ではなく、ハンターなのです……」

「んなの知らねえよ。クライちゃんからの、ハンターだからってハントの技術ばっかり磨いてるんじゃねえっていうアドバイスでしょッ！」

「そんな……」

オークションで、ティノの代わりにゴーレムを落札してから数日、今もまだ憔悴《しょうすい》している知り合いのハンターの姿を思い出し、ティノは瞳を伏せた。別に、グレッグに特別な感情を抱いているわけでもないが、自分が受けるはずだった苦労を受けている様子を見ると冷血漢ではないティノは心が痛む。

十億ギールはあの日の競売で落札された品物の中では最高額だった。

恐らく、グレッグの正体が一個人で、しかもただの中堅ハンターだったのが悪かったのだろう。グレッグはティノの代わりにゴーレムを落札して以来、様々な厄介事に悩まされていた。

多額の融資の申し出があったり、怪しげな男に付け回されたり、他の商人から商談が持ち込まれたり、はたまた貴族に目をつけられたり。偶然会ったグレッグは慣れない試練にげっそりとやつれた顔をしていて、なるべく人気《ひとけ》のない所に行かないようにしていると言っていた。

それは、これまでティノが受けた『千の試練』と比べても随分と趣が異なる試練だった。

危険な宝物殿に叩き込まれるのと比べればまだ命の危機は少ないかもしれないが、精神的な負担は宝物殿に叩き込まれる以上かもしれない。それでも、自分がただの代理人だった事や、依頼元の情報を漏らしていない辺りはさすがハンター歴が長いだけの事はあると言える。もしかしたら逃げ足と状況の見極め能力はティノ以上かもしれなかった。

だからこそ、今の状態に苦労しているとも言えるが――。

言葉に詰まるティノをリィズはじろりと見ると、居丈高《いたけだか》な態度を崩さずに続ける。

「大体、そんなのティーは放っておいていいんだよ。今、シトが人使って精査してるから。何のためにクライちゃんが《足跡》に入ってない中堅ハンターを代理人に立ててたと思ってるの？」

「…………え？」

その言葉に、ティノは言葉を失った。あの時、隣にいたグレッグが落札を担当したのはティノの不備のせいであり、ただの偶然だ。少なくとも、ティノはこんな事になるとは思っていなかった。

「やっぱり相手もプロなわけで、競《せ》りに参加する時も警戒してるわけよ。ライバルを調べてみたけど、代理人が立てられていて情報が隠蔽されていたし、ダメ元でそれを尋問しても何も出てこなかったわけ。でも、もうブツはこっちにあるわけで、それを取り返そうとするならどうしても荒事専門の奴らを使わないといけないでしょ？　そうなると、少しは……近くなる」

「で、でも、グレッグに代理で競りに参加してもらったのは私の判断で……」

「あぁ。ティーの情けないところなんて全部クライちゃんにはお見通しだから」

「…………」

「本当だったら徹底的に叩き直すとこだけど、クライちゃんがそこまで考慮に入れてるんだったら、私としては叱るわけにもいかないわけ。わかるよねぇ？」

厳しい言葉に涙ぐむティノに、リィズが薄っすらと笑みを浮かべながら指の骨を鳴らしてみせる。

それが本当ならば、さすが……と言うべきだろう。一見偶然のようにしか見えないが、ティノは、何度もそういったマスターの手腕を見ている。師匠の言葉が嘘だとは思わない。

ティノはマスターの事が大好きだ。ハンターとして尊敬しているし、何度も助けてもらって感謝もしている。

だが、その恐ろしい手腕にはいつもティノは感心より先に畏怖《いふ》を抱いてしまうのだ。そして同時に、恐怖のお姉さまにすら弟子がいるのに、マスターに弟子がいない理由を改めて実感するのである。

「まぁ、ヤバそうな奴はシトが間引くはずだから、ティーが心配しなくても一人でもなんとかなるでしょ、クライちゃんがそう判断したって事だし。ティーはそれまではなるべくあいつに接触しないようにしろよ、ここで怪しまれて手を引かれたら面倒な事になるから。そのくらいでクライちゃんの計画が破れるとは思わないけど、対人は幻影《ファントム》や魔物を相手にするのと違って面倒だから……ティー、わかるよねぇ？」

「は、はい。お姉さま……」

その言葉に、ティノはただこくこくと頷く。

リィズお姉さまは凄腕の盗賊《シーフ》であると同時に、名のある犯罪者《レッド》パーティや犯罪組織を幾つも潰してきた賞金首《バウンティ》ハンターでもあった。

ティノも訓練の名目でたまに連れ回されているが、人間の犯罪者は幻影《ファントム》や魔物と比べて厄介だ。能力自体は低くてもその者達には知恵と悪意がある。相手は法など気にしないが、こちらは法を破るわけにはいかない。ハンターの間で指名手配されるような相手は一筋縄ではいかない者達ばかりだ。

グレッグには悪いが、そう言われてしまえばティノにできる事はない。

「ティーも一回、クライちゃんにみっちりしごいてもらおうと思ってたんだけどねぇ。今回の件を見ると、雑魚なティーには私にはできない『役割』があるみたいだし……」

「マスターの訓練………」

今の師匠から課される訓練でもいつも半死半生なのだ。師匠の言う『みっちりしごいてもらう』がどんな域なのか、想像もつかない。

情けないところが見通されているのは非常に悔しいが、そんな訓練は今の自分には少し早い気もする。《嘆きの亡霊《ストレンジ・グリーフ》》に入れてもらうのは、あくまで実力がついてから——未来の目標なのだ。【白狼《はくろう》の巣】でも死にかけたが、あれはマスターにとって試練ですらないという。となると——。

……まだ早い。そんなの私にはまだ早いです、ますたぁ。私にはお姉さまの訓練だけで精一杯です。

考えただけで及び腰になっていると、ふと扉を叩く音がした。

玄関の方に視線を向ける。知り合いは多いが、家まで来る者は限られている。ティノの家にはその日の機嫌で対応を変える恐ろしい師匠がいるからだ。

今日の師匠の機嫌がそこまで悪くない事を確認し、扉を開ける。

現れた顔に、師匠が目を見開く。来客は厳しい顔をした白髪の老人――宝具店『マギズテイル』の店長、マーチス・カドルだった。薄汚れたエプロンに、小脇に小さな箱を抱えている。

ティノを見るとその目元がやや柔らかくなる。一度咳払いをすると、申し訳なさそうに言った。

「ああ、嬢ちゃん。いきなり悪かった。依頼されていた宝具の鑑定が終わったんだが――最近ごたごたしていたから忘れているんじゃないかと思ってな。小僧に直接渡してもいいが、嬢ちゃんの見つけた物なんだろう？」

目を見開く。確かに、すっかり頭から抜けていた。あの時はマスターの興味は仮面の方に移り、そちらの対応にかかりきりになっていたからだ。

まぁ、その宝具は既《すで》にマスターに捧げたのでティノの物ではないのだが、わざわざティノのもとに持ってきてくれたのは、ティノから手渡ししたいだろうというマーチスの心遣いなのだろう。

お姉さまはマーチスさんの姿を見て、眉をあからさまに顰める。

「マーチスちゃんじゃん。うちのティーに無断で手出すのやめてくれる？　奥さんにいいつけるよ？それが嫌ならクライちゃんが気に入るような強い宝具持ってきて？　特別に、一個持ってくるごとに、ティーを一日貸してあげる。傷物にしたら殺すけど」

「小娘、いたのか――だ、誰が手を出すか、くそたわけがッ！　小僧といい、どいつもこいつも、年寄への敬意が足らん――」

軽口に、マーチスが真っ赤な顔で叱りつける。これまでも何度も繰り返されたやり取りだ。この程度で済んでいるのは、この鑑定師が帝都におけるお姉さまの最も古い知り合いの一人だからだろう。

箱を開けると、中には鑑定結果を記載した紙と見覚えのある腕輪が入っていた。

「なんでクライちゃんじゃなくてティーに持ってくるの？　こわーい。お孫さんにいいつけるよ？　セシーちゃんだっけ？　それが嫌なら、クライちゃんが喜ぶようないい宝具持ってきて？」

「ど、どこでその名を――やかましいわッ！　クライちゃんの見つけた宝具だろーが。大体、小僧の欲しがるような宝具が店に持ち込まれる事など滅多にないわッ！　ハンターならば自分で探さんかッ！」

「昔はもっと沢山いい物売ってたでしょ？　ついこの間ガークちゃんにも言ったけど、腕落ちたんじゃないの？」

「小僧が売れ残っていた在庫を全部買っていったからだッ！　たまには買うだけじゃなく売れと言っておけッ！」

師匠とマーチスさんの小競り合いを横目に、ティノは説明書に目を通した。

『踊る光影《ミラージュ・フォーム》』？　光像投射装置？　有効射程一メートル。使いこなせば手の平で人形をダンスさせられます…………幻を作る宝具……？」

これは……また、評価が難しそうな品だ。

ハンターに好まれるのは、単純で且《か》つ、強力な宝具である。水が無限に湧く水筒とか、斬撃を飛ばせる剣とか、使いやすければ使いやすいほど、わかりやすい効果であればあるほど高く売れる。

「珍しい品だ。少なくとも【アレイン円柱遺跡群】なんかで見つかるような代物じゃない」

一方でこの腕輪は難しい。効果だけならば使えなくはないと思う。だが、有効射程がかなり短いし、操作がかなり煩雑そうだ。もしも売るとしても、高く売れるかどうかはかなり怪しいだろう。

そもそも、幻を見せるなら魔術というもっと単純な手段がある。少し腕の良い魔導師《マギ》ならば使える術だ。マスターの指示に従って手に入れた宝具にしてはかなり大人しい。

と、箱の中に収まっていた腕輪がふと消えた。

先程までマーチスと言い争っていたお姉さまが、腕輪をつまみ上げ、まじまじと観察している。しばらく沈黙した後、おもむろにティノを見て言った。

「…………これ、私から渡すから。いいよね？　ティー」

「え？　は、はい。もちろんです。お姉さま」

いつものようにほぼ反射的に了承すると、お姉さまはここ最近ない機嫌の良さで腕輪を抱きしめその場でくるりと回った。

テンションの落差に目を見開くマーチスの前で喜びに溢《あふ》れた声をあげる。

「やった！　これ、クライちゃん絶対、喜んでくれるよ。ティー、でかした。今度新しい短剣《ダガー》、買ってあげる！」

「え？　え？　そんなにですか!?　あ、あのお……お姉さま……その——ちょっと、待っ——」

お姉さまがティノにプレゼントしてくれることなど滅多にない。これは相当だ。

慌てて断ろうとするが、その前に後ろからストップがかかった。

「ちょっと待って、お姉ちゃん！　ここは、公平に行くべきでしょ？　ねぇ、ティーちゃん」

聞き覚えのある声だった。

いつの間にかもう一人のお姉さま……シトリー・スマートが背後にニコニコしながら立っていた。

肩に手を置かれ、びくりと身体《からだ》を震わせる。師匠がその声に笑みを消す。

「はぁ？　ティーは、私の弟子なんだから、ティーが見つけたものは私の物に決まってるでしょ？

なんでシトが出てくんのよ？」

「クライさんに迷惑をかけちゃったのは私だし、そもそもそうなる発端になったのはお姉ちゃんがゴーレムで訓練したいって言い始めたからなんだから、今回は私に譲るべき。ティーちゃんもそうした方がいいって思うよね？　ね？」

誰もが恐れる師匠の威圧するような声も、実の妹には通じないようだ。

まるで決まりきったセリフを言うかのようにシトリーお姉さまがすらすらと返し、最後にティノに同意を求める。その声はリィズのそれと違って荒らげられていなかったが、有無を言わさぬ力が込められていた。最後に小さく耳元で補足してくる。

「私に預けてくれたら今度――新しい短剣と、とっても綺麗《きれい》なドレス、買ってあげる」

ティノの住んでいるこぢんまりとしている家には今、醜い罵声《ばせい》が飛び交っていた。

「勝手にうちのティーを誘惑するんじゃねーー！　ティーは私が、クライちゃんから預かってるのッ！

クライちゃんが、好きに使っていいって、預けてくれたのッ！」

家の主であるはずのティノにはどうしようもなく、隅っこの方で身を縮めながらその様子を見守る。

ハンターとは基本的に宝物殿を攻略すればするほど物理的に強くなるものだ。マナ・マテリアルを吸収する事でただでさえ基礎能力が向上するのに経験まで積むものだから、格上のハンターに勝利するのは非常に難しい。ティノもハンターとしては中堅くらいにはなっていると自負しているが、ティノがハンターになるその前から過酷なハンター生活を続ける二人のお姉さまはまさしく格が違う。

額に青筋を立て、甲高い声で叫ぶお姉さまからは怒れる竜を思わせる力が迸《ほとばし》っていた。

「それはお姉ちゃんが駄々こねたからでしょッ！　最初は私が貰う予定だったのに——私が預かっていたら、今頃ティーちゃんは空だって飛べてたし、目からビームだって放てる前代未聞のスーパーハンターになってたかもしれないのにッ！」

それに対し、もう片方のお姉さまがいつもよりやや低い声で答える。前者に比べたら冷静さを保っているが、その身から迸る力は師匠のものと比べても何ら遜色がない。

同程度の才能の持ち主が、同じパーティで、同じような経験をした場合、マナ・マテリアルの吸収量は同程度になる。お姉さまとシトリーお姉さまでは職が全く違うが、有する力はティノから見ればどちらも似たようなものだ。

普段、宝物殿に命がけのソロで潜り成長著しいティノだが、二人と比べたら塵芥《ちりあくた》みたいなものだ。

こんな状況では隅っこで震えながら事態が収まるのを待つ事しかできない。

「大体、ティーちゃんも変なしごき方してくる師匠よりも、お金持ちで簡単に力を与えてくれる師匠の方がいいよね？」

「あぁ!?　与えられた力に意味なんかねーだろーがッ！　大体、シトは足すだけじゃなくて引くだろーッ！」

「対象は選ぶもんッ！　ティーちゃんなら自由意志を奪う必要もないし、ちっちゃいから連れ歩きやすいし、ベストでしょッ!?」

「こら、ガキどもッ！　いきなり喧嘩するんじゃない、嬢ちゃんが怯えているだろッ！」

戦意を剥《む》き出しにする二人に、それまで顔を引きつらせて見ていたマーチスさんが割って入る。

だが、二人の勢いが衰える気配はなかった。

「あの宝具は、私とティーが見つけた物なのッ！　余計な口出ししないでッ！」

「お姉ちゃんじゃなくて、ティーちゃんが頑張って探して見つけた物でしょッ！　ティーちゃんが私に譲ってくれるって言ってるんだから、権利は私にあるはずでしょッ!?」

言ってないです……シトリーお姉さま。

反論しようとするが、タイミングよく視線を向けられてしまい、何も言えなくなってしまう。

腕輪型宝具『踊る光影《ミラージュ・フォーム》』の所有権は完全にティノの意思を離れているようだった。

ナイフやドレスも嬉しいが、ティノとしてはそんなに喜ばれるのであれば自分で届けたいところだ。

だが、今更返して欲しいなどと言っても言うだけ無駄だろう。

しかし、宝具を誰が届けるかでこんな争いになるとは……。

「大体、いつもいつもいいところで割って入ってくんなッ！　この泥棒猫ッ！　研究室《ラボ》に引き篭《こ》もってろッ！」

「お姉ちゃんがいっつもいっつも迷惑かけるから悪いんでしょッ！　私がどれだけ苦労してもみ消しているか――」

「はぁッ!?　それはルークちゃんも一緒だし、大体もみ消してなんて頼んでないからッ！」

「ルークさんの場合は、相手が話せない状態になるから問題ないんだもんッ！　お姉ちゃんだけだからッ！」

「あのー……その……他意はないんですが……間をとって、私が届けるなんて言うのは――ッ!?」

ティノの小さな声など聞こえた様子もなく、ついにお姉さまが床に落ちた宝箱をシトリーお姉さまに投げつけ始める。一切容赦なしで投げられたそれを、シトリーお姉さまは錬金術師《アルケミスト》にあるまじき素晴らしい反射神経を発揮し、テーブルの上にあったお盆を盾代わりにして防いだ。

弾かれた宝箱が食器棚を破壊し壁に突き刺さる。窓ガラスが割れ、けたたましい音があがる。

ティノは最後の勇気を振り絞り、か細い声を上げた。

「やめてください、お姉さまッ！　ご近所さんから怒られるのは――私なんですッ！」

運動エネルギーの乗ったティーカップを、ポットを、とっさに両手で受け止める。幸い、お姉さまはそこまで力を入れていないのか、ティノでも集中すれば十分対応できた。

飛び交う家具の中から割れ物だけを瞬時に判断し、受け止め隅に置く。他の物は叩き落とす。

必死だった。今が食事時じゃなくて本当によかった。ポットやカップはともかく、フォークやナイフが飛んできたら怪我をしかねない。せめて、マーチスだけはなんとしてでも守り抜かねばならない。

物が飛び交いながらも、二人は互いを罵《のの》るのをやめない。

マーチスは瞬く間にヒートアップした姉妹喧嘩に慄《おのの》いていた。

「だ、誰が渡しても同じだろ……」

「お姉さま、落ち着いてくださいッ！　そんなに暴れるなら、私が……私が、渡しますよッ！」

意を決して出した叫びは二人の耳には届いていなかった。

まだその辺にある物を投げているだけなのでマシだが、放っておくとナイフやポーションを投げ始めてティノの家が半壊してしまう。そして、ティノが少ない貯金をはたいて直すまでぼろぼろの家の中で過ごす事になるのだ。

間に入って力ずくで仲裁する事などもできない。師匠もシトリーお姉さまも、ティノ一人が割って入ったところで手を止めたりしない。これを止められるのは《嘆きの亡霊《ストレンジ・グリーフ》》のメンバーか、あるいは副クランマスターなどマスターと交流があり常識的な感性を持っている人のみである。

そして、残念ながらそんな人は滅多にティノの家に来たりはしない。

混乱しながらも、必死に流れ弾を叩き落とし、どうすれば最も被害を減らせるか必死に思考を巡らせていると、ふとその時、ティノの耳に玄関の扉が叩かれる音が聞こえた。


「ますたぁッ！　会いたかったですぅぅぅぅぅッ！」

「!?」

これはどうした事か。僕はケーキの箱片手に、目を見開いた。

らしくないテンションの高い声をあげ飛びついてきたティノを見下ろす。うるうるした目で見上げてくるティノには妙な庇護欲を刺激された。

何がなんだかわからない。確かにちょっとハードボイルドで気が利くますたぁを見せてあげようと思ってはいたが、まさかここまで熱烈に歓迎されるとは。

戸惑いながらも、リィズを撫《な》でる時のようによしよしと頭を撫でてやり、中に入る。

ティノの家は凄い惨状だった。この間来た時はあんなに整頓されていたのに、今は見る影もない。

床に乱雑に散らばった開いた宝箱に、割れた窓ガラスに食器棚。ちょっと綺麗な廃墟みたいなもんだ。

お取り込み中だったかな？

リビングの真ん中には見覚えのあるスマート姉妹が向き合っていた。

僕がやってきたのに気づくと、リィズがなぜかナイフを握った右手をぶんぶん振り、シトリーが真っ赤に燃えるポーションの入った瓶を背中の後ろに隠し、頬を膨らませる。

「あ…………クライちゃん、おはよー」

「ほら、お姉ちゃんがわがまま言うからクライさんが来ちゃった――。クライさん、こんにちはぁ」

「こ、小僧、遅いぞッ！　とっととこんかッ！」

シトリーとリィズがティノの家にいるのはおかしくないが、何故か今日はマーチスさんまでいる。

しかも何故か真っ赤な顔で僕を睨《にら》んでいた。ケーキ持ってきただけなのになんでこんな状態に……。

僕はちょうどいい所にあったティノの頭に手を乗せ、髪を梳《す》き自分を落ち着かせながら首を傾げた。

全然状況がわからないが――。

「とりあえず……正座だ」

「違うんです、クライさん。これには誤解が……」

「あのね、簡単に言うと、シトと、ティーが、私の手柄を取ろうとしたの。ねぇ、私は悪くないよね？」

シトリーとリィズが二人並んでカーペットの上に正座しながら、言い訳してくる。

僕は椅子に深く腰を下ろし、深々とため息をついた。隣ではようやく落ち着いたティノが、何故か僕に尊敬の視線を向けている。

「なっちゃいない。なっちゃいないな」

状況は良くわからないが、謝罪というのはそういう風にやるものではない。謝罪マスターの僕から見れば赤点もいいところだ。シトリーとリィズが僕のダメだしを受け、涙目で黙り込む。

こうして並べてみると二人が姉妹であることがはっきりわかる。昔からシトリーとリィズはしょっちゅう喧嘩をしていた。言い争いから取っ組み合いまで、僕としては見慣れた光景だが、力を得た後も同じような感覚で喧嘩を始めるのだから周りからすれば堪《たま》ったものではないだろう。

「ど、どうしてクライさんが…………いや、私達も、本気で喧嘩していたわけではないんです」

「そうそう。こんなもの、準備運動みたいなものだからッ！　ティーも慣れてるし、何もクライちゃんが出てこなくても………」

負い目があるのだろう。僕と違って謝罪する機会などなかなかないのか、非常にやりにくそうだ。

ケーキ届けに来ただけなんだけどな。

マーチスさんが、借りてきた猫のように大人しくなった二人に呆れている。

「……相変わらず、小僧が弱点なんだな……」

「伊達《だて》に付き合いが長いわけじゃないって事だ」

「いや、これはそういう問題じゃ――」

どうせ今回もリィズが先に手を出したのだろう。何気ない事ですぐに手を出すからな……。

しかし、リィズも決してただの暴れん坊ではないのだ。ちゃんと言って聞かせれば大人しくなるのだ！　……すぐに忘れるけど。

「さすがです、ますたぁ……本当に、本当にありがとうございます。お姉さま達の喧嘩を止められるのはますたぁだけです」

ティノが目に涙を溜め、尊敬というより崇拝と言った方が近い目つきで言う。

ごめん。本当にごめん。

「ティー……後で覚えとけよ」

「私は、双方の利益を考えただけなのに……」

リィズがぎゅっと拳を握りティノを睨みつけ、シトリーが慈悲でも乞うように上目遣いを向けてくる。どうやら反省する気はないようだ。

何も姉妹喧嘩をやめろと言っているわけではない。喧嘩するほど仲がいいって言うしね……。

しかし、喧嘩の原因も知らないのに叱るっていうのもちょっと面白いな。

完全に他人事《ひとごと》な気分でいると、僕が黙っている事に何か感じ取ったのか、シトリーが器用に正座したままずりずりと擦り寄ってきた。縋《すが》り付くように僕の脚を抱きしめ、上ずったような声をあげる。

シトリーはリィズやティノと比べてもスタイルがいい。具体的に言うと、胸が大きい。

そう抱きつかれると柔らかい感触が当たり、非常に居心地が悪い。

「ごめんなさい、クライさん。迷惑をかけるつもりはなかったんです。もう少しだけ時間があれば、平和的に決着していたはずなんです！」

僕、胸当てられるのに弱いんだよな……いや、それに強い男などいようか。

……でもあの光景で少しだけ時間があれば平和的に決着とか無理だよね。どんな魔法を使うつもりだったのだろうか。

「クライちゃん、私だって、クライちゃんに迷惑かけるつもりは、なかったよ？　ティーとシトが少し我慢すればいいだけなのに……」

リィズがそれに競うように立ち上がり、勢いよく膝に縋り付いてくる。なんか王の気分だ。

僕は何もわかっていなかったが、もっともらしく頷き、指をぱちんと鳴らした。

「うんうん、そうだね……とりあえず、君達二人は、掃除だ」

シトリーとリィズが揃って立ち上がる。状況なんてわからなくてもどうにでもなるのだ。

「！　掃除大好きです！　がんばります！」

「シト、あんたガラスの手配してきて。私片付けるから。…………次からもうちょっと頑丈なガラスにしないと、面倒くせえなあ」

「お姉さま、もう、一番頑丈なガラスで――い、いえ、なんでもないです」

シトリーが駆け足で出ていき、リィズが床に落ちた食器を拾い倒れた棚を立て直す。

これが初めてではないので手慣れたものだ。後はしばらくすれば部屋も戻るだろう。

僕が今日新たにわかったのは、リィズとシトリーの謝罪が全くなってないという事だけだった。

……胸を当ててくるのはとてもいいと思います。

遠い目をする僕に、ようやく少し復活したティノがおずおずと尋ねてきた。

「そういえば、ますたぁ。今日は何の用事で？」

「ああ。新作のケーキ持ってきたんだよ。お礼にと思ってね」

いつもリィズやシトリーが迷惑かけてるし……。

そう続けようとしたその時、ティノが感極まったように涙を零《こぼ》しているのに気づいた。

「ぐすっ……あ……ありがとう、ございます、ますたぁ。わたし、いっしょうついていきます」

「う、うん。まぁ。そんなオーバーな……ほら、泣かないで……」

……今日のティノはリアクションが大げさだな。たかがケーキ一個持ってきただけなのに……もしかして、普段からもう少し優しくすべきなのだろうか？

ティノが鼻を啜《すす》り、ぐしゃぐしゃになった目を擦りながらケーキの箱を開ける。中に入った二切れのケーキを見て一瞬目を丸くしたが、すぐに納得したように頷いた。

「さすが、ますたぁです。もう一切れはマーチスさんの分ですね？」

？？？？？？

僕のだけど？　もう一切れは僕のだけど？　マーチスさんがいるなんて知らなかったし。

「けっ。いらん心遣いを……そんな事に気を遣う暇があるなら、さっさとお嬢ちゃんを助けにこんか」

心遣いなんてしてないよ。あげるつもりはないし、いらないならいいじゃん？

予想外の言葉に固まっていると、できる後輩のティノが即座にフォローを入れてくれる。

「ますたぁは、義理堅い人なのです。そうおっしゃらずに――ますたぁの選ぶケーキは絶品です」

「……チッ。そこまで言われちゃ受け取らんわけにはいかんな……持ち帰って孫娘にやるとするか」

「……うんうん、そうだね」

そこまで言われてしまうと、小心者の僕では断る事などできない。

僕は一体何をしに来たんでしょうか？　一緒に食べようと思って来たのに……。

と、そこで僕は机の上に置かれた箱と、その中に入っている見覚えのある腕輪に気づいた。

僕の視線を察したティノの表情に一瞬逡巡《しゅんじゅん》が過《よぎ》り、しかしすぐに花開くような笑みで言う。

「ますたぁ、丁度よかった。マーチスさんが宝具の鑑定を終えて持ってきてくれたんですッ！　ほら、以前、『私が』見つけたあの宝具ですッ！　『私が』見つけた！」

「……お姉ちゃん、躾《しつけ》がなってないんじゃない？」

いつの間にか戻ってきたシトリーが笑顔を崩さず、じっとティノを見て言った。

世界が輝いていた。

クランマスターという重責によるストレスも未来への不安も今は気にならない。鼻歌を歌いながらクランマスター室に向かっていると、ちょうど廊下を歩いていたエヴァに遭遇した。

あまり感情を表に出さないようにしていたのだが、僕のポーカーフェイスからいつもと違うものを感じ取ったのか、目を丸くして聞いてくる。

「どうかしたんですか？　ずいぶん機嫌が良さそうですが」

「え……？　そう？　機嫌が良さそうに見える？　本当に？　そりゃ参ったなぁ……」

今の僕は——そう、一人で歌いながら踊りたい気分だ。ハードボイルドじゃないからやらないが。

さすが付き合いが長いだけあって、エヴァには隠し事はできないな。僕は、胡散臭そうな目で見てくるエヴァに、右腕に嵌《は》めた黒色の腕輪——受け取ったばかりの『踊る光影《ミラージュ・フォーム》』を見せつけた。

結局ケーキは僕の口に入らなかったが、もはやそんな事、笑って許せるレベルの代物である。

ティノの家に行って本当によかった。

エヴァの表情が一変し、目尻を上げこちらに詰め寄ってくる。

「……ああ!?　また新しい宝具を買ったんですか!?」

「え？　い、いや、違うよ。ティノが見つけたのを貰ったんだよ。借金は増えてないよ」

「……はぁ…………それはそれで、どうかと思いますが……」

まぁ、僕もどうかと思う事はあるが、ティノとリィズの師弟関係に口を挟むわけにもいかない。

何度かやんわり諌《いさ》めてもリィズは全く聞かないのである。僕ができるのはあまり目を離さないようにして逐一様子を確認してあげる事くらいだろうか。

だが、今はそんな事はどうでもいい。素晴らしきは、この宝具の力である。

ティノが【アレイン円柱遺跡群】から拾ってきた宝具はとてもユニークな代物だった。

能力は幻の生成である。腕輪型宝具は無数に存在するし、僕のコレクションの中にも幾つかあるが、幻を生み出す物は初めてだ。宝具は需要次第で値段が大きく上下するので相場の判断は難しいが、僕が初耳なのだから希少度はかなりのものである。好き。

マーチスさんが気を利かせてくれて、既に魔力《マナ》はチャージ済みだ。

まだどこか腑に落ちない表情をしているエヴァにこの宝具の素晴らしい力を披露する。

腕輪型の宝具は幾つも持っているので発動のコツは知っている。

目を凝らし念じると腕輪がほんのりと発熱し、広げた手の平の上に光が踊る。

「ほら、見てよ、エヴァ！　ケーキだ！」

「は、はぁ……ケーキですね……」

出現した幻はティノの家に持っていったケーキだった。薄黄色の特製生クリームに、マナ・マテリアルの濃い森から採取した希少なフルーツを載せた一品である。

『踊る光影』は立体のイメージを幻として投影する宝具だ。幻術には大きく分けて相手の脳に干渉して見せるタイプと実際に像を生み出すタイプがあるが、こちらは後者である。

使い所は難しいし、有効に使うにはかなりの訓練が必要になりそうだが、使い道は幾通りも浮かぶ。

エヴァは手の平の上に載せられた、どこか線が非現実的なケーキを見て、触れて、指が像にめり込むのを確認し、微妙な表情をした。

確かに僕がティノに持っていったケーキとは何かが違う。匂いや味や触感がないのは幻なので仕方がないが、そもそも外見が違う。あのケーキは度重なる試行錯誤の結果、熟達した腕前で成形されたものであり、まるで芸術品のような見た目をしていたが、僕が出したケーキの幻は色と形が何となく似ているだけの別物だ。本物の横に並べればさぞ出来の悪さが目立つことだろう。

……僕がよく形をイメージできなかったせいです。味に夢中で外見をよく覚えていなかったのだ。

練習すればうまく出せるようになると信じたい。

「……ほら、そんな表情をせずに……ほら、エヴァも出せるよ！　エヴァ！」

この腕輪だが、マーチスさんの調べた限り、有効射程は一メートル——正確に言うと、一メートルと二十センチらしい。これは幻を出せる距離でもあるが、同時に出せる幻の大きさの上限でもある。

つまり、この宝具を使えば大体の人間を等身大で出せるのだ。腕輪を中心に一メートル二十センチなので、上下で二メートル四十センチまでならば如何《いか》なる見た目も自由自在！　アンセムは半分くらい見切れてしまうが、ガークさんくらいならば余裕である。側《そば》にしか出せないというデメリットがあるが、うまく使えば宝物殿でも威嚇や牽制になるのではないだろうか!?

問題は魔導師《マギ》の使う魔法に、もっと簡単且つ広範囲に幻を成形できる術が存在する点だけだ。

現れたエヴァは、近くに本物を置いているだけあってそっくりだった。スリムなメガネからジト目まで瓜二つだ。よく見ると細部は違うんだろうが、双子と呼べる程度には似ている。

……首から上しかないけど。

エヴァは宙に浮かぶ自分の生首を無表情で叩き、僕を幻そっくりのジト目で睨みつけた。

「……遊ばないでください」

「身体は苦手なんだ……ちゃんと見ていないからどうなっているかわからないし、ローブで隠せばいけるかもしれないけど……」

てるてる坊主のような格好になった自分の幻を見て、もう一度エヴァははっきりと言った。

「や、め、て、く、だ、さ、い！」

隠し部屋の私室。自前で作っているコレクションの目録に『踊る光影《ミラージュ・フォーム》』を追記する。

癖はあるが、もしかしたら使いこなせば、競売であそこまで大騒ぎして結局手に入らなかった『転換する人面《リバース・フェイス》』の代わりとして、変装に使えるかもしれない。可能性は無限大だ。

今すぐにでも特訓したい気分だが、ルシアが帰ってきていないので魔力《マナ》チャージ的にかなり厳しい。

試しに自分の顔に被せる形でアークの顔を作ってみて鏡を確認、あまりの出来の悪さに失笑する。

アークの金髪の端々から僕の黒髪が見えている様はあまりにも奇怪だった。

『転換する人面』と違い、『踊る光影』で生み出す幻に実体はないので、変装に使うにしても注意が必要そうだ。髪が邪魔にならないようにまとめられる帽子とか必要かもしれない。

そういえば、シトリーが髪を短くしているのは、変装しやすくするためだって言ってたな……。

継続時間を確かめるため、なんちゃってアークの姿で目録の確認を始める。

目的は――ティノに相応《ふさわ》しい宝具だ。

こんなにいい物を貰ってしまったのだ、何かしらお返ししなくてはならないだろう。

もともと、今リィズやシトリーがメインで使っている宝具も、僕がコレクションの中からチョイスして渡した物である。僕は宝具コレクターだが、飾ってそれを眺めて悦に入るタイプではなく、ちゃんと使ってもらって仲間の役に立つ事に喜びを見出すタイプだった。

ティノが宝具を使うかについては師匠であるリィズの考え次第だが、いつかうちのパーティに入るのだから選定しておくのは無駄にはならない。

久しぶりの楽しい仕事に浮き浮きしながらコレクションの一つ一つに思いを馳せる。

ティノは盗賊《シーフ》なので、リィズと同じタイプの宝具がいいだろうか？　あるいは、同じパーティに入るのだから別のタイプの宝具がいいだろうか？

僕のコレクションは膨大だ。強力な物もあれば、魔法などで代用できる品もある。メインで使用する宝具の選択はハンターにとって、もしかしたら一生を左右する重要なイベントだ。ティノは真面目な娘だし、僕もコレクションを分けるのなら使いこなしてくれる人がいい。適当な物を渡すわけにはいかない。

ベッドの上で溜めに溜めた目録を捲《めく》っていると、扉が小さく叩かれた。呼び出していたティノだ。

返事をすると扉が細く開き、黒い瞳が隙間から恐る恐るこちらを覗いてくる。

「失礼します……ますたぁ……」

か細い声。いつもと違い、ずいぶん緊張しているようだ。

別に、今日宝具をあげるつもりはない。今日は話を聞くだけだ。それを参考にじっくり宝具を選ぶのである。場合によっては新しい物を買う。

ティノのためだったら、マーチスさんのコレクションを強請《ねだ》れるかもしれないし……。

じっと見つめ合っていると、ティノの背を押すようにしてリィズが飛び出してきた。

ティノが短く悲鳴をあげてつんのめる。わざわざ着替えたのか、部屋を訪れた時とは異なる、裾の短い黒のスカートがひらひらと翻《ひるがえ》った。

「クライちゃん！　きたよぉ！」

「……掃除は終わったの？」

「信頼のおける業者に頼んだのでバッチリです。大して壊れていませんでしたし……」

満面の笑みを見せるリィズの後ろから、シトリーがニコニコしながら入ってくる。

ティノだけしか呼んでいないのに、何故かお姉さま二人までついてきたらしい。宝具の選定にはパーティメンバーや師匠の意見も重要なので別にいいけどね……。

リィズは僕の姿を見ると、一瞬きょとんとしてクスクス笑った。

「何その顔？　アークちゃんの真似？　ぅけるぅ！」

「……よく僕だってわかったね」

「あはははは！　匂いと気配でわかるし。そんなわかりやすい変装で、私がクライちゃんの事を見間違えるわけないでしょぉ？」

そういえば『転換する人面《リバース・フェイス》』で初めて変装してみせた時も、リィズ達は即座に見破って見せた。

あれには実体もあったのだが、全く通じなかった。げに恐ろしきは高レベルハンターの知覚という事か。それにしては……エヴァにも見破られたのが解せないのだが。

シトリーもしげしげと僕の変装を確認し、小さく頷く。

「クライさんとアークさんでは体つきも違いますし……クライさんを知らない人ならばともかく、クランメンバーで騙される人はいないのではないかと」

やはり練習が必要か。今度リィズやシトリーに付き合ってもらって特訓するか……それに、宝具の特性から考えても他にも機能がありそうである。例えば――幻の保存機能とか。

まぁいい。今日のメインはティノだ。

ティノはお姉さま二人に囲まれ、スカートの裾をいじりながら、伏し目がちにこちらを窺《うかが》っていた。

その視線は僕と、ずらりと並んだガラスケースに交互に向けられている。

事前に呼んだ理由は伝えてある。ティノの中にもイメージするものがあるだろう。

「あ、あの……ますたぁ――」

「クライちゃん、めちゃくちゃ強い宝具頂戴？　ティーはまだマナ・マテリアルの吸収も足りてないしぃ、修行中の雑魚だからぁ、それを少しでもカバーできるやつ！　ティーじゃ、『天に至る起源《ハイエスト・ルーツ》』を貰っても、意味ないでしょお？」

一切悪気のない顔で言い切り、リィズがとんとんと自分の足元を叩く。

リィズにあげた宝具はシンプルで、状況を一変させるような強力な性能は持っていない。

『天に至る起源』の力は――宙を蹴れるようになるというただそれだけである。本人の弛《たゆ》まぬ努力があって初めて活《い》きるタイプの宝具だ。

僕ではあまり使いこなせなかった物でもある。確かに、ティノにはまだ早いかもしれない。

水の切れない水鉄砲を使いこなしているもう一人のお姉さまもその言葉に追従するように頷いた。

「そうですね。私達でカバーできる範囲にも限界がありますし……純粋に耐久力や身体能力を上げる宝具などがあれば、それがいいかもしれません。大きく向上させる物があれば、ですが……」

「お姉さま……それは――」

ティノが涙目になる。ハンターにとって、宝具で身体能力を向上させるのは未熟の証だと言われていた。そういった部分はマナ・マテリアルの吸収でいくらでもカバーできる範囲だからだ。

僕は全く気にしないが、中にはそういった宝具を使うハンターを侮蔑して憚《はばか》らない者もいるらしい。だから、ハンターの間では基礎能力を強化する系の宝具はその有用性に反してあまり人気がない。

二人の意見を聞き、頷く。ティノには少し申し訳ないが、レベル8認定の宝物殿は凶悪らしいのでリィズやシトリーの言葉も冗談とは言い切れない。可愛い後輩をいびっているわけでもないだろう。

どうしたものか。僕個人の意見としては、リィズやシトリーの意見を聞くだけではなく、ティノの意思を全面に推したい。宝具と人の間には相性というものもあるのだ。僕はしばらく目を瞑《つぶ》って唸っていたが、別に今日決める必要はない事を思い出し、大きく頷いた。

宝具は逃げない。何度も呼び出して少しずつティノに合う宝具を模索していけばいいじゃないか。

しかし、身体能力か……なかなか難しいな。ティノは頑張っているが、《嘆きの亡霊《ストレンジ・グリーフ》》の宝物殿攻略速度は更に上なのだ。いつまで経っても追いつけないかもしれない。

「私は、一刻も早くティーちゃんと一緒にハントしたいと思っています。しかし正直、まだまだ足りていない部分も多いかと。カバーする方法はあるにはありますが……クライさん、ティーちゃんを私に預けて頂けませんか？　絶対に後悔させませんせん」

シトリーが頬を染め、もじもじしながら流し目を送ってくる。ティノが隣でカタカタ震えている。

僕はそこで、いいものを手に入れたことを思い出した。

「あるよ！　身体能力をめちゃくちゃ強化する宝具」

「え!?」

ティノに合うかはわからないが試してみるだけならタダだ。魔力《マナ》もまだ残っているだろう。

がっくり肩を落とすシトリーと目を丸くするリィズの前を横切り、ガラスケースの一つを開ける。

中身を取り出すと、ティノが青ざめて一歩後退《あとずさ》った。

「え？　ます、たぁ……!?」

「この間ちょうど、手に入れたばかりだ」

リィズが口笛を吹き、シトリーが花開くような笑顔で手を合わせる。

取り出したのは、僕が被って以来情けない顔になってしまった競売の戦利品『進化する鬼面《オーバー・グリード》』だった。完全にやる気がないのか、こうして持ち上げても全く動く気配がない。ダメな宝具である。

ティノが激しく混乱している。

「え？　ええ？　わた、わたし、ますたぁに――え？　冗談、ですよね？」

「見た目は気持ち悪いけど、めちゃくちゃ強いと思うよ？　貴族のお嬢様が中堅ハンターに匹敵する力を手に入れるくらいだからね。あはは…………僕が被ったら、僕の力は上げられないって言われちゃったけど――」

空笑いを上げてみせるが、ティノはぴくりとも笑わない。

アークはこの仮面で酷い目にあったと言っていたが、宝具は所詮一つの道具である。使い方によっては問題が起きる事もあるだろうが、ここにはリィズやシトリーもいるし、万が一何か起こっても問題あるまい。外から引き剥《は》がせる事は既にわかっている。

「試しに……ほら、ちょっとだけ使ってみない？　被るだけで発動するらしいよ？　僕も効果をこの目で見てみたいし」

「そんな……ますたぁは、私の事が、お嫌いなんですか？」

ティノが更に後ろに下がりかけ、いつの間にか背後に回ったシトリーに肩を掴まれる。リィズがキラキラした目で肉の仮面を見下ろしている。

今起きたのか、タイミングのいいことに、『進化する鬼面』が嗄《かす》れた声をあげた。

『おお、新たな糧《かて》か。なんと強靭な魂の芳香だ！　我を讃えよ。その激情を、秘められし力を解放せよ。我は人を進める者。汝が存在、その全てをあらゆる外敵を討つ刃《やいば》と化そう』

「!?　やだ!?　ますたぁ、助けて！　ますたぁ！　絶対、これ絶対、呪われてるッ！」

「大丈夫。痛くない。痛くなかったよ……僕も被ってみたけど。ほら、安心して。ただの宝具だから。深呼吸して」

「い……いやあああああああああああああ！」

掴んだ仮面から、固定してくれる便利な触手がうにょうにょと伸びる。

絹を裂くような悲鳴が僕の私室に響き渡った。

第一章 レベル8の責任

《始まりの足跡《ファースト・ステップ》》、クランハウスの最上階。クラン構成員の中でも事務員とクランマスターにのみ立ち入りが許されるクランマスター室で、僕はにやにやしながら机の上を見下ろしていた。

机の上では五センチほどの小さな人型が五体、かけっこを繰り広げていた。

人型はまるで人間をそのまま縮めたかのように精巧だった。

それぞれ、格好は魔導師《マギ》、守護騎士《パラディン》、剣士《ソードマン》、盗賊《シーフ》、錬金術師《アルケミスト》と別れており、ローブや鎧で細かいところはごまかしているが、自分でもよくやったと褒《ほ》めてやりたい気分である。

発熱している腕輪を擦りながら、人型達に机の縁をそろそろと歩かせてみる。

それらは、実体のある人形ではなく、手に入れたばかりの宝具——『踊る光影《ミラージュ・フォーム》』を使い、僕の生み出した幻だった。机に引かれたコーナーラインや小さな山もまとめて幻である。

最初はうまく形や色をイメージできなかったのだが、ここ数日の練習で僕はそこそこ精巧な人型の幻を出すことに成功していた。

もともと、宝具自体にある程度イメージを補完してくれる機能がついているのだろう。

だが、それでもこうして練習が形になるのはとても楽しい。見た目が賑やかな事もあり、有用かどうかはともかくとして――趣味として使うならこんなに楽しい宝具はなかなかないだろう。

幻の一つを人差し指で突っつくと同時に、腰を抜かすような動作をさせる。他の幻達に抗議するような動作をさせる。自分で全部操作しているのだが、まるで僕が小人の精霊《エレメント》達を使役しているかのようだ。にやにやが止まらない。

誰かにお披露目したい気分だが、こんなお人形で遊んでいる事を知られたらハードボイルドなイメージが崩れてしまうのでできないのが残念だった。

続いて追加で手に乗るくらい小さなドラゴンを出してみる。それも一匹ではない、二匹、三匹、四匹とどんどん増やしていく。もちろんそれぞれ色が違う。

まだパーティについていっていた頃に、ドラゴンとは何度も遭遇している。ちょっと細部は怪しいが、大まかな幻を作るのには事欠かない。

ドラゴンをぱたぱたと頭上で旋回させる。集中して、よりリアリティのある飛び方を模索してみる。幻を出すのは難しいが、動かす方はそこまで難易度が高くないようだ。

この宝具の唯一の弱点は有効範囲が一メートル二十センチである点だ。もうちょっと広ければ遊びの幅は更に広がっただろうに。有効範囲の広い上位互換が存在するのか気になるところである。

幻なので物理的な障壁には影響を受けない。ドラゴンを操り窓を通り抜け外に飛ばしたところで、範囲外になって空気中に溶け消えてしまった。

「軟弱なドラゴンだな」

まぁ、ドラゴンのせいではないのだが。

ニヤニヤしながらドラゴンを飛ばして遊んでいると、いきなりクランマスター室の扉が開かれた。

思わずびくりと身体を震わせる。現れたのはエヴァだった。僕にはやるべき仕事などないが、子どもじみた遊びを見られると気まずい。慌てて飛ばしていたドラゴンを消す。

ぎりぎり間に合わなかったのか、眼鏡の中でエヴァの瞳が大きく見開かれていた。

「!?　????　な、なんですか、今の？」

「……なんでもないよ。いきなり入ってきたから驚いただけだ」

「え……？　ノック、しましたけど」

……ドラゴン飛ばすのに忙しくて全然気づかなかった。やはりこういうのはこの部屋でやるべきではないな。

何の用事なのかは聞くまでもない。その手にはまたもうんざりするような量の手紙があった。

もともと《嘆きの亡霊》《ストレンジ・グリーフ》は他の高レベルパーティと比べると貴族からのコンタクトが少なかったのだが、オークションでグラディス卿と関わって以来なぜか来る手紙の数が増えていた。

エヴァが調べてくれた情報によると、どうも不思議なことに、界隈では僕がエクレール嬢を救った風な話になっているらしい。救ったのは僕じゃなくてアークだろ……。

成り上がりを夢見たり、コネクションを欲しているハンターならば貴族からの手紙もありがたく受け取るのだろう。だがあいにく僕は引退したい系ハンターである。丁重にお断りするだけだ。

「もっと相応しい相手がいるだろ……」

本当にやばくなったらゼブルディアから逃亡する事も視野に入れている。

全く、この国の貴族は見る目がない。独りごちながら椅子に座り直していると、ふとエヴァの目線が机に向けられているのに気づいた。もっと具体的に言うと——消し忘れた小人の幻に。

エヴァが顔をあげ、僕を見る。まるで正気を疑っているかのような目つきだ。

小人が慌てたように机の上をわたわたと走り、机の上からこちら側に飛び降りる。僕は小さく咳払いし、椅子の上で脚を組んでふんぞり返った。

「……で、なんだっけ？」

「？？？　それでごまかせるとでも？　今のなんですか!?」

エヴァが後ろに回り机の下を覗《のぞ》き込むが、既に小人は消している。見つかるわけがない。

僕はハードボイルドのついでに、ミステリアスも目指す事にした。両手を組み合わせ、ニヒルに笑ってみせる。

「ふっ……僕にも秘密くらいあるんだよ」

「それは……知っていますが……」

エヴァが頻《しき》りに首を傾げつつも、自分を無理やり納得させるかのように大きく頷いた。

気を取り直したように一度咳払いし、

「今回は貴族からの手紙が多めのようです。できれば一度目を通して頂けると——」

机の上で、先程まではいなかった僕そっくりのミニチュアが手紙を受け取ろうと両手を頭の上にあげているのを見て、エヴァの表情が強張《こわば》り、ゆっくり僕の方を見る。

頷いてやると、恐る恐るその両手の上に手紙を載せようとして——手紙の重さでミニチュアクライがぺっちゃんこになった。

エヴァの顔がさっと青ざめ、急いで手紙を持ち上げるが当然その下には何も残っていない。ミニチュアクライはまるで幻のように消えてしまった。

幻のようにって言うか……幻だからな。

「え？？　あの？　私――」

「ああ、気にする必要はないよ。で、なんだっけ？」

珍しくおろおろするエヴァに、僕は穏やかな笑顔を返した。これ、凄く楽しい……。


『ゼブルディア南西退廃都区』。

まともな人間ならばまず立ち入らない薄暗い路地の一画で、リィズは苛立《いらだ》たしげに舌打ちした。

「……あー、はぁ。魔術結社ってこれだからやだやだ。正面から立ち向かってこないんだから……」

「生き残ってる魔術結社は大体用心深いから……『アカシャの塔』はその中でも特別厄介だと思うけど……」

答えたのは、目元まで深くフードを被り、できる限り顔を隠したシトリーだ。

リィズ達は、オークションで競り合った情報を元にアカシャの痕跡を探っていた。

堕《お》ちた大賢者。ノト・コクレアの生み出した『アカシャ・ゴーレム』は革新的な兵器であり、アカシャの塔の他の研究室《ラボ》からも注目されていた代物だ。オークションの倉庫に入った賊の目的がそのゴーレムである事は疑う余地がない。賊は何も盗まなかったが、それはシトリーが競りの終了直後にゴーレムを回収したためだろう。

競売で競り合った相手を調べ、ゴーレムを引き取ったはずの遺物調査院から競売にそれが流れた理由を調べ、最後に競売で『アカシャ・ゴーレム』を競り落としたハンター――グレッグに接触する者に探りを入れる。リィズ達、《嘆きの亡霊《ストレンジ・グリーフ》》は犯罪者集団を相手取るのに慣れている。犯罪者パーティ《レッド》に絡まれるのは日常茶飯事だし、犯罪組織や魔術結社を潰すのもこれが初めてではない。

だが、今回の相手はこれまでリィズ達が相手取ってきた小物達とはレベルが違っていた。

まず、国の機関である遺物調査院に口を出せる者は限られているのだ。それはつまり、今回の敵が権力者層と繋《つな》がりがある存在だという事を示している。

リィズの前に、体格のいい男女三人が跪《ひざまず》かされていた。

実践で鍛え上げられた肉体は大量のマナ・マテリアルを吸収した者のみが放つ威圧感を纏《まと》っており、使い込まれた鎧の上からでもその実力が見て取れる。道端に転がった黒色に塗られた短剣《ダガー》や刀は高品質でもしも新品で買おうとするのならば一千万ギールはゆうに超えるだろう。

帝都はハンターの聖地だ。だが、光があれば闇もまたある。三人はリィズが僅かな糸を辿って見つけたハンター崩れの仕事屋だった。暴力を含めた法に抵触する仕事を請け負い暗躍する、対人戦闘に長《た》けた闇のハンターだ。その実力はハンターの平均を超えており、度々、探協では問題になっている。

だが、リィズから言わせてもらえば、その男達はただの落伍者だ。ハンターの本分を忘れ、魔物や幻影《ファントム》、凶悪なトラップがひしめく宝物殿から逃げ、より弱き者から搾取する事を選んだ負け犬だ。別に弱者から搾取する事を否定するわけではないが、そんな日頃格下のみを相手にしている敗北者など恐れる理由はない。

三人は、その両腕を後ろに縛られ、頭には紙の袋が被せられていた。表情は見えないが、肉体は緊張に震え、汗と血の混じった悪臭が空気の通りの悪い細い路地に立ち込めている。

相手は常に警戒を怠らず複数人で徒党を組んだ正真正銘のプロの仕事屋だったが、叩きのめすのは簡単だった。捜す方が苦労したくらいだ。だが、せっかく苦労して居所を見つけ、死なないように丁寧に丁寧に制圧・捕縛し、尋問した結果得られた情報はリィズが期待したものとは異なっていた。

依頼者に繋がる情報を何も持っていなかったのだ。依頼方法は手紙であり、報酬は前払い。もしも物を奪取できれば依頼主が現れたのだろうが、今から作戦を切り替えたところでもう遅いだろう。

嘘をついている様子もない。シトリーが口を割らせるために禁制のポーションを打っている。名前や家族構成、経歴などの個人情報はぺらぺら吐いたので耐性があったとも思えない。

数日の探りが無駄になった事ですっかりテンションの落ちたリィズが、シトリーに愚痴る。

「あんたさぁ、一員だったのに何も知らないってどういう事？」

「完全に分業されていたし、もうちょっといるつもりだったから……」

リィズの言葉に、シトリーがフードの下で困ったような表情を作った。

『アカシャの塔』は秘密主義だ。基本的に魔術結社は秘密主義だが、『アカシャの塔』はそれが極まっている。様々な理由で追放された魔導師《マギ》がそれぞれ独自の理論に沿って研究を進めているが、それぞれ研究室同士に交流もなければ詳しい情報も入ってこない。連携には専用の人員が割り当てられ、メンバーが知っている情報は基本的に所属している研究室内部の事だけだ。

シトリーはノト・コクレアの一番弟子として幾つもの研究に参加したが、ノト研究室の外に出る事はなかった。いつかは外にまで手を伸ばすつもりだったのだが、ノト・コクレアの研究は『アカシャの塔』でも高く評価されているものであり、設備も予算も豊富で新たな研究室を探す必要性が薄かったのだ。もしもクライからの帰還命令が出なければ今も嬉々としてその研究に従事していただろう。

だが、こんな事になるのであれば少しずつでも情報を集めておくべきだった。室長であるノト・コクレアならばまだ何か知っていたかもしれないが、その元大賢者は記憶を失い今は大監獄に収容されている。どうにもならない。

相手は長きに亘り世界の敵として君臨している巨大組織だ。いくらリィズとシトリーが強くても、それに立ち向かうには腕力などとは違った力が必要だった。ゼブルディアの上層部に根を張っているのは確かだが、苦労して調査し糾弾したところでどうにもならないだろう。そういう事態になった時、恐らく法はリィズ達の味方ではない。証拠も残っていないはずだ。

リィズは猫のように大きく欠伸をして、あっけらかんと言い切った。

「もう飽きた。諦めよっか？　時間もったいないし、グレッグももう安全でしょ、多分。私、チキンにかまってる暇なんてないんだよねえ。ゴーレムはもう手に入ったんだから後はどうでもいいし」

権力層に根を張る魔術結社は、強さはともかく面倒臭すぎた。生半可なやり方では禍根が残るだろう。そして更に言うのならば、そこまで興味が惹《ひ》かれない。リスクとリターンが見合わない。

「お姉ちゃん……もお、いつも飽きっぽいんだからッ！」

「新しい材料が欲しいなら三人捕まえたんだから、これ使えばいいんじゃね？」

リィズが既に抵抗の気力を失っている捕虜三人を顎で示す。シトリーが眉を寄せて反論した。

「どうやって運ぶの!? ここから研究室まで運んだら目立つでしょ？ 大体、次の検体は魔導師《マギ》タイプが欲しくて――」

「知らない。その辺で捕まえれば？」

「そんな――お姉ちゃんだって、パーティのルール知ってるでしょ!?」

《嘆きの亡霊《ストレンジ・グリーフ》》のルールは三つ。

皆、仲良くすること。

一般人への手出し禁止。

民主主義。意見が食い違ったら多数決で決める（ちなみにリーダーが五票持っている）。

ちょっと慎重すぎるきらいはあるが、合理的なルールだと思う。そして二番目のルールがある限り、シトリーは一般人に手を出す事はできない。アカシャの塔に参加した時だって、『退廃都区』で攫《さら》ってきた一般人を使った人体実験は兄弟弟子に任せ、シトリーが直接手を出す事はなかった。それが原因で元師匠のノトから『まだまだ甘い』と評価された事もあるが、それはシトリーにはどうしようもない事だ。

疲れ切った住人達の濁った眼が、路地の外から、建物の窓から、リィズ達の起こした騒ぎの結末を観察している。思案げな妹に、リィズは名案でも思いついたかのような笑顔でぱちんと手を叩いた。

「……よし、決めた！　ちょっと悔しいけど、クライちゃんに頼も？」

「…………」

「大丈夫、クライちゃん優しいしぃ、今回の事だってきっと予想ついているだろうから。シトが怖いなら、私が謝って頼んであげるぅ！　そうすれば無駄な時間使わずに済むし、クライちゃんとデートする時間にできるし、ティーを鍛える時間にできるしぃ、名案じゃない？　決まりッ！」

シトリーが何も言わないうちに、リィズはさっさと一人で結論を出し、自信満々に腕を組んだ。

その笑顔を見ながら、シトリーは考える。

本音ではクライに迷惑をかけるのはなるべく避けたかった。だが、このまま調査を進めたところでどうにもならない可能性もあるし、既にハンターになってから何度も迷惑をかけている。昔から事あるごとに相談しているのだ、今更、厄介事一つ持ち込む事を恐れるような仲ではない。

しばらく悩んでいたが、名案は出ない。結局シトリーが至った結論も同じだった。

二人の意見が食い違った時、大体辿る結果でもある。

妹の表情から結論を読み取り、リィズは大きく背筋を伸ばすと、三人の捕虜を指した。

「で、こいつらどうする？」

「うーん、持ち帰るわけにもいかないし……」

リィズの問いに、シトリーは改めて捕虜三人を見下ろした。

腕を縛られ自白剤を打たれ満身創痍《まんしんそうい》だが、しばらく待てば心はともかく、身体は復活するだろう。

本音を言えばどうでもいい。研究室は遠いし、持ち帰るにはリスクが高すぎる。恨みを買ったが、それもまた《嘆きの亡霊《ストレンジ・グリーフ》》にとっては今更である。唇に指を当て、シトリーが目を瞬《しばた》かせる。

「殺して放置しておけばここの住人が集まって、明日には骨の欠片《かけら》も残らないと思うけど……」

「ふーん。じゃーそうしよっか？」

まるで今日の晩ごはんでも決めるかのような何気ない口調。

会話が聞こえたのか、紙袋の中から聞こえる呼吸の音が荒くなる。もしも表情が見えていたら青ざめていたかもしれない。

その日常会話でもしているかのような何気ない口調に本気を感じ取ったのだ。

この二人は自分達の命をなんとも思っていない。殺意なしに手を汚せる人間だ、と。

跪いた三人の身体がゆらゆらと揺れる。その時、シトリーはいい事を思いつき明るい声をあげた。

「あ、でも待って、お姉ちゃん。殺すよりも手下にした方がいいかも！　ちょうど手を汚すのに慣れている部下が欲しかったし、キルキル君にするには粗悪すぎるけど、捨てるよりも再利用した方がいいと思わない？」

「えー？　手下？　私、弱っちい手下なんていらないんだけど？」

「じゃー私が三人とも貰うから！　あ、でも……本人の意思を聞いて、ダメだったら処分するしかないけど……でも、クライさんは殺すのあまり好きじゃないみたいだし……」

シトリーが跪いた三人の前に回り、その剥き出しになった首筋に軽く触れる。紙袋の中から息の詰まる音がした。シトリーの生み出した魔法生物――キルキル君の被っている紙袋と異なり、目の穴の空いていない薄汚れた紙袋からは何も読み取れない。

呼吸を落ち着け、シトリーは優しく問いかける。

「ねぇ、皆さん。仕事屋を続けながらでもいいので……私の部下になってくれませんか？　もちろん無理は言いません。やる気があれば、ですけど」

「えー、やだよねえ？　シトの部下なんて。人生お先真っ暗だし――死んだ方がマシっていうかぁ……ねぇ？　おい、なんとか言えよ。この役立たず共がッ！」

厳《いか》つい禿頭《とくとう》が剣呑な目つきでこちらを見下ろしていた。隣の癒し系なカイナさんの存在があっても、その雰囲気は中和しきれるものではない。

それがトレジャーハンターに舐《な》められないための体面だという事を知っていても、そしてその表情がガークさんにとってみれば睨んでいるつもりはないという事を知っていても、根が臆病な僕としてはその前に座らされると萎縮してしまう。

僕は久々に探索者協会に拉致されていた。

帝都支部の支部長として多忙を極めているはずのガークさんが僕を捕まえるためにわざわざクランハウスにやってくるのはどう考えてもおかしいと思う。そして、僕にとって天敵である支部長を平然と通してしまうエヴァには一言物申したい気分だ。

探協の応接室に座らされ、それだけで幻影《ファントム》を殺せそうな眼光を受ける事数分。

ガークさんはおもむろに口を開くと、いつもの低い恫喝《どうかつ》するような口調で言った。

「クライ、てめえ、グラディス伯爵家といざこざを起こしたそうだな？」

「いや……起こしてないけど」

「支部長、それではまるでクライ君を叱責するために呼んだように聞こえますよ」

起こしていないけど土下座の準備をしていた僕に、カイナさんの窘《たしな》めるような声がかかる。

おや、どうやら要件は小言ではなかったらしい。目を見開く。

僕は叱られるのに慣れすぎ、ガークさんは叱るのに慣れすぎであった。

少しだけバツの悪そうな表情をすると、ガークさんが小さく咳払いをする。

「そういうつもりじゃねえ。グラディスから感謝状が来ている。お前と、アークにな」

僕に感謝状が来ている理由はわからないが、僕とアークに感謝状が来ているのならば僕ではなくアークを捕まえるべきである。あいにく、こっちは忙しいのだ。嘘ではなく本当だ。

幻の生成は本当に奥が深い。さっさと帰ってミニチュア帝都を作る練習を再開しなくては――。

「そして、感謝状に追加で、お前に指名依頼が来ている。あのハンター嫌いのグラディス伯爵が、だ。そこそこヤバそうな案件だが、報酬は十分だ、礼と力試しのつもりなんだろう。受けろ」

指名依頼というのは、受注条件としてハンターの名前やパーティ名が設定された依頼である。

指名依頼が出されるのはそのハンターの知名度が高まった証であり、信頼されている、実力を認められている証だ。依頼内容の傾向としては、難易度は高いが報酬は更に高めである事が多く、依頼者の格によってはさらなる栄光が約束されているお得な仕事と言える。僕も最初に指名依頼が来た時は皆でお祝いしたものである（ちなみに依頼自体はやばそうだったので受けなかった）。

探索者協会を通した正式な依頼。相手が貴族ともなれば、慎重に対応せざるを得ない。

僕は真剣な表情で一番大切な事を確認した。

「それって受けるの誰でもいいの？」

「お前、頭沸いてんのか？」

ハンター嫌いの貴族の依頼である。探協としては、グラディス卿にハンターの有用性を示す大きなチャンスなのだろうが、僕は絶対に受けたくない。中身を聞かなくてもそれが僕の許容範囲外だという事はわかるし、引退したい系ハンターにとって貴族からの依頼など厄介事以外の何物でもない。

真剣に悩む振りをしていつもの手を使う。

「今うちのパーティ、二人しかいないからなぁ……別に僕が仕事を受けたくないとかそういうわけじゃないけど、アークに任せた方がいいと思う」

顔色を窺いながら出した言葉に、ガークさんが深々とため息をついた。

後ろではカイナさんが苦笑いをしている。ガークさんは予想に反した落ち着いた声で言った。

「…………受けておいた方がいいぞ。クライ、お前、今期何も依頼を受けてねえだろ？」

「……あぁ、ノルマか。もうそんな時期なのか」

「笑い事じゃねえぞ？」

探索者協会に所属するハンターにはその認定レベルに応じて果たすべきノルマが存在する。

それは宝物殿の探索だったり、強力な幻影《ファントム》・魔物の討伐だったり、外部から持ち込まれた依頼の達成だったりするのだが、一定期間、連続でそれを満たせないと、ハンター失格の烙印を押され、探索者協会から除名という重い処分を受けることになる。

もっとも、ノルマは名前だけ登録して活動しない『名ばかりハンター』を防止するための策であり、探協からの除名処分など滅多に起こる事ではない。

求められるノルマは普通にハンターとして活動していれば意識する必要のない量だ。怪我など活動できない相応な理由がある場合は緩和もされるし、仮に一度ノルマを満たせなかったとしても次の期間に達成すれば問題ないため存在自体忘れているハンターも多い。

だがその制度は普段依頼を受けない僕にとって鬼門だった。

《始まりの足跡《ファースト・ステップ》》と《嘆きの亡霊《ストレンジ・グリーフ》》のメンバーの活躍により、リーダーである僕の功績ポイントは半自動で溜まり続けているが、ノルマの達成は自分でやらねばならないのだ。

基本的に果たすべきノルマの難易度はレベルに比例する。眉を顰め考えるが、いくら考えても自分のノルマは思い出せなかった。そうだね……多分そもそも覚えてないいんだね。

「……これで何期目だっけ?」

「三期目だ、馬鹿野郎ッ!　クライてめえ、除名されるぞ!?」

期間の区分は半年で一期なので、三期目となると約一年半僕は何もやっていない計算になる。

そう言われてみれば、半年前も去年も同じような文句を言われた記憶があった。

カイナさんが困ったような笑みを浮かべる。

「クライ君が何もやっていないわけではないという事はわかっているんですが、表向き依頼を受けたのは他のハンター達だけという事になっているので……」

「謝る必要はないぞ、カイナ。功績を完全に譲っているのはこいつの勝手だ」

だって僕、何もやっていないし。

例えば、【白狼の巣《はくろう》】で骨拾いをやったのはティノ達だし、異常を調査したのはスヴェン達だ。依頼をぶん投げただけでほとんど苦労もしていない僕がどうしてそれを自分の功績だと言い張れようか。ましてや、ハンターの依頼とは報酬が事前に決まったものがほとんどである。僕が参加したことにすれば、その分他のハンター達の報酬が減ってしまうのだ。ついでに僕は腐っても認定レベル８なので、振り分けられる報酬や功績ポイントも大きなものになり、その分だけ他のハンターが損をする。

他のハンターの配分が減らないのであれば僕の名前を加えるのも吝《やぶさ》かではないが、さすがに迷惑をかけるわけにはいかない。依頼はぶん投げるわ借金はするわ、エヴァにクラン運営は全て任せるわと、ろくな人間ではない事を自覚しているが、そこまで厚顔無恥になった記憶はない。

「レベル８がノルマ未達成で除名処分なんて事になったら前代未聞だ。いい機会だろう？　呼びに行かねえといつまで経ってもお前は来ねえからな」

支部長自ら呼びに来るとかＶＩＰ待遇かな？　……いつも迷惑をかけて本当に申し訳ございません。

だが、それでも僕は全くやる気がでなかった。そもそも僕自身の感情としては除名されるのも吝かではないのだが、仮に依頼を受けるとしても指名依頼なんかじゃなくてもう少し簡単な依頼がいい。

それに加えて――ノルマを達成できなくてもガークさんがなんとかごまかしてくれるのではないかという甘い考えもあったりする。そうだね……ダメ人間だね。

誰か幻で帝都のミニチュアを作るみたいな依頼をください。

「うーん、今、実は少し込み入っていて……」

「クライ君、いつも込み入ってますよね……」

「んん？　今度は何に手を出してんだ？」

ガークさんが頬を引きつらせ唇を歪め、まるで威圧するかのような笑みを浮かべた。

この笑み……完全に僕の嘘がバレている。

ちらりと壁のカレンダーを確認する。まだ今期は三ヶ月程残っていた。

ともかく、万が一依頼を受ける事にしたとして、貴族からの依頼に失敗は許されない。僕一人ではとても無理だ。ルーク達が帰ってくるまでなんとしてでも猶予を貰わなくてはならない。

せっかく新宝具で楽しい気分だったのに、頭の痛い問題が起こってしまった。

僕は眼の前に出され、手を付けていなかったお茶を一息に飲み干し、はっきりとお茶を濁した。

「まー、まだ期間はあるし、僕にも予定がある。調整しつつ前向きに検討してみるよ」

「喫緊《きっきん》の依頼だ。一週間以内に決めろ。いつまで経っても来なかったらまた呼びに行くからな。ああそうだ、一応グラディス家から預かった依頼書を渡しておく」

「今はいらないよ。準備ができたら取りに来るから」

僕には頼りになる味方がいる。プライドも何もあったものではないが、いざとなったらアークに土下座して合同で依頼を受ければいいだろう。探索者協会の制度には抜け穴がある。ノルマはどうとでもなる。問題はグラディス卿からのありがたい指名依頼をどう受け流すかだけだ。

「ああ、そうだ。グラディス卿から指名依頼が発行されたのは今回が初めてだ。サポートで探索者協会の人間を一人つける予定だ。なるべく迷惑をかけないようにするが……構わないな？」

「んー……ああ、いいよ。まぁ、やることいっぱいあるし、まだ受けると決めたわけじゃないけど」

貴族は苦手だ。プロがついてきてくれるならこれほど心強い事はない。

しかし、何もしていないのに疲れてしまった。

部屋に戻って踊る光影《ミラージュ・フォーム》で遊びながら、いい案がないかじっくり考えるとしよう。


緊張で軽く凝り固まった肩を回しながら探索者協会の中を歩く。中途半端な時間のせいか、いつも行列ができているロビーにはまばらにしか人がいなかった。

最初に帝都にやってきた時は探協の中も物々しく見えたものだが、さすがの僕でも五年も経てば慣れてくる。依頼票が貼られた掲示板を横目で眺めながらスルーし、最近のニュースが貼られた掲示板を横目で眺めながらスルーし、賞金首の情報が並んだ掲示板を横目で眺めながらスルーする。

どうせ確認したところで、僕一人でレベル8のノルマをこなす事などできないのだ。

探索者協会をゆっくり歩きまわり、カウンターの前を確認、納品・鑑定所を確認、資料室を確認し、結局目当てのものを見つける事ができず、僕は深くため息をついた。

僕が探していたのは護衛だった。もっと明確に言うと、僕の言う事を聞いてくれそうな《始まりの足跡《ファースト・ステップ》》のマークをつけているハンターだ。

基本的に僕は一人で外に出たくない。探索者協会からクランハウスまでの道のりは人通りも多く、途中で襲われる可能性は無きに等しいがそれでもなるべく出たくない。

自発的に外に出る際はクランハウスで適当な護衛を見つけ、適当な理由で連れて行くのだが（というか、護衛がいる時しか外出しないのだが）、ガークさんに拉致られたり急に呼び出されたりすると、どうしても一人で出歩く事になる。

行きはガークさんがいるから問題ないのだが、帰りが怖くてしょうがない。もちろん装備は完璧だ。つま先から頭の先まで宝具で固めているが、そんなもの気休めにしかならないのだ。

「全く、ガークさんは毎回毎回いきなり呼び出すから困る。そんな急ぎの用でもないってのに……言われなくてもわかってるって」

腰元につけた鎖をじゃらじゃらさせながら、僕はそっと入り口の扉から外を覗いた。

探協の前は馬車が何台も通れる大きな道路だ。忙しげに行き来する商会の馬車に、照りつける陽光に眩しそうに目を細める町の人々。僕のように不安そうな表情をしている者はいない。

その光景に少しだけ気が紛れる。一般市民も怯えていないのに、仮にもハンターである僕が怯えるというのもおかしな話だ。

仕方ない……きっと何も起こらないだろう。

僕は胸を張り平静を装うと、気合を入れ、えいやっとばかりに外に一歩踏み出した。

ゼブルディアにおいて、高レベルハンターのネームバリューはかなり強い。

ハンターと一口に言ってもそれぞれ職や実績、得意分野が異なっているが、大体のハンターはレベル5辺りから一流とみなされ、国や貴族、大きな商会などから声がかかる。以降はレベルに比例して強力なバックボーンを持つようになってくる。

一般人のファンが出てくるのもこの頃だ。英雄の末裔《まつえい》としてゼブルディアで爆発的な知名度を誇るアークはもちろん、暴力的なリィズちゃんにだってファンはいる。このトレジャーハンター黄金時代、ハンターとは一人の戦士であると同時に、一種のアイドルでもあるのだ。

そういった知名度がハンターに莫大な富と名誉をもたらす一つの要因なのだが、一方で、不思議な力が働き帝都屈指のレベル８になってしまった僕にはそういったファンがほとんどいない。

ある程度有名になり始めた辺りで危機感を覚え、なるべく顔を隠すようにしていたためだ。

新聞にも顔を出したことはないし、まぁそりゃ、顔を隠すとか言っても完璧にできるわけがないので僕を知る人間は少なからず存在するが、一般的に《千変万化《せんぺんばんか》》は正体不明で通っている。顔の知れてなさは帝都に存在する他二人のレベル８を含め、高レベルハンターの中でトップクラスだろう。

それもこれも、高レベルハンターにつきものの『敵』を少しでも作らないようにするためだった。

例えば、相手が強者と知るやいなや腕試しを試みるルークのような戦闘狂。例えば、ハンターに仲間を捕縛され強い恨みを抱いている犯罪者。ハンターの所有する宝具を専門に狙う恐ろしい犯罪組織や、権威のおこぼれに与《あずか》ろうと寄ってくる連中まで、ハンターの敵は枚挙に暇がない。

そして、他の高レベルハンターと違って僕はそれらに対応するだけの実力を持っていないのだ。

そりゃ顔も隠そうとするし、外に出る時は護衛もつけようとする。なるべく宝具も身につけるし、人通りのない道はなるべく避ける。誰も理解してくれないのだが、僕は――チキンなのだ。

慎重に慎重にクランハウスへの道を歩いていく。

顔を隠したかったが、この状況で顔を隠せば逆に目立ってしまうので隠すわけにもいかない。

残念ながら、『踊る光影《ミラージュ・フォーム》』も未だ自分の顔を変える域には達していなかった。『転換する人面《リバース・フェイス》』は最初からある程度の操作が可能だったが、これは宝具の強弱ではなく向き不向きというものだろう。

幸い、誰もこちらに視線を向けてくる者はいない。

その辺の一般人に紛れ込む能力において、僕は他の追随を許さない。リィズに『さすがクライちゃん！　まるでただの人みたい！』と言われるレベルだ。マナ・マテリアルの吸収量が最低クラスなのはもちろんだが、身のこなしがまるで武人としてなっていないように見えるらしい。

それ演技じゃないよ……。

そんな益体《やくたい》もない事を考えながら歩いていると、不意に後ろから肩に手がかかった。

ぞくりと寒気が奔《はし》り、ゆっくりと後ろを振り返る。

「クライさん。お久しぶりです」

「……ああ、久しぶり」

慇懃《いんぎん》な態度で立っていたのは、氷のように冷たい眼差しをした青髪で中性的な少年だった。年は恐らくティノと同じか少し下くらい。格好は一般市民のもので、特徴的な防具などはつけていないし武器も持っていないが、だからこそ鋭い眼とのギャップに違和感を覚える。

だが、それ以上に僕に胸中にあったのは一つの疑問だった。

…………誰？

「突然、すいません。久しぶりに会って早々、申し訳ないのですが――貴方《あなた》と話したい事があって」

……誰？

思わず久しぶりとか言ってしまったが、全く見覚えがない。

先程も述べたが、僕の顔と名前を一致させている者は多くない。だが、《足跡》のメンバーではないだろう。《足跡》にはどういうわけか、メンバー加入時、僕が直接面談を行うというルールがある。名前と顔が一致しないのはまあ仕方ないが、顔自体を忘れているというのは考えにくい。

口ぶりからすると、僕と少年は面識があるようだ。人違いである可能性もまあないだろう。

もしかして僕のファンかな？　……そんなわけがない。すっと通った目鼻立ちに、凍りつくような青の瞳。冷たい印象のあるイケメンだ。うちのパーティにはいないタイプである。

……誰？

「こうして僕がやってきた時点で、用事については察しているかと思いますが――」

……誰？

戸惑いながらもとりあえず穏やかな笑みを浮かべる僕を他所《よそ》に、少年がぺらぺらと喋《しゃべ》る。

最初に自己紹介するか、クロエみたいに胸の所に名札をつけて欲しい。

僕がお前の事を覚えていると思うなよ？　自分のクランのメンバーすら覚えてないのに。

「ガーク支部長が貴方を呼び出したのは知っています。時間は取らせません。どうか僕と一緒に
……クライさん？」

「…………ああなるほど……それは奇遇だね。僕もちょうど君に会わなくてはと思っていたところだ」

「!?」

僕はにこにこしながら全力で乗っかる事にした。どちら様なのかは知らないが、どうせ断ったところで『はい、そうですか』と退いたりしないだろう。名前を知らないなんてのは論外である。

僕がリィズくらい気が強かったら覚えていないと言い切っていただろうが、残念ながら僕はふわふわした男だった。現時点で殺意を感じていないのも大きい。

少年は一瞬目を見開いたが、すぐに元の表情に戻る。

「さすが――《千変万化》、話がわかる。では、一緒に来てください。立ち話で話すような内容でもない。近くの喫茶店にでも――」

ここだ！

付き合うのは吝《やぶさ》かではない（いや、冷静に考えると吝かだけど）が、話をするにしてもこのクライ・アンドリヒ、一人でそれに参加するつもりは毛頭ない。相手が武器を持っていない年下でも、だッ！

話を聞くついでに、クランハウスまでの護衛の代わりをしてもらおうか。

「ごめん、すぐ近くだから、一回クランハウスに荷物を置きに――」

「見つけた、あーるん！　いきなり走り出して……!?　え!?　もしかして、見つけたの!?」

僕の言葉は、唐突な乱入者に遮られた。

道の向かい側から駆け寄ってきたのは陽光のような金髪の女の子だった。

緑の大きな眼に、シミ一つない肌。特筆すべき点のない格好はやはりハンターには見えない。そしてやはり見覚えもない。

明るい声をかけてきた少女に、あーるんと呼ばれた少年は顔色一つ変えずに答える。

「ああ、マリー。どうやら、クライさんも僕達を探していたらしい。一緒に来てくれるそうだ」

「！　ありがとうございます、クライさん。よかった、これで心配事が一つ減っちゃった……」

マリーと呼ばれた少女が、ほっとしたように胸を撫で下ろす。

その減った心配事、なんか僕の方に来てるみたいなんだけど？　引き取って？

マリーにあーるん。名前を聞いても、やはり覚えがない。不安でゲロ吐きそうだ。

なんとしてでもこの状況を切り抜けなくては。


とりあえず話し合いはクランハウスに近い喫茶店で行う事にした。以前、クロエとデートした時にも使った場所でもある、紅茶味のパウンドケーキが美味しい店だ。

とりあえずいきなりどこかに拉致られなかった事に安心する。心配しすぎと思うかもしれないが、実際に僕はちょこちょこ拉致されるのだ。しかもあまりに無抵抗に拉致されるせいか、いつも大体わざと拉致されていると思われる。んなわけないだろ、自ら拉致される人間がどこにいるんだ！

おごりのようなので遠慮なくケーキと紅茶を注文する。甘い物を食べてポンコツな脳みそを少しでも回転させねば。最低でも、何者かは思い出しておきたいところだ。

注文を終えると、あーるんは目を細めた。

「甘い物は苦手だと聞きましたが……」

「…………何事も好き嫌いは良くないよ」

どうやら、僕のハードボイルドは広まっているようだな。

密かな満足感を抱きながら肩を竦めてみせる僕に、ただでさえ冷たかった眼差しがまるで刃のように研ぎ澄まされる。そして、あーるんは冷徹な声で言った。

「……貴方相手に駆け引きは必要ないでしょう。単刀直入にいいます、手を引いて頂きたい」

「？？？」

単刀直入すぎて何を言っているのかわからない。

何が何だかよくわからず眉を顰める僕に続ける。

「確かに、ノト・コクレアの捕縛で貴方はレベル9に一歩近づいた。グラディス卿への貸しもある。残党を壊滅させれば貴方は他のレベル8を一歩リードすることになる。しかし、それはあまりにも……気が急《せ》いている。そう思いませんか？」

「？？？」

「もともと、アカシャは僕達が追っている獲物でした。ガーク支部長は世代交代を考えているのかもしれない。しかし、経験という意味でクライさん、貴方は他のレベル8に劣っている。《嘆霊《ストグリ》》の快進撃は存じていますが、それを考慮してもまだ貴方は――レベル9の実力ではない。貴方にとってみれば、そんな事、外部のクランに指摘される謂《いわ》れはないのかもしれない。しかしそれが我々の総意です。貴方が上に立てば我々が……侮られる」

「……うんうん、そうだね」

運ばれてきた紅茶を一口、口に含む。紅茶うめぇ。

完全に現実逃避モードに入った僕の前で、マリーがあーるんを慌てたように制止する。

「あーるん、そんないきなり――喧嘩腰な……」

「マリー、これはいずれ言わなくてはならないことだ。もとより、神算鬼謀《しんさんきぼう》の《千変万化》相手に僕達程度で駆け引きできるとは思えない」

マリーが恐々と僕の表情を窺う。しかし僕は何もわかっていない。

あーるんの表情から張り詰めた緊張が伝わってくる。僕はにこにこしながら次の言葉を待っていたが、いつまで経っても次の言葉はこなかった。

さて、どうしたものか。説明を聞いても、僕にはあーるんの話が半分もわからなかった。いや、言っている事はわかるのだが、認識に大きな齟齬《そご》がありそうだ。

並の人間ならばここで知らない事を一つ一つ確認し、齟齬を解決していくだろう。だが僕にはこれまで培った、なんかわからないけどとりあえずなんか良い感じに話を流すスキルがある。

「つまり、あーるんは――」

「ッ!?」

あーるんの表情が強張り、瞼《まぶた》が引きつる。

え!? まだ何も言ってないのに何かミスった?

隣のマリーの口元がまるで笑いを堪《こら》えているかのように震えている。僕は見なかった事にした。

「……あーるんはさ、僕に手を引いて欲しいわけだ」

「……はい。最初に言いましたが……」

まず手を出している記憶がないのだが、それは置いておこう。今までの経験上、こういう時はリィズが勝手に何かやっているのだ。そして僕はその連帯責任を負わされているのである。

「ク、クライさんッ！　た、確かに、私達が、手をこまねいていたのは、真実です。しかし、それでも横から手を出すのは、道理に反すると思います。思うのです。……どうでしょうか？」

マリーが震える声をあげる。その目は僕の顔色を窺っていた。

僕は脚を組み、パウンドケーキをざくざくフォークで突き刺しながら大きく頷いた。

「うんうん、そうだね。手を引こう」

「え!?　ほ、本当ですか!?　ありがとうございますッ！」

ケーキうめえ。

あーるんとマリーが大きく目を見開き、慌てたように頭を下げる。

手を出していない以上、引くもへったくれもないのだが、リィズかシトリーには後で僕の方から謝ればいい。これまでも何度もやったことがある。よくわからないが、僕はさっさと帰りたい。

「いやぁ、わざわざ話に来てもらって悪かったね。僕は実はその残党？　にも、レベル9にもあまり興味はないんだ。まだこのパウンドケーキの方が興味あるね」

そんな知らない事で連れて行かれるなんてうんざりである。

口ぶりからして、あーるん達は賞金稼ぎかハンターのどっちかなんだろうが、僕は名ばかりリーダーであってメンバーの行動について関知していない。文句を言うのならば本人に――いや、僕に言ってもらって結構です、はい。

目的を達成したおかげか、あーるんとマリーの雰囲気は先程と比較し幾分弛緩《しかん》していた。

すかさず無害アピールを入れておく。

「大体、ガーク支部長の用事も僕がノルマを果たしてないから呼び出されただけだったし、あーるんが思っているような内容じゃないと思うよ」

「ノルマ……？」

「い、いや。サボってたわけじゃないんだ。ただ、いい感じのがなくてね」

薬草採取とかでノルマ達成できればいいのに。

僕の言葉に、あーるんとマリーが愕然としている。

どこで僕の顔と名前を知ったのかは知らないが、僕は君達の思っているような人間ではないんだよ。

やっと競売関連のわたわたが収まったのだ、しばらく休ませて欲しい。

大きく欠伸をしたところで、不意にあーるんが険しい表情で立ち上がった。

ほぼ同時に、僕の視界に影が差す。

「……何か用か？」

「……黙れ。俺が用があるのは、お前じゃない」

すぐ背後から凄く聞き覚えのある声がした。あーるんに肩を叩かれた時といい、どうやら僕の気配察知能力はゴミ以下のようだ。

僕達の座っているテーブルを、手慣れた動きで強面《こわもて》の男達が取り囲む。あーるんやマリーと違って、武器を持ち鎧を着た、完全武装の男達だ。

突然の乱入者、喫茶店に入っていた他のお客さんが息を呑《の》んだ。

恫喝するような重い声が頭上から投げかけられる。

「久しぶりだな、《千変万化》。先日は、随分と、舐めたマネしてくれたな」

「……どちら様？」

「ッ…………レベル、８。クソッ、随分と、余裕の態度、見せてくれるじゃねえかッ……」

いや、ごめん。知ってる、もちろん知ってるよ。

レベル７。競売関係で色々交渉した《霧の雷竜》《フォーリン・ミスト》の面々が狭い店内に揃っていた。

最後は無事円満に交渉決裂したはずだが、何故だろうか、皆、顔を真っ赤にして僕を睨んでいる。

……睨まれる理由あったっけ？　そりゃ、最終的には仮面はエクレール嬢が落札していたがそれが僕のせいじゃないことはアーノルドも知っているはずだ。

僕は頭だけ大きく上にあげ、声の主を見上げる。

アーノルドの表情は鬼のようだった。濁った眼には怒りの炎が灯り、その剥き出しになった僕の数倍はありそうな太い腕は、力の解放を今か今かと待ち望んでいるかのように震えている。

これはやばい。やばいパターンだ。交渉の余地も土下座の余地もない。

「レベル８。いくら格上でも――あそこまでコケにされて黙っている程、俺達は腰抜けじゃねえ」

「…………約束したはずだ。うちのクランの他のパーティを倒したら挑戦を受けてもいい、と」

あれ？　もしかしたら倒してきた……？

もしそうだったら降参である。そうでなくても降参なんだけど。

「黙れッ！　約束なんて知るかッ！」

そんな横暴な……そもそも、交渉した時はレベル相応の落ち着きを見せていたではないか。この喫茶店で暴れられて出禁を受けたら僕の癒やしがなくなってしまう。必死に宥《なだ》める。

「まぁまぁ、落ち着いて落ち着いて。確かに確執はあったけど、一回仲直りしたじゃん？」

「ッ！　よ……くも、まぁ、いけしゃあしゃあとッ！」

一体どうしたのだろうか。まるで獣のような表情、押し殺した声でアーノルドが言う。

「女は、今日はいないのか？」

「……呼ぶまで待ってくれる？」

「半殺しにしたてめえを、あの女どもの前に転がしてやるッ」

もうやだ。もしかしたら、またリィズ達が何かやったのかな？

衆目の中にも拘らず、アーノルドの部下達が一斉に武器を抜く。明らかに武装していない僕とあーるん達を前に、過剰な反応だ。

心臓が痛い程打っていた。まずい、完全に白旗だ。起死回生の手が思い浮かばない。

いざという時のためにルシアから貰っていた魔法のストックももうないし……いや、まてよ？

そういえば、シトリーがお土産にくれた指輪型の『異郷への憧憬《リアライズ・アウター》』、何か魔法が入っていたな。

魔法をストックできる『異郷への憧憬』だが、内部の魔法の詳細を後から確認する術はない。攻撃魔法か回復魔法かくらいはクリスタルの中の光の色で判断がつくのだが、それ以上はわからない。

シトリーから受け取った物には黒い靄《もや》のような輝きが宿っていた。宝物殿から産出された直後は何も入っていないはずなので、多分後から込めたのだろう。

どこで手に入れたのかは聞いていなかったが、この間までシトリーが潜っていた【万魔の城《ナイト・パレス》】で手に入れた物だとしたら、魔法を込めたのはルシアなはずだ。光の輝きから見て入っている魔法は前回アーノルド達を制圧した『暴君の権能《タイラント・オーダー》』ではなさそうだが、それに準じた威力の魔法が入っている事だろう。

結界指《セーフ・リング》は十分に用意している。如何にレベル7ハンターでも僕が魔法を解放するよりも先にそれだけの結界を突破できるとは思えない。

僕は覚悟を決め、小さくため息をつくと、なぜか怒っているアーノルドを見上げる。

「……あまり気が進まないな……土下座するから許してくれない？」

「!?　何を……ふざけた事を――」

「前回の事を忘れたの？　ここで力を解放したらちょっとした被害になる」

僕一人ではアーノルドの手下一人にすら勝てないが、そんなのは関係ないのだ。

だが、やり合いたくないというのは本当である。あまり気が進まないというか、凄く気が進まない。僕は平和主義だし、中に篭められた魔法の正体も知らない。しかもここで魔法を解放したら物によってはクランハウスまで届いてしまう可能性もある。平静な表情を装ってはいるが、ゲロ吐きそうだ。

降りかかる火の粉を必死に避けているだけなのにどうしてこうも酷い目に合うんだ。

げんなりしている僕にアーノルドが詰め寄ってくる。しかしその時、それまで黙って僕達の様子を見ていたあーるんが立ち上がった。アーノルドの前に立ちはだかり鋭い声をあげる。

「おい、お前。今、僕達の客を、半殺しにする、と言ったか？」

「……失せろ。誰だか知らんが、俺達の目的は、《千変万化》だけだ」

細身のあーるんと比べると、アーノルドの身の丈は頭一個分以上大きい。凄まじい威圧感だが、あーるんの眼に恐怖はなかった。侮蔑するような眼差しでアーノルドを見上げる。

「……田舎者か。レベル8に挑もうなどとは。だが……クライさん、ここは僕達が受け持ちます。突然無礼な真似をして、それを受け入れてくれた――そのお礼だと思ってください」

「うーん……」

ちょっと魅力的な提案に引かれかけるが、慌てて思い直す。

いやいや、それはないだろ。あーるんは知らないかもしれないが、目の前の男は正真正銘レベル7である。おまけに数的優位もアーノルド側にある。いくらなんでも勝てるわけがない。

まぁ僕でもどうしようもないんだけどね。

悩む僕に、あーるんは小さく笑みを浮かべ、その指先をアーノルドに突きつける。

その時、僕は手首に嵌められた鈍い白銀色の腕輪に気づいた。

三叉の杖を模した紋章。

あーるんが僕をちらりと見て、アーノルドに対して名乗りを上げる。

「ご心配なく。僕達は新参ですが――おい、田舎者。その小さな脳みそに刻みつけておけ、僕の名は――アルトバラン。アルトバラン・ヘニング……《魔杖》《ヒドゥン・カース》に連なる者だ」

「あーるん!?　いざこざは起こさないって………同じく――《魔杖》のマリー・オーデンです。もっとも、私達は《深淵火滅》《しんえんかめつ》とは違うパーティですが……」

それを聞いた瞬間、僕に衝撃が奔った。

ようやくあーるん――アルトバランとマリーの事を思い出し、思わずぽんと手を打つ。

よほど間の抜けた顔をしていたのか、全員の視線が集まっていた。深呼吸し、アーノルドとあーるん達を順番に見回し、申し訳なさそうな表情を作り言う。

「ごめん、始める前にトイレ行ってきていい……？」

《魔杖》を知っていたのか、アーノルドの警戒は僕からあーるんの方に移り変わっていた。

やべえのに巻き込まれてしまった。《魔杖》は帝都でも古参且つ少数精鋭で知られるクランだ。そして、そのクランマスターである《深淵火滅》こそが、帝都で最高と謳われる魔導師《マギ》の一人であり、同時に僕と同じ、この帝都で三人しか存在しないレベル８のハンターでもある。

まったく、今日は厄日か？　次から次へと……。

何度も来たことのある喫茶店であった事が功を奏した。トイレにあった大きな窓から苦労して外に脱出し、一息つく。

もう何が何だかわからない。《霧の雷竜《フォーリン・ミスト》》が難癖をつけてくるのも驚きならば、《魔杖》がコンタクトを取ってくるのも予想外だ。こんな事ならシトリー辺りを連れていくべきであった。

今頃、喫茶店の中では《霧の雷竜》と《魔杖》が睨み合いを続けている事だろう。

僕も一応、一人のハンターとして、帝都在住の高レベルハンター……認定レベル７以上のハンターの情報は頭に入れている。マリーとあーるんのレベルはアーノルドよりも下のはずだ。

だが、あまり心配はしていなかった。

《魔杖《ヒドゥン・カース》》は特級の才能を持つ魔導師《マギ》のみで構成された特殊なクランだ。その活動は主に学術系に寄っており、各地の魔導師《マギ》育成学校や強力な魔導師《マギ》を求める軍などに強いコネを持つ。そして、クランの活動の方針上、その構成員は実力と比較し、認定レベルが低くなる傾向がある。

そもそも、眼の前で相手をすると言い切ったのだから、僕がいなくなったところで問題はないはずだ。帝都でトップクラスのクランに所属するエリート魔導師《マギ》であるマリーとあーるんを僕程度が心配しようなど、烏滸《おこ》がましいにも程がある。

しかし、日中から一般市民のいる喫茶店でおっぱじめようとするなんて、ハンターには理性という物がないのだろうか。あーるんの冷たい眼差しを思い出し、思わずゾクリと身体を震わせる。

《霧の雷竜《フォーリン・ミスト》》も恐ろしいが、《魔杖》はそれに輪をかけて恐ろしい。構成員の数も質も、そして帝都での影響力も、認定レベルは高くとも所詮一パーティであるアーノルド達とは比較にならない。

もう周りの光景なんか何も目に入らない。呼吸を落ち着けながら、足早にクランハウスに戻る。

僕の頭にあったのはたった一つだけ、なるべく早く安全な場所に戻るというただ一つだけだ。

《魔杖》のクランマスター。このゼブルディアで最強の殲滅《せんめつ》能力を誇ると言われる《深淵火滅》は恐ろしいハンターだ。その気性は燃え盛る炎の如く荒く、リィズと違い老獪《ろうかい》さを併せ持っており、おまけにほんの少しだが、過去の確執まである。あーるん達を忘れていたのは、現実逃避の一種だろう。

僕がハンターを志す前からずっとレベル8の地位にいたその魔導師《マギ》と、僕達が諍《いさか》いを起こすきっかけになったのは《始まりの足跡《ファースト・ステップ》》の設立だった。僕がクランを立ち上げるのに適当に目星をつけていたパーティの中にちょうど、《魔杖》がスカウトをかけていたパーティがあったのだ。そして、どういう理屈かそのスカウト合戦に勝ってしまった。しかも、僕が何も知らない内に。

法的には何の問題もない事だが、ハンターの間には面子という非常に面倒臭い要素が存在している。あの時は荒れに荒れた。当時レベル6だった新米クランマスターが、最強の一人と名高いレベル8のハンターと渡り合えるわけもなく、さりとてやっぱりいらないですと言うわけにもいかず、当時の僕は毎日ゲロ吐きそうだった。

その出来事は僕がハンターになって体験したトラウマベスト30に入っている。幸い、騒動自体はなんとか収まり、こうして僕は今も五体満足で生きているのだが、記憶に焼き付いた《魔杖》への恐怖がそう簡単に消えるわけもない。

あーるん達の要請を突っぱねなくて本当によかった。これ以上確執が増えれば、あの恐ろしい婆さんは嬉々としてクランハウスを焼きかねない。

襲撃を受けることなく、無事クランハウスに辿り着く。

ピカピカに磨かれた窓ガラスには僕の疲れたような表情が映っていた。

もうしばらくはクランハウスから出たくない気分だ。やるべき事が多すぎて頭が痛い。

ノルマに、グラディス卿からの依頼。アーノルドとの確執。あーるん達から言われた事も確認しなくてはならないし、ミニチュア帝都もまだ中途半端だ。前二つはまぁ誰かがどうにかしてくれるとして、まずすべきことはリィズ達にアカシャやアーノルドに何かやっていないか確認する事だろう。

仲間が凄く恋しかった。こういう時にアンセムやルシアがいたらどれだけ心強かっただろうか。いや、いたのがルークだとしても気は紛れたことだろう。一体彼らは今頃何をやっているのだろうか。

階段を上がり、クランマスター室の椅子に腰を下ろす。

さて、リィズ達を捜す前に――とりあえずミニチュア帝都の続きでもするか。

『踊る光影《ミラージュ・フォーム》』を起動させたその時、まるでそれを見計らったかのように勢いよく部屋の扉が開いた。

息を切らせ入ってきたのはエヴァだった。珍しい事に、興奮のせいか頬が紅潮している。

その手には、ゼブルディアの紋章が記された豪奢な白の封筒があった。エヴァは作りかけのミニチュア帝都に視線をやる事なく真っ直《ます》ぐ僕を見ると、高揚した声で叫ぶ。

「クライさん！　とうとうクライさんに、あの『白剣《はくけん》の集い』への招待状が届きましたッ！　おめでとうございますッ！」

「…………？」

今日一日の騒動が一瞬、頭の中から吹っ飛んだ。

『白剣の集い』とはゼブルディアのハンターの間では最も有名な会合である。

帝国に貢献したごく一部のハンターのみが出席を許される由緒あるものであり、その招待状を送られるというのはこのゼブルディアで最高峰のハンターの一人として認められた証とも言われていた。

何よりその主宰者は――この国の皇帝だ。

「《嘆きの亡霊《ストレンジ・グリーフ》》は評判が悪いので敬遠されていると聞きましたが先日の――」

エヴァが早口で説明してくれるが、全く頭に入ってこない。もはや意味がわからない。

噂では国外の超高位ハンターがゲストとして呼ばれるとか呼ばれないとか、超絶エリート騎士や他のハンターと腕試しさせられるとかさせられないとか、美味しいデザートが出るとか出ないとか。

絶対に出席したくない。他の高位ハンターと顔を合わせたくもない。デザートは少し気になるが背に腹は替えられない。なんで僕ばかりこんな酷い目に遭うのだ。アークを行かせろ、アークを。

本当に一体僕が何をやったというんだ。何もやってないよ？　いや、謙遜とかそういうわけではなく、真面目に、僕は、何も、やって、いない！

レベルだけ見ると高いかもしれないけど、案外大した事ないよ、僕は。

今日はもう散々な目にあったというのに、追加で『白剣の集い』とは……運気落ちすぎである。

躊躇《ためら》いはなかった。僕は一瞬で決断を下した。

「…………あの……どうかしましたか？　クライさん」

エヴァが目を凝らしこちらを見上げる。僕は小さく咳払いして、力を込めて言った。

「ああ、ごめん。ちょっと僕、重要な用事があって、帝都を離れなくちゃならないんだ。『白剣の集い』に招待されたのはとても名誉な話だけど、出席できるかどうかわからない。他の招待状もね。悪いけど、そんな感じで取り計らってもらえるかな？　…………なるべく早く帰るから」

「……え？」

逃げてやる。土下座スキルと言い訳スキルに並ぶ、僕の華麗なる逃避スキルを見せつけてやる。

「いなくなった……だと⁉　どういうことだ⁉」

「へい。アーノルドさん、トイレにこれが――」

仲間が持ってきた二つ折りにされた紙をひったくるようにして受け取り、開く。

紙は銀行の小切手だ。ただし、本来金額が書かれている場所に走り書きがされている。

――忙しいので帰ります。

アーノルドは言葉を失った。

「どうも、トイレの窓から脱出したようで……」

「あの男は……レベル8、ではないのか？」

頬を引きつらせながら、小切手をくしゃりと握りつぶす。

まさか逃げるなど、微塵《みじん》も想定していなかった。

相手がただのハンターや一般人であれば警戒もしたかもしれないが、相手はこのハンターの聖地でアーノルド以上のレベルに認定された正真正銘の強者なのだ。人を食ったような態度ではあるが、既にその実力をアーノルドは身をもって思い知っている。どうして面子を気にするハンターがトイレの窓から脱出するなどと考えようか。しかも、まだ刃の一つも交わしていない。

だが、冷静に考えると、あの男は以前も連れの少女に戦わせていたのだ。予想して然るべきだった。

顔をあげ、睨み合っていた二人の表情を見る。

アーノルドは帝都にやってきてまず、定石に則りこの国の著名なハンターやパーティ、クランを調べた。その中にはもちろん《魔杖《ヒドゥン・カース》》の名もある。

　この帝都でトップクラスのハンターがマスターを務める魔導師《マギ》系クランの最高峰。眼の前の二人はその名高き魔導師《マギ》集団の一員だ。まだ若いが、油断ならない相手である。

　数的優位はアーノルド達にあった。本来ならば見捨てられたとでも言うべき立場のはずだが、アルトバランを名乗った女は手紙にも表情一つ変えず、平然と鼻を鳴らすと自信満々に宣言する。

「何だその表情は？　よく聞け、田舎者。本当の強者は――安易に剣を抜いたりしない」

「この帝都のレベル８は……トイレの窓から逃げ出すのか」

　それでいいのか、ゼブルディア!?　アーノルドの目的は、パーティに喧嘩を売った《絶影《ぜつえい》》達への報復だ。そのリーダーである《千変万化》がいなくなった以上、ここにいる意味はない。

　マリーとアルトバランの服装は仕立てこそいいが、とても戦えるようには見えない。

　だが、優秀な魔導師《マギ》にとって武器とは必ずしも必須ではない。

　よく観察すると、アルトバランはもちろん、その後ろで引きつったような笑みを浮かべたマリーも既に臨戦態勢にあるのがわかる。そういう意味では、どこからどう見ても戦えるように見えない《千変万化》とは違う。《魔杖》のメンバーならば呼吸するように魔法を発動できるだろう。

　だが、魔導師《マギ》の本領は遠距離攻撃にある。いくら相手が強力な魔導師《マギ》でも、この距離は剣士《ソードマン》の間合いだ。純粋な剣士《ソードマン》であるアーノルドが負けることはないだろう。

　だが、勝てたとしてもあまりにも旨味がない。《魔杖》はアーノルドのターゲットではない。

　仲間達も武器を構えたまま、アーノルドの決定を待っている。

　アルトバランが氷のような冷たい眼差しでアーノルドを見据え、続ける。

「そもそも、逃げた？　くだらないな」

「……いや、完全に逃走だろう」

これを見て、それ以外にどう判断しろというのだ。

あまりにも手慣れた鮮やかな撤退だ。もはや怒りの前に驚きがくる。

アーノルドの低い声に、アルトバランは凛とした声で叫んだ。

「書いてあるだろう。逃げたんじゃない、クライさんは…………忙しいんだっ！　帝都のレベル8に暇はないんだ、ただでさえ僕達が時間を取ってしまった。クライさんを弱いなどと誤解するなよ。お前らは時間をとって相手をするに値しない、それだけの話だ」

馬鹿な……この国では……忙しいとトイレの窓から逃げ出すのか!?

言っている意味が……わからない。アーノルドの考える英雄像とはあまりにも乖離《かいり》している。

《千変万化》の異様な力を知っているからこそ理解できない。戦々恐々としながら確認する。

「お前も、同じ立場だったらトイレの窓から逃げ出すのか？」

まさか帝都のハンターは皆そうなのか!?

純粋な疑問からくる問いに、アルトバランは目を僅かに見開くと、皮肉げな笑みを浮かべた。

「僕はまだ——未熟だ。僕にクライさんの真似はできない」

「……」

「アーノルドさん、ここは撤退しましょう。奴ら、相手にする必要はねえ」

その時、アーノルドの隣に立った副リーダーのエイが、小さく進言してきた。

ギロリと睨みつけてやるが、エイの視線は若い魔導師《マギ》二人に向いたままだ。

「俺達の相手はあくまで《千変万化》だ。ここで《魔杖》《ヒドゥン・カース》と争えばまたあの男にいいように操られた事になる」

酒場では不意打ちで殴られ、カツアゲのような真似までしてきた、帝都にやってきてから因縁がある《嘆きの亡霊》《ストレンジ・グリーフ》と、いきなり現れた眼の前の二人、本当に潰したいのはどちらか。

周りを確認すると、怯えた様子でこちらを見る店員と一般客の姿があった。既に店の外に逃げ出した客もいるだろう。もしかしたら治安維持の騎士団が呼ばれるかもしれない。

エイの言葉はもっともだった。目的を忘れ暴れるのは三流のやることだ。ただでさえ競売ではいいようにしてやられたのだ、慎重になってなりすぎるという事はない。

一瞬の葛藤の後、アーノルドは大きく舌打ちをした。

「…………チッ。いいだろう、今はあの男だ」

どこまでも逃げてやる。一度そう決めてしまえば、とても気が楽だった。

もちろん、逃げるといっても一人で、ではない。帝都の外には魔物もいるし、幻影《ファントム》に襲われる可能性だってある。街道を歩けば比較的安全らしいが、それでも襲われる時は襲われる。実際に僕は何度も襲われた事がある。

外に出る時に護衛をつけるのは半ば常識だ。僕が強かったり空が飛べたりするのならば話が別だが、『夜天の暗翼《ナイト・ハイカー》』は魔力量《マナ》の関係でそこまで遠くまでは飛べないし、夜にしか使えない。

街を出る準備をする。クランマスター室を出て階段を下りていくと、ちょうどリィズと遭遇した。

いつもと同じ健康的なハンタールックだ。僕を見て花開くような笑みを浮かべ近寄ってくる。

「あ、クライちゃん！　いいところにッ！　ちょっと相談したい事があってえ――」

相談くらいならいくらでも聞くが、話は……長くなりそうかな？

僕には時間がない。とにかく、これ以上誰かに悩み事を増やされる前に逃げ出さなくてはならない。

急げば急ぐ程、『白剣の集い』への招待を断った言い訳に繋がるかもしれないし、事態は一刻を争うのだ。怒れるアーノルドが己を顧みず襲撃をかけてくる前に帝都を出なくては。

リィズの肩に手を回し、階段を下りながら内緒話でもするように確認する。

「相談は後で聞くよ。リィズさ、直近でなんか予定ある？」

「え？　んー……特にないけど？　なんかあるのぉ？」

予想通りの答えである。大抵、リィズは僕の誘いを断らない。前提条件を飛ばし、簡潔に言った。

「帝都を出る。ついてきて」

リィズは目を見開くと、こちらの腰に手を回してきた。顔が近づき、仄《ほの》かに甘い香りが漂ってくる。

潤いのある唇が小さく開き、囁くような声で答えた。

「りょーかい。目的は？」

目的……？　逃亡？　逃走？　戦略的撤退？　どれも正しいが……そうだな。

僕は悩んだ結果、笑みを浮かべて言った。

「バカンス、かな。あ、これは皆には秘密だよ？」

リィズの眼が輝き、まるで衝動をその小さな動作に閉じ込めたかのようにぎゅっと僕を抱きしめる。

相変わらず触れる肌は火照っているかのように熱い。

「!! それってとっても素敵！　何人殺《や》るの？　何人で行くの？　私だけ？　いつ行くの？　クライちゃんと外に出るの、凄く久しぶりじゃない？」

殺らないよ……。後、質問が多すぎる。

リィズがいれば安心だとは思うが、護衛は多ければ多い程いいだろう。今回は帝都の外に出るのだ。

そうだ、クラン旅行にしてしまうなんてどうだろう？　様々な招待状を断っている手前、事務員まで連れて行く事はできないが、メンバー全員を連れて外に出るなんていいかもしれない。

所属ハンターが全員いなくなるのだから、外部から見ればよほどの理由があるのだと思うだろう。

そう、『白剣の集い』の招待を拒否するだけの事があると思ってもらえればとても都合がいい。

「都合がいい人だけでいいけど、できるだけ沢山連れていきたい。出るのは今日だ。そうだね、外に出るのは久しぶりだね」

「きゃー！　とっても……楽しみぃ。ティーも連れて行っていい？」

「え…………あ、ああ、もちろんだよ。まぁ、ティノが頷いたら、だけど」

この間の仮面の件でだいぶ凹んでたからな……そっとしておいた方がいい気もする。

僕の答えに、リィズは蕩《とろ》けるような笑みを浮かべる。久しぶりに一緒に遠出するのがそんなに嬉しいのか――外に出ようと思い当たった理由が現実逃避だと知ったらどんな表情をするだろうか。

真っ昼間のせいか、ラウンジに屯《たむろ》していたのは極一部のパーティだけだった。残念だが、前回宝具のチャージをしてくれた《星の聖雷《スターライト》》も不在のようだ。彼女達がいたら頼りになったのに……。

奥のテーブルに座っていたアークの仲間達のイザベラとユウが僕達に気づき嫌そうな表情をする。当のアークはいないようだ。

さて、できるだけついてきて欲しいのだが、どういう名目で連れ出すべきだろうか。

嘘を言って信頼を損なうのは問題だし、本当のところを言ってしまえばそれはそれで角が立つ。

何も考えていなかったな……弱る僕の隣で、リィズが機嫌良さそうな声で叫んだ。

「クライちゃんが久しぶりに帝都から出るんだって！　バカンスだって、バ・カ・ン・ス！　できるだけ人数が欲しいらしいんだけどぉ、一緒にいきたい人いるー？」

場の空気が凍った。秘密だって言ったのにさっそく大声出して……。

困惑の視線が僕とリィズに投げかけられる。きっといつもクランマスター室で遊んでるくせに、バカンスだなんて何考えているんだとか思われているのだろう。僕の威厳はもうゼロだ。

諦めの笑みを浮かべる僕の隣で、リィズが空気を読まずに続ける。

「あ、出発は今すぐだから！　ちゃんと武装できる人だけね。弱っちぃのは足手まといだからいらないからぁッ！　あー、楽しみ……最近、腕がなまらないかすっごく心配だったの。よかったぁ」

ハイテンションなリィズと他のメンバーのテンションの差が凄い。

仕方なく、側の机の上でカードをやっていた男ハンター――それなりに仲がいいライルに尋ねる。

「いきなり悪いね。ライルは来るよね？」

僕の問いに対して、ライルが急に腹を押さえ、引きつった表情でうめき声を上げ始めた。大仰に腕を動かし、カードがばらばらとテーブルの下に落ちる。

「……すまねえ、クライ。急にお腹が痛くなって……行けそうにねえ」

突然の動作は演技にしか見えなかったが、表情は蒼白だった。本当に調子が悪いのだろう。

同じ席に座った他のメンバーを確認すると、一斉に顔を背ける。

「ごめん、マスター。私、今度妹の結婚式が――」

「婆さんの葬式が――」

「俺は……その……剣が折れちまって新しいのを注文中なんだ」

「じゃあその机に載ってる剣は何よ!?」

「っせえ！　この剣は……ただの予備だ！　なまくらだ！」

「はぁッ!?　ずっと俺の魂だとか言ってたくせにッ！」

「黙れッ！　本当なんだ、マスター。信じてくれッ！　俺は、今戦えねえんだッ！」

これはどうした事か。ただのバカンスだと言っているのに……。

他のテーブルを見ると、先程よりも人数が減っている。振り返ると転びそうな勢いでラウンジを出ていくメンバー達の姿があった。急用でも思い出したのだろうか？

リィズがむっとした表情でそれを見送っている。

僕は仕方なくアークの仲間達の所に向かった。

アークほどではないが、ちょっと出るついでに付ける護衛としてはもったいない豪華なメンバーだ。

イザベラはそっぽを向いていた。対面に座った神官《セイント》のユウの反応はそこまであからさまではないが、眼が泳いでいる。

「イザベラさ……」

「絶対、嫌」

「ユウさ……」

「ぱ、パーティの事は、アークさんを通してください」

取り付く島もない。大体、協力を得るにしても肝心のアークと他の仲間はどこにいるのだろうか。

アークに話せるものなら話したいよ、僕は。

イザベラが一度その長い髪をかきあげると、腕を組み僕を見上げる。

「大体、私達は今、休暇なの！　アークさんも実家に帰ってるし、ハンター活動はお休みなの！」

「僕達もバカンスだけど？」

「それは、あんたにとって、だけでしょ！」

どういう意味だよ……。まぁ確かに僕が皆に声をかけた理由は護衛目的だけど、それは念のためであって……仕事ではないと思う。完全なバカンスではないが、完全な仕事でもない。

困惑していると、イザベラが更に機関銃のような勢いで捲《まく》し立ててくる。イザベラの出身の北方の国ではこちらよりも女性の気が強いと聞いたことがあったが、それは本当なのかもしれない。

「大体、今度は何と戦うつもり!?　幻影《ファントム》!?　魔物!?」

「い、いや――」

「幻影《ファントム》でも魔物でもない――人間!?　まさか、今度の相手は人間だっていうの!?　最低じゃないッ！　私が魔法を鍛えたのは、人と戦うためじゃないのッ！」

ただのバカンスだよ……本当だよ。

イザベラの眼は、完全に警戒している眼だった。ユウも愕然とした表情で少し距離を取っている。この信用のなさと言ったら――自身の人望のなさにもはや失望すら感じていると、リィズがすかさず僕の前に出て、ふつふつと煮えたぎるような声でフォローを入れてくれた。

「あん？　あんた、クライちゃんの決定をバカにしてんの？　来いって言ってんだから、来いよ。そんなに安全が好きなら、ハンターやめれば？」

フォローになっていない。いきなり喧嘩腰のリィズにイザベラが立ち上がりかける。

そして、口を開きかけたイザベラに、リィズはぎらぎらと目を輝かせながら、大声で怒鳴りつけた。

「大体、なんだ？　幻影《ファントム》と魔物ばっか相手にしてたら、人間相手にした時に遅れとるだろーがッ！　たまに人間を殺るくらいでちょーどいいんだよッ！　クライちゃんが、そう言ってんのッ！」

ただのバカンスだよ……。


皆、僕を何だと思っているのだろうか。

クランマスター室に戻った後も、やるせなさは消える事がなかった。

確かに、僕は運が悪い。レベル８になる前から度々様々な騒動に巻き込まれている。

花見に行けば宝物殿が出来上がるし、洞窟を探索していたら大地震が起きて崩れる。宝物殿に潜れば出現確率が低いはずのボスと高確率で遭遇するし、世界中を移動している超高難度宝物殿と遭遇した事もある。大嵐の中歩いていたらいきなり雷が落ちた事だってある（ちなみに、側にいた一番大きなアンセムに命中した）。

だがそれだって限度はある。今回は騒動を避けるために帝都を出るのだ。魔物や幻影《ファントム》と戦うつもりはないし、人を殺す予定ももちろんない。ちょっと人を誘って外に出ようと思っただけなのに、逆に歴戦のハンターにそこまで言われると大事になりそうな予感がしてくる。

自分の人望のなさにほとほと呆れ返っていると、エヴァが部屋に入ってきた。

「クライさん、馬車の手配の準備ができました。プラチナホース六頭立ての大型装甲馬車です」

いつもパーティで外に出る際は《嘆きの亡霊《ストレンジ・グリーフ》》保有の馬車を使っているが、今回はルーク達が使用中なので使えない。だからエヴァに手配を頼んだのだが、エヴァの出した単語は予想外だった。

プラチナホースとは通常の馬の百倍近い力を持つ馬の魔物である。その名の如くプラチナのような毛並みを持ち、どんな荒れた地でも駆け抜けられる脚力と持久力を有し、馬としては最高級の品種だ。その分お値段も飛び抜けて高いが、今問題なのはその馬車とやらが六頭立てである事である。プラチナホースは一頭で大型の馬車を軽々引けるくらい屈強なのだ。

「……それ、凄く派手じゃない？」

プラチナホースも、大型装甲馬車も、間違いなくクランで保有している物じゃない。

恐る恐る出した問いに、エヴァは目を瞬かせた。

「それは……まぁ。しかし、プラチナホースならば竜の群れに追いかけられても逃げ切れるかと」

竜に追いかけられる予定なんてないよ!?

まぁエヴァにはバカンスという話はしていないので変な勘違いをされても仕方がないが……プラチナホースの六頭立て装甲馬車とか、ゼブルディアの皇帝でもそうそう使わないだろう。

どうやって手配したのか不思議なくらいである。顎に手を当て、考える振りをして言う。

「あまり目立たない方がいいな。装甲はいらないし、プラチナホースも馬力が強すぎる。普通の馬車でいいよ。いや、少しみすぼらしいくらいがちょうどいいかな」

このタイミングで帝都を出る時点でエヴァには迷惑をかける事になるのだ。そんな大層な物を準備させてしまっては申し訳なさすぎる。

「しかし――……………承知しました」

一瞬何かいいかけ、結局、不服そうな表情でエヴァが頷く。

僕は半端な笑みを浮かべ、冗談めかして言った。

「ほら、節約しないとね」


「え……バカンスですか……？　もちろん、お供します！」

クランハウスの研究室にいたシトリーを誘うと、シトリーは嫌な顔一つせずに快諾してくれた。

嬉しそうだがリィズ程のテンションでもなく、落ち着いた気分になる。

これだよ。この反応だよ、僕が欲しかったのは。

「武装は必要ですか？」

「いや、ただのバカンスだからいらないよ。……あ、いや。最低限身を守れる程度の武器は必要かな」

「わかりました」

打てば響くような心地のよい反応。リィズや他のメンバーにもこの姿勢を見習って欲しい。

そこで、にこにこしていたシトリーの表情が曇った。上目遣いで窺うようにこちらを見る。

「…………あ、でも――そうだ。アカシャ関係の捜査がまだ途中で――」

……アカシャ関係の捜査？　あーるん達が言っていたのはこれか？

やはり僕が知らなかっただけで、シトリーがなにか手を出していたらしい。

僕がシトリーの行動を理解できるわけもないので仕方がないが、危ない事をするのならば一言欲しかったな……まぁ、今更言っても仕方がない事だ。

「あー、そっちは《魔杖》《ヒドゥン・カース》に頼んできたから問題ないよ」

「!!　ありがとうございます！　そして、すいません。わざわざお手数おかけして……」

「いやぁ、ただの偶然だから……まぁ、任せて欲しいって言ってたからうまい事やってくれるんじゃないかな」

《魔杖》は古株のクランだ。シトリーの実力がそのメンバーに劣っているとは思わないが、組織的に調査するのならば向こうが上だろう。もとより、僕はアカシャなんかに興味はないし、シトリーに危ない事もして欲しくない。

唯一、勝手に頼んでしまったのでそこで何かあるかと心配していたが、そんな事もなかったらしい。

しばし、笑顔のシトリーに癒やされる。遠くの方でフラスコを火にかけていたタリアも、こちらを見てニコニコしている。真の癒やしがここにあった。

側で彫像の如く佇むキルキル君が異質な雰囲気を放っていたが、まぁそれくらいは我慢しよう。

「ところで、バカンスの目的はなんですか？」

シトリーが、汚れ防止用のローブから腕を抜きながら確認してくる。

……目的？　目的がないとバカンスにも行けないのかね、君達は。

だが、暇な僕と違ってリィズやシトリーは忙しいので、その問いも当然なのかもしれない。

「そうだな…………温泉？」

「わかりました。火耐性ですね？　マグマ？」

「実は少しだけ逃げも入ってるんだ」

「なるほど……強敵に追いかけられる可能性がある、と」

「そうだ、エヴァがさ、プラチナホースの馬車を用意しようとしてたんだよ。ははは、大げさだよね。そんなんじゃ目立つってのに」

「ふむふむ、隠密性を要する、と。ちなみにメンバーは私達だけですか？」

「皆に声をかけたんだけど逃げられてさ。困っちゃったよ」

僕の言葉に、シトリーは一瞬思案げな表情をしたが、すぐに笑顔になると、両手をぽんと合わせるいつもの動作をした。

「ちょうどいい。私の方で三人、使ってみたかった人がいるんです。協力を得たばかりなのでまだ能力に少し不安がありますが、失っても惜しくありませんし…………準備はお任せください！」

どうやらシトリーに当てがあるようだ。さすが人望のない僕と違って、シトリーは知り合いが多い。

ちょっと言い回しが独特なのが気になるが、シトリーに任せておけば問題ないだろう。

そこで、僕はいい事を思いついた。

「ついでにルーク達も迎えに行こうかな。途中まで帰ってきてるんじゃない？」

久しぶりに遠出するのだ。宝物殿の中まで行くつもりはないが、たまには待つだけでなく迎えに行くのもいいだろう。

キルキル君が発達した上腕二頭筋を見せつけてくる。

僕の提案に、シトリーは賛同するように笑みを浮かべた。


「うぅ……違うんです、ますたぁ、お姉さま。あの私は、本当の私じゃない――」

カーテンが締め切られた部屋の中。ティノはベッドに横たわり、枕に顔を押し付けてもごもごと唸り声をを上げていた。

気分は最低だった。お姉さまに訓練でボコボコにされた時も酷い気分だが、それ以上だ。少なくともお姉さまの訓練を受けた直後は悩むような元気はない。

原因は先日ますたぁに被せられた仮面だ。

『進化する鬼面《オーバー・グリード》』。ますたぁが競売に参加してまで手に入れようとしただけあって、それはティノが今まで見たことも聞いたこともない恐ろしい宝具だった。

仮面はますたぁの言葉通り、ティノに力を与えた。だが、与えたのは力だけではなかった。

目を瞑れば鮮明に思い出す。触手が繋がれた瞬間に流れ込んできた力に、強い万能感と陶酔感。

仮面は力と共に狂気を呼び起こす。あの瞬間、ティノは世界の中心だった。

いや、正確に言うのならば、あの瞬間、世界にはティノと敬愛する『ますたぁ』しかいなかった。

「違うんです、ますたぁ。そんなつもりでは、なかったんですッ……そう、あれは仮面が、勝手に喋ったんです……私の意志とは関係なく……」

穴があったら入りたい。そして、そのまま死んでしまいたい。

ベッドの中で身体をくねらせ後悔するが、いつまで経っても気分は晴れなかった。いつもかかさずしている自主訓練も休んでしまった。このままではますたぁのような立派なハンターになれないだろう。自分のダメさ加減に嫌気が差してくる。

仮面を被せられた時のティノは狂っていた。そうでなければ、お姉さまやシトリーお姉さまに宣戦布告するなんてありえない。だが、同時にティノにはわかっていた。

あの宝具は――増幅器だ。被った本人だからわかる。

いっそ別物と言い切れるくらい過剰に増幅されてはいたが、あの時の言動の元になっていたのは――間違いなくティノの心の底に眠っていた感情だった。

頭の中は冴え渡っていた。仮面は適合率が高いと、ティノに囁いていた。

つまり、ティノは自分自身の意志で、大恩ある恐ろしいお姉さま達に向かって、しかも当のますたぁの目の前で、『自分こそがますたぁに相応しい』と啖呵《たんか》を切ったことになる。

あの時のティノは自信たっぷりだった。自分がますたぁに選ばれるという確信しかなかった。小心者なティノがそんな確信を抱いてしまうくらいの力を、あの仮面はティノに与えたのだ。

仮面を引き剥がされた後もその間の記憶が鮮明に残っていた事も、今のティノが死にたくなっている理由だ。ますたぁ達はティノの醜態を笑って許してくれたが、そんな事、何の慰めにもならない。

「本気じゃないんです、お姉さまッ！　あぁ、忘れてください……思っていません。思っていません、お姉さまは胸が小さいし成長期も終わって育つ見込みもないから、ますたぁに相応しくないなんて思っていません。シトリーお姉さまは私より年を取っているから私の方が将来性があるなんて、思っていませんッ！」

そもそも、ティノとシトリーお姉さまでは年齢もたった三つしか違わないのだ。どうしてそんな事を自慢げにますたぁにアピールしてしまったのだろうか。そもそも、幼馴染《おさななじみ》のお姉さま達にティノが敵う要素なんてないというのに……。

あの角が――仮面を被った時に生えたあの角がきっと悪いのだ。あの角をアンテナにして、ティノの頭は変なものを受信してしまった。もうますたぁともお姉さま達とも顔を合わせられない。あの時お姉さまがぶん殴って仮面を引き剥がしてくれなかったら自信に満ち溢れたティノはきっとますたぁにとてもいけない事をしてしまっていた。

人の噂も七十五日と言う。最低でも七十五日はますたぁと顔を合わせるわけにはいかない。

クランハウスにも近づけない。もしかしたらティノの醜態が広まっている可能性がある。お姉さまやますたぁはそんな事しないだろうが、あの時、ティノの自信満々の宣言を聞いてシトリーお姉さまが浮かべた表情にはそこまでやりかねない危うさがあった。

虎の尾を踏んでしまった。どうしたら許してもらえるだろうか。きっとただ謝罪しても許してくれない。ますたぁに嫌われるような犯罪の手伝いをさせられるに違いない。

いや、そもそも、もうますたぁに嫌われている可能性もある。

あの仮面は間違いなく強力な宝具だった。ティノが自分の感情の制御をもっとうまくできていたら、きっとあんな無様なところを見られる事もなかったのだ。そして、いつも優しいますたぁが強引にあの仮面をティノに被せたという事は、それを期待されていたという事である。

つまり、ティノは千の試練に失格したのだ。ますたぁの興味を引く宝具を手に入れ、きっとご褒美《ほうび》を貰えるのだと浮かれていたティノが全て悪い。何時《なんどき》も油断してはいけないとますたぁからもお姉さまからも散々言い聞かせられていたのに実践できなかった。ティノはハンター失格だ。ハンター失格なのに、どうしてあの時の自分はあんなに自信満々になっていたのだろうか。全てあの角が悪い。

ぐるぐる自己嫌悪の袋小路に入っていると、ふと玄関の方から小さな音がした。

顔を少し上げ、すぐに枕に押し付け布団を被る。鍵はかかっている。今は誰にも会いたくない気分だ。ここしばらくベッドから出ていないので、人と顔を合わせられる状態ではない。

その時轟音が響き渡った。何かが割れる激しい音。慌てて顔を出すのと、寝室の扉がひしゃげへし折れるのはほぼ同時だった。締め切られた寝室に熱い空気が流れてくる。

現れたのはさっきまで絶対に顔を合わせられないと思っていた師匠だった。いや、ティノが頑張って貯金をして購入した家を破壊しながらやってくる人間なんてそれくらいしかいない。

「ほら、ティーッ！　さっさと起きてッ！　出かけるからッ！」

「!?　!???　おお、お姉さま!?」

あれほど無様な様子を見せたにも拘らず、お姉さまの表情はいつもと変わらなかった。いつも訓練で地面に伏したティノを見下ろしている時のように、その目はぎらぎらと剣呑な輝きを宿している。

きっと顔を合わせたら恥ずかしさのあまり逃げ出してしまうとずっと思っていたのに、いざ顔を合わせたとなるとそんな恥ずかしさなど吹っ飛んでしまう。

ベッドの上で半身起き上がり、布団をぎゅっと掴む。

「そんないきなり――ど、どこに出かけるんですか!?」

「バカンス。クライちゃんと一緒。今すぐ出かけるから、ほら、早く準備しろッ！」

「そ、そんな――だ、駄目です、お姉さま。あんな無様な姿を見せてしまって、私はますたぁに合わせる顔が――」

ティノの抵抗を無視し、お姉さまはティノがしがみついているのも気にせず、布団を力尽くで剥ぎ取った。それでもまだ抱きついているのを見て、ティノごと布団を床に叩きつける。骨が床にぶつかり硬い音を立てる。鈍い痛みに思わず呻くが、厳しいお姉さまはまったく手を止めてくれない。

「あぁ!?　うっせえ、黙って準備しろって言ってんのッ！　大体、クライちゃんはティーの無様な姿なんて散々見てるんだから今更気にしないからッ！　ほら、ほら、ほらッ！」

「あぐッ！　むむ、むり、むりですッ！　わ、私が、恥ずかしくて死にますぅ……」

無理なものは無理なのだ。今までずっとお姉さまの言うことを聞いてきたが、今回の件はまた違う。

何度も叩きつけられながらも布団を離さないティノに、お姉さまが手を止める。

わかって……くれたのですか？

ほっと気を緩めるティノに、お姉さまはまるで仲間達を全員殺されてもまだ立ち向かってくる往生際の悪いゴブリンでも見るような眼差しを向け、冷たい声で言った。

「クライちゃんに連れていくって言ったの。五分やる。その間に準備しなかったら、そのぼさぼさの髪のまま、無理やり引きずってでも連れて行くから」

「!?」

一気に目が覚めた。冷水でも浴びせられたような気分だった。お姉さまはやると言ったら絶対にやる人だ。このままではティノは先日かいた恥以上の恥をかく事になる。

「ま、待ってください――五分で準備なんて――」

「後四分」

「!?」

駄目だ、考えている暇はない。ティノは布団を放り捨てると、準備するべく慌てて飛び出した。

日は落ち、帝都は薄暗闇に包まれている。クランハウスの前に一台の馬車が止まっていた。

特筆すべき点のない馬二頭立ての箱型馬車だ。クラン所有ではない証拠に、車体に足跡のシンボルがあしらわれていない。これならば、一見、《始まりの足跡《ファースト・ステップ》》が使っているようには見えないだろう。

本来業務外である馬車の手配を請け負ったエヴァが、僕に窺うような視線を向ける。

「目立たない方がいいと言っていたので……」

「うんうん、いい感じだね」

さすがである。本来馬車というのは事前に予約しないと借りられない物だ。探協保有の馬車ならばある程度の融通が利くが、目の前の馬車はそういった類のものでもない。

まだ言い出してから一日も経っていないのに、エヴァの手腕が光っている。

「レンタルなので、壊したら弁償です。大した値段ではありませんが……」

「……壊さないよ」

「……そう言って今まで何回壊しました？」

眼鏡の中で、ジト目がこちらを見上げている。

どうやら全く信用されていないらしい。僕は小さく咳払いして言った。

「壊したんじゃない。壊れたんだ」

僕のせいじゃないよ。どうしようもなかったんだ。

昔は馬車は頑丈な物だと思っていた。今ではその脆さをよく知っている。魔物や幻影《ファントム》の群れから襲撃を受ければ、たとえ金属の装甲で防御を固めた馬車でもひとたまりもないのだ。

もちろん、わざとやっているわけでもなければ魔物の住処《すみか》に突っ込んでいるわけでもないのだが、ハンターというのはとかく危険なお仕事なのであった。

今では、僕はハンター向け馬車保険の加入すら拒否されている。不思議だね……。

エヴァは、ごてごてと宝具で武装した僕をしげしげと眺め、事務的な口調で言う。

「…………なるべく早く帰ってきていただけると助かります」

「ああ、もちろんわかってるよ」

その視線に棘《とげ》のようなものは含まれていなかった。エヴァは僕にはもったいない人だ。

なるべく早く帰る。ああ、なるべく早く帰るとも。だが、いつ帰るかは言っていない。

僕が帰還するのは……最短でも『白剣の集い』が終わった後だ。

「『白剣の集い』っていつだっけ？」

「え？　……毎年同じ日ですが……ちょうど三週間後です」

三週間後か……意外とあるな。これは長いバカンスになりそうだ。ルーク達を拾うだけでは時間が余るだろう。ついでに本当にバカンスをするのも悪くないかもしれない。

結局、他に同行してくれるクランメンバーは見つからなかった。法事が入っていたり結婚式が入っていたり調子が悪かったりで、まぁ急に声をかけた僕に非があるのだが、タイミングが悪すぎた。

だが、考えようによっては人数が絞られたので良かったとも思える。馬車一台で済むからだ。

「クライさん、お待たせしました」

道の向こうから旅装のシトリーが小走りで駆けてくる。

深い緑色のローブに、背負った大きな灰色の鞄。頑丈そうなトランクケースを持ち、後ろにはローブを頭から被せ目立たないようにした（ある意味目立っているが）キルキル君を伴っている。

旅の準備――宝物殿の情報収集や物資の準備は、いつもシトリーの役割だ。特にルークやリィズはちょこちょこ必要な物を忘れるので、そのサポートも請け負っていたりする。

背負われた大きな鞄は容量無限の『次元鞄《マジック・バッグ》』ではないはずだが、必要な物が何でもかんでも入っているとても不思議な鞄だ。サポーターとしての彼女の能力はまさしく卓越していると言えるだろう。

昔を懐かしみ目を細めていると、眼の前まで来たシトリーが軽く後ろを振り返ってみせた。

「クライさん、紹介します。新しい協力者です」

「……え？」

いかにも悪人面をした男女が三人、ギロリと剣呑な目つきで僕を見下ろしていた。

視界には入っていたが、シトリーの同行者だとは思ってもいなかった。

三人とも僕よりも大柄だ。一人は女性なのだが、それでも僕よりも大きい。髪の色や目の色はそれぞれ違うが総じて悪辣な見た目をしている。一人は頬に古傷があり、一人は剥き出しになった肩の大部分に入れ墨をしている。最後の一人は傷も入れ墨もないが、狡猾そうな目をしていた。

共通して首に装着している物々しい金属製のチョーカーが異彩を放っている。

もしも道を歩いていて遭遇したらすぐに避けるレベルだ。絶対に同じ馬車に乗りたくない。

三人は僕を見ても何も言わなかった。ただ重苦しい沈黙と威圧感。エヴァも眉を顰めている。

シトリーだけがニコニコしていた。よくもまあ明らかに堅気ではない男女三人に囲まれて笑顔でい

られるものだ。昔のシトリーだったら間違いなく泣いていたのに……。

「えっと…………クロとシロとハイイロです」

「……それ、本名？」

「コードネームみたいなものですね」

クロとシロとハイイロ……髪の色で分けているのだろうか？　わかりやすいといえばわかりやすいが、御本人達は納得しているのかな？　どういう繋がりなのかは知らないけど……。

後ろの三人はその言葉に明らかに不服そうな表情をしていた。ぴしりと額に青筋が浮かび、歯を食いしばる音がする。脇に下りた手もわなわなと震えている。どうして黙っているのだろうか。

如才ないシトリーの事だ。問題はないのだろうが、念のため小声でシトリーちゃんに確認する。

「うーん……協力者って、納得はしてるの？」

「もちろんです。彼らには貸しがあるので」

そうは見えないなあ。三人がこちらに向ける視線は敵に向ける類のものだ。殺意すら感じられる。

何を貸したのかは知らないが、楽しいバカンスに連れていくような者には見えない。というか、できれば連れて行かないで欲しい。

「三人とも連れて行くの？」

「えっと……試用で連れて行こうと思っていたのですが――」

シトリーがもう一度、後ろを振り返り三人を見上げると、名案を思いついたように手を叩いた。

「もしも、クライさんが気に入らないメンバーがいるならば、処分します。お姉ちゃんが来るまでには……なんとかなるかと」

処分とは、随分物々しい言い方だな。

シトリーの言葉に、三人の表情が一転、強張る。恐らく、三人は雇われたのだろう。シトリーは羽振りもいいし、仕事がなくなるかもしれないとなれば顔色が変わるのも仕方のない事だ。

僕も気持ちはわかる。嫌な仕事もしなくてはならない。生きるって大変だ。そして、非常に申し訳ないのだが、三人はいくらなんでも多すぎる。

リィズとティノも来るし、キルキル君もいるのに、馬車がいっぱいだ。

シトリーは薄い笑みを浮かべていた。

「遠慮しないで言ってください。恨みを買う心配はありません」

「そうだなぁ……」

腕を組みながら、紅一点。クロと呼ばれた黒髪の女性を確認する。

女性にしては大柄で、僕よりも頭半個分背が高い。肌は黒く、肉体は絞られている。黒い髪は短く切られ、頬には大きな古傷が残っていた。可憐さが欠片もない分、見た目だけならリィズよりも強そうだ。傭兵だろうか……どちらにせよその佇まいには数多の戦場をくぐり抜けてきた歴戦の猛者《もさ》のような雰囲気があった。他の物騒な二人に負けず劣らずな見た目をしたクロは強張った表情のまま、初めて声をあげる。声は低めだが、確かに女性のものだった。

「ク、クロだ。殺しには、自信がある」

まさかの返答である。思わず目を丸くする。

殺しって……その特技を使う機会はあるのでしょうか？　まぁ、護衛能力は十分ありそうだが。

聞かなかった事にして、続いて、頭の右半分に白い髪を流しているシロを確認する。鍛え上げられた肉体。肩一面には入れ墨が入り、如何にもな悪人面だ。シロが乾いた声で言う。

「シ、シロだ。こ、こうしてお目にかかれて光栄だ。な、なんでもやろう」

「なんでも？」

「ッ……なんでもだッ！」

ふむ……やる気十分、と。荷物持ちでも護衛でもやるということだろうか？　意外と顔に似合わずいい人なのだろうか？

最後の一人——灰色の髪をしたハイイロを見る。

ハイイロは他の二人と比べて小柄だった。もしかしたら盗賊《シーフ》なのかもしれない。他の二人と比べれば戦闘能力は高そうではないが、こちらを見定めるような目つきは酷く狡猾に見える。

三人ともシトリーが雇っただけあって、（頼りにしていいかは別として）非常に頼りになりそうだ。

でもなぁ。冷静に考えてみるとリィズとティノがいれば護衛は十分じゃない？　キルキル君もいるし、クランメンバーならばともかく、見知らぬ人がいると気が休まらないんだが？

僕はシトリーに視線を戻し、中途半端な笑みを浮かべた。

「悪いけど、三人ともいいかな……」

「!!」

シトリーが大きく目を見開き、口元に手を当てる。

続きを言おうと口を開いた瞬間、不意にシロとクロがハイイロをぶん殴った。

躊躇いのない一撃だった。まるで鈍器を思い切り振り下ろしたような凄まじい音がした。三人の中では一番細身だったハイイロが路面をバウンドし、ごろごろと通りの向こうまで吹き飛ぶ。

いきなりの暴力に凍りつく僕の前で怒号が飛ぶ。シロとクロが壮絶な表情で、転がるハイイロに一切容赦なく蹴りを入れる。酷い音がした。

「このッ！　クソがッ！　ひとまずッ！　大人しくしてるって、約束しただろッ！　死ねッ！」

「謝れッ！　シトリー……さんに、謝れッ！　クソの役にも立たねえッ！　プライドこじらせやがってッ！　あぁッ!?」

頭を叩きつけられ、路面に罅《ひび》が入る。血が飛び散る。悪夢でも見ている気分だ。

エヴァが青ざめている。だが、シトリーは顔色一つ変えていない。

ちょ……どれだけシトリーの依頼に命を賭けてるんだよ!?

不意に起こった凄惨な現場に立ちすくむ僕の前で、シトリーが困ったように言った。

「確かに一人くらい見せしめはあった方がいいとは思ってましたが、まさか三人全員、とは……」

「じょ……冗談だよ。ただの冗談」

ああ、冗談だとも。いいよ、ついてきていいよ。僕が我慢すればいいだけなんだ。僕が我慢するべきだったんだ。

シトリーは、僕の言葉にほっと胸を撫で下ろすと、一方的に殴られているハイイロを見て言う。

「え……？　なんだ、ただの冗談でしたか。よかった…………実は、躾がまだ途中なんです。可能な限り説得するので、少しうるさいのは許してください」

「うんうん、そうだね……」

本当に大丈夫？

二人の間に割って入るシトリーを見て、激しい疑問がわくが、無理やり首を振って忘れる事にする。気にしても僕にはどうしようもないことだ。

シトリーが、僕に向けていた表情が嘘のように険しい顔で叫ぶ。

「私じゃなくて、謝るならクライさんに謝ってくださいッ！　今の態度なら、いない方がマシですッ！　私に恥をかかせるなら、貴方達は——首です」

もう日は沈んでいるが、辺りにはそれなりに人がいる。今は遠巻きに窺っているが、このままでは騎士団が呼ばれてしまうかもしれない。

シトリーの鋭い叱責を背中に聞きながら、エヴァに笑いかけた。

「…………楽しい楽しいバカンスだよ」

「…………は、はぁ。…………楽しんできてくださいね……なるべく早く帰ってきてください」

どうやらエヴァもさすがに付き合ってはくれないらしい。ずっとお家にいたい。

騒ぎを聞きつけたのか、クランハウスから見覚えのある者達が駆け出てくる。

もしかして一緒にバカンスに来てくれるのだろうか？　一縷《いちる》の望みを抱く僕に、身体のそこかしこに包帯を巻いた壮年のハンターが泣きついてきた。

「待て、待ってくれッ！　マスター、帝都を出るだって!?　なら、あいつを連れて行ってくれ！」

「……あいつ？」

「ノミモノだよッ！　もう手に負えないッ！　このままじゃ死人が出るッ！」

目が血走っていた。確か記憶の通りならば、このクランメンバーは認定レベル5だったはずだ。

男の後ろには憔悴した表情のクランメンバー達が何人も大きく頷いている。皆、部位の違いはあれど、あちこちに包帯を巻いていた。

ノミモノ……ずっと世話を投げっぱなしだったが、対魔物のプロフェッショナルであるハンターをここまで困らせるとはどれほど成長したというのだろうか。もしかしたら殺さずに世話するというのがハードルが高かったのかもしれない。だがその責任は全部シトリーにあると思うよ。

ノミモノのお世話係達は、僕の答えを待たず引っ込むと、太さが指程もある鎖を五人がかりで無理やり引っ張り、ノミモノを連れてきた。

まだ預けてから一ヶ月は経過していないはずだが、久しぶりに見るノミモノは完全に大人になっていた。まず大きさが前回見た時とは違う。最初にシトリーが引き取った時は手で持てるケースに入れる大きさだったが、今のノミモノは体高が二メートル近く、僕を楽々乗せられるくらいに大きい。背には大きな翼を持ち、この間まで生えていなかったはずの立派な鬣《たてがみ》まで生えている。幼体の時点で僕を殺せる強さだったが、今のノミモノは完全にモンスターであった。

ノミモノは僕を見ると、その見た目からは想像がつかない可愛らしい声で甘えるように「にゃー」と鳴いた。だがその口には鋭い牙が生え揃っている。

ハイイロ達がノミモノを見て青ざめている。心が折れかける僕の耳に、騒々しい声が入ってきた。

「いやぁッ！　許してください、お姉さまッ！　やっぱり、私は、ますたぁに、合わせる顔が、ありませんッ！」

「往生際がッ！　悪いッ！　いつまでも凹んで――ティーが雑魚な事なんてッ！　クライちゃんはちゃんと知ってるって、何回も言ってんだろッ！　いつまでも凹んでると、私の師としての沽券《こけん》に関わるんだよッ！」

まだ出発もしていないのに暗雲が立ち込めている。悲鳴をあげるティノを引きずりながら歩いてくるリィズを見て、僕は無言で馬車の中に入ると、何もなかった事にして膝を抱えた。

もうお家に帰りたい……。

「鑑定を頼まれたポーションだが……あれは、強力な酔い醒《ざ》ましのようだ」

「…………は？」

帝都でも著名な薬師《くすし》のその言葉に、アーノルドの頭は沸騰した。仲間達も騒然としていた。

シトリー・スマートに謀られた。一億ギール以上の大金を差し出し手に入れたポーションはただの酔い醒ましだった。ある意味、解毒薬ではあるが、そんなのは関係ない。

確かに、冷静に考えればいくら危険なハンターでも同じハンターの食べ物に劇毒を仕込むわけがない。からかわれたのだ。法に訴え復讐する事も考えていたが、鑑定結果がこれでは勝つのは難しい。

だが、そんな事はもはや関係なかった。アーノルドは全ての活動を一時停止する事を決断した。

奴らは《霧の雷竜《フォーリン・ミスト》》の、《豪雷破閃《ごうらいはせん》》の逆鱗に触れた。誇りが傷つけられた。相手が格上のレベル8だろうと関係ない。落とし前をつけさせねば溜飲が下がらないし、ついてくる者がいなくなる。

一刻も早く《嘆きの亡霊《ストレンジ・グリーフ》》を討つ。与えられた条件など関係ない、シンプルな行動指針だ。

思い返せば、この帝都に来てからアーノルドは散々な目に合っている。

酒場ではリィズ・スマートに奇襲を受け、昏倒させられたのを他のハンターに見られた。公衆の面前で《千変万化》に敗北し、言いがかりに近い理由で酔い醒ましを高値で売りつけられたと思えば、続けてその智謀により、この帝都で知られる《魔杖《ヒドゥン・カース》》と対峙する羽目になった。そしてその様子もまた少なくない人数に見られている。

だが、何より問題なのは、アーノルド達が一切、力を誇示できていない点だ。

ハンターにとって『強さ』は最重要視されるファクターだ。トラブルばかり起こすハンター以上に、力のないハンターは無価値とされる。このままでは帝都での活動が危うくなる。状況が悪かった。戦力差があった。そんなのは言い訳にもならない。何より、このままではパーティが崩壊する。

今の立場を一変させるには、『やはり《霧の雷竜》はレベル7相当の実力を持っているんだ』と思わせるような功績が必要だ。それも、過去ではなく現在の能力の証明として、なんとしてでも実力を見せつける必要があった。このままでは格上のハンターや探索者協会からの評価だけでなく、格下のハンターや一般市民からもナメられる事になるだろう。物理的に黙らせるにしても限界がある。

《嘆きの亡霊》を討てば、それらが一挙に解決する。一度は矛を納めかけたが、煽ってきたのは向こうの方だ。理由は十分ある。手加減する必要はない。

売られた喧嘩は買わねばならない。

《嘆きの亡霊《ストレンジ・グリーフ》》を討ち、《霧の雷竜《フォーリン・ミスト》》の名を、《豪雷破閃》の名を帝都に轟かせるのだ。

たとえ敗戦濃厚だったとしても、一矢報いる。それがハンターの生き方だった。

喫茶店では逃したが、同じ轍《てつ》は踏まない。

宿の訓練場。昼間の屈辱を晴らすかのように一心不乱に愛剣を振るっているアーノルドのもとに、右腕のエイ・ラリアーが駆け込んできた。

「アーノルドさん、大変です！　《足跡》の連中が話していたのを耳に挟んだんですが——《千変万化》が帝都を出たらしいです。なんでも、バカンスで、いつ帰るかは不明だとか」

その言葉に、一瞬アーノルドの思考が空白になる。

昼間にあれだけコケにしてくれた挙げ句、バカンスだと!?　本当にふざけた奴だ。

頭にかっと血が上りかけるが、荒く呼気を漏らすに留め、短く命令した。

「…………追うぞ。用意させろ」


「クライが帝都を出ただと？　また今回は随分早いな……」

探索者協会帝都支部の支部長室。今日も上がってきた書類の処理に勤しんでいたガークは、門から届けられた報告に、目を見開いた。

《千変万化》は認定レベル８に恥じないハンターだが、唯一弱点があるとすればそれは動くまで時間がかかる点になるだろう。

すべて計算尽くのようだが、何も知らないガークから見るといつもヒヤヒヤさせられていた。

今回の指名依頼は数ある依頼の中でも特に重要なものだ。成功すればグラディス伯爵のハンター嫌いが緩和し、他のハンター達にも金銭には代えられないメリットが発生するだろう。

……さすがのクライもそんな重要な依頼を引き延ばしたりはしない、か。

そんな事を考えつつもしかめっ面を崩さないガークに、カイナが目を瞬かせ、言う。

「しかし、クライ君は依頼票を持っていかなかったのでは？　それに、同行させると言っていたクロエも――」

「!?　あ…………あの野郎――――ッ！」

依頼票とは、探索者協会が発行する任務の詳細が記載された紙だ。本来は依頼を受けたハンターに渡される物である。呼び出した時に渡そうとしたが、断られてしまった物だ。

恐らく、指名依頼の中身を知らずに帝都を出たわけではないだろう。クライ・アンドリヒはそこまで馬鹿ではないし、これまでも依頼票を見もせずに出ていき、しっかりと仕事を終えて帰ってきた事が何度もある（どうやって依頼票を見ずに中身を知ったのかは不明だが）。

だが、今回の依頼はこれまでとはわけが違う。

今回クライに発注された指名依頼はグラディス保有の騎士団との共同作戦だ。依頼票は、内容確認のためだけではなく、身分証を兼ねている。《千変万化》は有名なのでどうにでもなるだろうが、心証を損なうのは確実だ。そして、それはハンター嫌いの貴族を相手にした場合、致命打になりうる。

今回はクロエをつけるつもりだったのでスムーズに行くと思っていたのだが、まさか二つ返事で同行を了承したクロエを置いていってしまうとは思わなかった。

次に会った時にしっかりとっちめてやる。顔を顰《しか》めるガークに、カイナが苦笑いで言った。

「クライ君も案外間の抜けたところがありますからね……バカンスに行くとか言っていたらしいですし」

「くそッ、自由すぎるぞ。あいつの煽り癖はどうにかならないのか？　貴族からの依頼をバカンス気分で受けるヤツがいるかッ！」

成果も行動も、その突拍子のなさには何年経っても慣れる事はない。きっとクロエを置いていってしまったのも特に理由があっての事ではないだろう。もしかしたらただ忘れている可能性もある。

ガークはずきりと痛む頭を押さえ、カイナに命じた。

「クロエにすぐ追わせろ。なんとしても到着する前に合流させるんだ。グラディスの機嫌を絶対に損なわせるなッ！　ああ、一人で外に行くのは危険だ、ハンターの護衛をつけろ。報酬は、奴の報酬から引いてやれ」

第二章　変わった試練

帝都ゼブルディアは周辺諸国を含めても最も栄えている都の一つだ。

整備された道路に、立ち並ぶ街灯。『退廃都区』などの一部区画を除けば、夜でも視界に困る事はない。人口も多く、基本、粗暴なハンターも大勢いるため、騎士団の巡回も比較的頻繁に行われている。

だが、帝都を囲む壁から一歩外に出ると、そこが弱肉強食の世界なのは他国と変わらない。

人工的な明かりはなく、少なくない頻度で魔物が現れる。前回の【白狼の巣《はくろう》】のように幻影《ファントム》が漏れ出てくる事もあれば、人間の賊に襲われる事もある。帝国は治安維持に力を割いているが、それでもそれらの危険が撲滅されない辺り、如何に外の世界が危険かがわかる。

帝都を出て緩やかな速度で走る馬車の中で、僕はさっそくバカンスに入って最初の後悔をしていた。

空には分厚い雲が広がり、月を隠している。窓の外に流れる光景は真の闇に限りなく近く、夜目の利かない僕では何がどうなっているのかさっぱり判断がつかない。せめて出発は朝にするべきだった。

僕は馬鹿だ。今回は【白狼の巣】の時とは違うのだ。こちらに決定権があったのにどうして夜間に飛び出してしまったのか、数時間前の自分を張り倒してやりたい。

そもそも、ハンターの常識として、行動を起こす際は理由がない限り朝にする事が推奨される。魔物や幻影《ファントム》には夜目の利く者が多いからだ。リィズもシトリーもティノも、そしてエヴァもそれは知っているはずなのだが……一度くらい本当に夜出発でいいのか僕に確認して欲しかった。

悪いのは完全に僕の方なのだが、彼女達は僕を信頼しすぎではないだろうか。

普段は帝都どころかクランハウスからすら滅多に出ないので、馬車に乗るのは本当に久しぶりだった。全身に伝わってくる独特の振動にそこはかとない懐かしさを感じる。

トレジャーハンターはある程度金銭に余裕ができると、馬車を使い始める事が多い。

移動用としてではなく、手に入れたアイテムの運搬がメインだが、馬車を使い、守りきれるだけの実力を得た辺りでハンターの収入は跳ね上がる。

《嘆きの亡霊《ストレンジ・グリーフ》》も馬車を使っていた。アンセムは大きすぎて馬車に入らないし、リィズやルークは外を走るので乗っているのは僕（と、たまにルシア）くらいだったが、今思い返せばあれはあれで楽しかった気もする。現在進行系の修羅場はアウトだが、過去の危険な冒険はいい思い出なのだ。

エヴァの用意してくれた箱型馬車は中型のものだった。恐らくハンターによる使用を想定しているのだろう、広さは脚を伸ばして寝られない程度だが、頑丈な作りで、馬車の上に見張り用の席もある。サスペンションがついているため振動も軽減されている。車内は、荷物を考慮すると一パーティ全員が乗るスペースはないが、もともとハンターにとっての馬車というのはそういうものだ。

後悔している間にも馬車は止まる事なく進み続けていた。御者台に座っているシロとクロ（と、見張り台についているハイイロ）はよくもまあこの暗闇の中、馬車を走らせられるものだ。

今回も夜目が利かないのは僕だけか……『梟の眼《オウルズ・アイ》』のチャージは済んでいるが、使う時でもない。

と、その時、対面で地図を広げていたシトリーが隣のリィズをちらりと見た。

「なんでお姉ちゃん、今日は走らないの？　いつも走ってるのに……」

「あぁ？　あんた、クライちゃんと二人っきりにしたら手ぇ出すでしょ。させるかよ」

「…………シロとクロとハイイロだけじゃちょっと不安だから、お姉ちゃんには外を走っていてもらいたいのに……」

「私が、不安なの！　大体、キルキル君とあのキメラがいるから問題ないでしょ！　シトだって、いつも御者してんのにどうして今日は中なわけ？」

「それは……シロとクロの試用も兼ねてるから――」

暗闇の中、瞳を爛々と輝かせ、リィズとシトリーが言い合いをしている。

隅っこの方では、誘拐同然に引っ張られてきたティノが、僕そっくりの格好で膝を抱えていた。

仮面を被った件がまだ後を引いているのか。最初の挨拶と開幕の謝罪を除き、ティノはずっとそんな感じだった。

シトリーが雇った悪人面の三人の姿が見えないのがせめてもの救いである。しかし、この光景を見てこれからバカンスに行くなどと思う人はいないだろう。

せめて夜じゃなかったらもう少しテンションが上がったはずなのに……。

そんな事を考えていると、馬車の横を変なライオンに跨《また》がった灰色マッチョが通り過ぎていった。

ノミモノライダーキルキル君だ。ノミモノは興奮したようにふーふー唸り、キルキル君が勢いよく手綱を引いている。躍動感に溢れすぎていて吐きそうになり、僕は外を覗くのをやめた。

「…………」

今日は珍しく魔物が出ないなあとは思っていたが、そりゃあんなのが走っていたら魔物も逃げるだろう。むしろキルキル君ライドノミモノの方がずっと魔物っぽい。悪夢とかに出そうだ。足してはいけないものが足されている。……安全な旅ができそうだなぁ。

「クライさん、どのルートを取りますか？」

シトリーが広げた地図の隣に明かりの入った瓶を置く。ぼんやりとした最低限の明かりが地図を照らす。帝都を中心に周辺各地を記載した地図には、シトリーによる書き込みが幾つもされていた。

今回の目的は時間稼ぎ兼、バカンス兼、ルーク達の迎えである。ルーク達の攻略対象、【万魔の城《ナイト・パレス》】があるのは国内だが辺境なので、真っ直ぐ行くだけでも軽い旅行のようなものだ。

「なんか意見ない？」

「クライちゃんについていくよ？」

僕の問いに、リィズが嬉しそうに即答し、シトリーもにこにこしながら頷く。

ハンターになってからずっとそんな感じなのであった。僕の采配ミスで散々酷い目にあっているはずなのに、メンタルが強すぎるというべきか、信頼されていると喜ぶべきなのか……ティノの方を見ると、ティノは顔をあげ目の端に涙を浮かべながらもこくこくと頷く。

なんか守ってあげたくなる。無理だけど。

「ますたぁに……ついて、いきます……」

「ごめんねぇ、ティーのヤツ、なんか自信失くしちゃったみたいで！」

「うんうん、そういうこともあるよね……」

調子の出ない弟子に、リィズの言葉もいつもより優しげだ。最近、ティノにはいいところを見せられていない。ここは一つ、ますたぁもやる時はやる男なのだという事を見せてやらねば。

僕は腕を上げ指を伸ばすと、帝都から【万魔の城】の間にある一部分を大きく丸で囲った。

「とりあえず、この中は通らない」

「はい。この中は通らない、と……理由を聞いても？」

「……僕の勘だ。一歩も入らないようにしよう」

困った場所はグラディス伯爵領である。

僕は無才だが経験がある。この《千変万化《せんぺんばんか》》に隙はない。エクレール嬢とトラブルを起こしたので、領地の場所を調べておいたのだ。未受領だが指名依頼まで貰っている。近寄らなくてもいつも危うい目に遭うのだ。近寄ったらどうなってしまうか、考えたくもない。

シトリーは論理的根拠を挙げない僕に、嫌な顔一つせず、温かい笑みを浮かべた。癒やされる。

グラディス領に一歩も入らないとなると、宝物殿までの道のりは大回りになる。まぁ、最悪ルーク達とはすれ違っても構わないわけで、安全第一で行くのならば仕方がない。

「わかりました。では北の山を横断するか西の森を抜けるか――山と森、ですか。……ティーちゃん、参考までに聞くけど、『雷竜』と『迷い巨鬼《ポテ・ドラゴス》』、どっちがいい？」

「……ぇ!?」

ティノが顔をあげ、何故かシトリーではなく僕の方を見た。

小動物のような、怯えたような表情。『雷竜』は言わずもがな、雷を操る、強力で希少な竜だ。迷い巨鬼《ポテ・ドラゴス》は――聞いたことがないが、ティノが呆然とするレベルで危険な魔物なのだろう。

「いや、出ないよ!?」

慌てて否定する。まずそもそも雷竜は滅多に現れない。確かに山に生息しているとは聞いたことがあるし、実際に遭遇したこともあるが、雷竜は竜種の中でもかなり希少で、本来は見つけようとしてもまず見つけられないような存在だ。後者については――名前すら初耳なのでわからないが、森で遭遇する危険な魔物についてはそれなりに詳しい僕が知らないのだから、一般的ではないのだろう。

シトリーは心配しすぎだ。リィズが頬を膨らませ、胸の前で腕を組んで援護射撃してくれた。

「シト？　出るわけないでしょ？　クライちゃんは――敵は人間だって言ってるんだからッ！　適当な予想言うのやめろッ！」

だから何も出ないって！　……どうやら、全く信用されていないようだ。

「……少しでもクライさんの考えを理解しようとする事の何が駄目なの？　そりゃまだ的中率は低いけど、妥当なラインナップだと思うし……クライさん、外れですか？」

出ない。間違いなく、何も出ない。これは冒険ではなくバカンスなのだ！

だが、そこまで言うのならば僕は――念には念を入れよう。

わくわくしたように僕を見るシトリーの言葉に答えずに、地図を差した指をずらしていく。

辺境に位置する【万魔の城《ナイト・パレス》】までグラディス領を避けて行くには、山と森がある。だが、山はともかく森の方はぐるっと大きく迂回すれば回避できるのだ。急ぎ旅というわけでもない。

「山脈の方はともかく、森の方は大きく回れば通らずに済むじゃん？」

「しかし、それでは【万魔の城】到着に時間がかかりすぎますし――平野では希少な魔物の出現率がかなり低いです。実入りが少なすぎます。差し出がましいかもしれませんが――クロとシロとハイイロについては遠慮はいらないので、多少のリスクは取るべきかと」

滅多にノーと言わないシトリーから出される理路整然とした言葉。

学者然としたシトリーも根っこはトレジャーハンターということか。実入りって何さ……。

いつもならばその言葉に流されるところだが、今日の僕は一味違う。はっきり言わせてもらう。

「いいんだよ、今回の目的はバカンスなんだから ッ！　ほら、ティノも怯えないで……たまには信用して欲しいな」

「ます、たぁ……」

目に涙を溜めるティノの方に視線をやり、続いて他の二人を大きく見回し小さく息を吐く。

「本当に他意はないんだ。最近大変だったたし――ティノだけじゃない、リィズもシトリーも少し働きすぎだよ。帝都の外に連れ出しておいてなんなんだけど、ここらで一度身体を休め体調を整えるべきだと思う。ただの旅行だよ、旅行。バカンスだ。魔物も幻影《ファントム》もお休みだ。美味しい物食べて、ゆっくり休養を取って、楽しい事をやって――危険なことなんて何もない。本当だよ？」

休養ばかり取っている僕が言えた事ではないし、ついこの間、ティノに骨拾いの罰ゲームを振ったばかりだが、それは僕の本音だった。仕事を振った僕も休んで欲しい僕も両方とも真実なのだ。

心を込めた言葉に、ティノが肩を震わせ、じっと僕の目を見つめる。

「信じて……いいんですか？　ますたぁ」

ああ。信じていいんだよ……ティノ。強く頷いたちょうどその時、僕の耳が小さな雨音を捉えた。

窓を確認する。窓ガラスに付着した水滴は瞬く間にその数を増し、つい数分前までは何も降っていなかったとは思えない土砂降りに変わる。

轟々という凄まじい風と雨の音。一変した天気に馬がびっくりしたのか、馬車が大きく揺れた。

車体は密閉されているため雨は入ってこないが、それを引く馬は生き物だ。プラチナホースならば嵐くらいなんともなかったのだろうが、この土砂降りで普通の馬を走らせるのは無理があるだろう。

風と雨の音に混じり、外から小さな苛立たしげな声が聞こえる。

外にいるクロとシロとハイイロは大丈夫だろうか……いきなり崩れた天気にどうしていいか戸惑っていると、不意に稲光が奔った。遅れて雷鳴が響く。馬車が大きく跳ね、停止する。

ギリギリで悲鳴を堪える。誰も怯えていないのにここで悲鳴をあげたらさすがに格好悪すぎる。

車体に叩きつけられる風雨は強く、短時間で収まるようには思えない。どうしたものか……これでは立ち往生だ。嵐が来るのがもう少し早ければ出発も明日にしたのに、間が悪すぎであった。

身体が冷えてきた。外套を着込み、しっかりとボタンを留める。

外で大嵐に遭うのは初めてではない。僕は実は――雨男なのだ。運悪いしね……。

「いきなり凄い雨だな……」

「一旦外に出ますか……馬は借り物なので大切にしないと」

その時、ふとじっと窓から外を眺めていたリィズが言った。

「よし、ティー……走るぞ」

「…………え？」

ぽかんとした表情をするティノを他所に、リィズが立ち上がり、軽く屈伸する。気温が低いせいか、その肌から仄かに湯気が上がっていた。窓の外をもう一度じっと確認し、満足げに頷く。

「すごい嵐……修行にピッタリじゃない？　さっすがクライちゃん！　シト、ポーションあるよね？あ、雷耐性もついでにつけるから、誘雷薬《ゆうらいやく》もちょーだい？」

「はいはい」

そんな……天気まで僕のせいにされても困る。

シトリーが鞄から白色に輝くポーションを取り出す。誘雷薬……以前見たことのある、雷を引き寄せるイカれたポーションだ。原理も聞いた記憶があるが、よく覚えていない。それに加え、シトリーは他にも色々なポーションをてきぱきとまとめると、特殊な円形の箱に入れてリィズに渡す。

ティノは完全に硬直していた。夢でも見ているかのような呆けた表情でリィズを見ている。もしかしたら今、彼女の脳内では走馬灯が走っているのかもしれない。

「リィズ――」

暴挙を止めるべく声を上げる僕に、リィズが今日一番の輝くような笑顔で言った。

「大丈夫、クライちゃん！　ティーももう随分マナ・マテリアルを吸ってるし、訓練もちゃんとやってるし、一撃では多分死なないから！」

「⁉　？？？　ますたぁ……」

「ちょっと待ったあああ！」

ほぼ反射的にリィズを止める。いくらなんでもそんな酷い訓練を後輩に課すわけにはいかない。

ティノが潤んだ目で僕を見ている。大丈夫、大丈夫だよ。

「クライちゃん心配性ねぇ。大丈夫、ティーもう子どもじゃないし、自己責任だから。私の計算通りなら十分耐久力もついているはずだし、即死しない限りシトのポーションがあるから」

めちゃくちゃな理論を目をキラキラさせながら言うリィズ。あまりも過酷だが、昔のリィズの師匠と違うのはリィズ自身も同じ修行をする点だ。やばい。

リィズとティノでは能力が違いすぎる。ティノが視線で僕に助けを求めている。

その時、僕は良い物を持ってきたのを思い出した。

懐に手を入れ、ポケットからぬっちょりとした感触を引っ張り出す。

ティノの目がそれを見て、青ざめた。

『進化する鬼面《オーバー・グリード》』。潜在能力を解放する力を持つ、とっておきだ。置いてくるか迷ったが、最近手に入れたばかりの宝具だし何かに使えると思って持ってきたのである。

僕には使えないが、この仮面を被った時のティノはあらゆる能力が向上していた。素早さも筋力も、そして恐らく耐久力も上がっていただろう。やや高揚してしまう事を除けば極めて強力な宝具だし、精神的影響についても慣れればでなんとかなりそうな予感がしている。

無理やりポケットに詰め込まれていた『進化する鬼面』がうんざりしたような声で言った。

『酷い目にあった――我が出番か……？』

これを被ればきっとティノも雷に耐えられるはず。トラウマになっているようだが、ティノには是非それを克服して欲しい。期待を込めて顔をあげたところで、ティノが叫んだ。

「お姉さま。わ、私、急に今すぐ修行したくなってきましたッ！」

「あッ――」

転がり落ちるようにティノが馬車から飛び出す。

残されたのは目を丸くするリィズと、肉の仮面を両手に広げた僕だけだった。開けっ放しになった扉から吹き込む強い風と雨粒を被り、ぐっしょり濡れる。

リィズはしばらく黙っていたが、ぽんと手を打った。

「さっすが、クライちゃんッ！　こんなに簡単にティーの弱虫を退治できるなんて――私も行ってくるねッ！」

「お姉ちゃん、ティーちゃん、ちゃっかり誘雷薬置いてっちゃったから忘れず持ってってッ！　全く、ティーちゃん、逃げ癖ついてるんだから……」

それは逃げ癖と呼べるんだろうか。誘雷薬を持ってリィズが消える。

闇の中消えてしまったリィズ達の姿は僕の目には捉えられない。そして、僕の脳裏には、消え去る寸前にティノが見せた信じたものに裏切られたような眼差しがはっきりと焼き付いていた。

僕はへんにょりした顔をする『進化する鬼面』を見下ろした。

大切なものはいつだって僕の手の平から抜けていってしまうのだ。いつだってそうだ。

「すぐにテントの準備をしますね。クライさんは、ちょっと中で待っていてください」

シトリーが、何事もなかったかのようにニコニコしながら野宿の準備を始める。

窓の外では巨大な白いキメラに乗ったキルキル君が嵐の中、咆哮している。

まるで世界の終わりだ。酷いバカンスである。

僕の思考をかき消すかのように、雷の落ちる凄まじい音が響き渡った。


強い雨と風が《足跡》のクランハウスのラウンジのガラスを叩いていた。

空は分厚い雲に覆われ、時折雷鳴まで聞こえている。ラウンジは満員だった。

依頼を受ける予定が嵐に遭遇し、とんぼ返りしてきた者。行きつけの酒場が悪天候で臨時休業になって行き場を失い集まってきた者。明日の宝物殿探索の準備をするつもりが、翌日も外には出られないと引きこもる事を決めた者、それぞれがテーブルにつき、大きく取られた窓から空を見上げている。

腹痛がすっかり治まったライルが、持ち込んだ酒瓶片手に大声をあげる。

「なーにがバカンスだ、クライめ。初《しょ》っ端《ぱな》から不穏じゃねえか」

「マスターが自発的に動く時は何かしら酷い目に遭うからな……」

パーティメンバーの一人がそれに相槌を打つ。

《千変万化》の千の試練はやばい。いつまで経っても楽にならない。それが周知の事実だった。

普通、トレジャーハンターというのは実力が上がれば上がる程、仕事が楽になるものだ。

だが、千の試練は違う。試練と呼ばれるだけあって、その難度はいつも限界ぎりぎりを狙っている。《始まりの足跡》《ファースト・ステップ》のメンバーが精鋭と呼ばれるのは試練を乗り越えてきたが故だ。それはわかっているが、毎回毎回頼んでもいないのに巻き込まれては堪ったものではない。

「だいたい、この間やったばかりだろうが！　スパンが短すぎる！　そんなに命を賭けさせせんなッ！」

ライルの酔いの回った叫び声に、他のメンバー達が同調する。

「そーだそーだッ！」

「まだ装備の新調だって終わってないんだッ！」

「情報を隠すなーッ！」

「マスターの暴挙を許すなーッ！」

「こんな大嵐の中、外に出られるかーッ！」

「レベル8といっしょにするなーッ！」

「リィズといっしょにするなーッ！」

「情報をだせーッ！」

「金をだせーッ！」

「情報ーーーーッ！」

張本人がいないにも拘らずテンションが上がり、肩まで組んで叫び出すクランメンバーを見て、輪の中に入らなかったイザベラとユウは顔を見合わせ、呆れたようにため息をついた。

「うちのクランって、みんな仲いいですよね……」

「リィズやシトリーはともかく、連れて行かれたティノは大丈夫かしら」

《嘆きの亡霊《ストレンジ・グリーフ》》のメンバーは試練にも慣れているが、心配なのは巻き込まれた後輩の方だ。

千の試練は一度巻き込まれてしまえば逃げる事すらできない状況に追い込まれる。

心配そうな眼差しをするイザベラの前で、まるでその問いに答えるかのように空が明滅した。

その時、クランの仲間が泡を食ったようにラウンジに駆け込んできた。

ぐっしょり全身が濡れていたがそれに構う事なく、息を切らして叫んだ。

「おい、皆。大変だッ！　《魔杖《ヒドゥン・カース》》が戦争を始めるらしい。相手は例のアカシャの塔だ。トップが動いてる、余波がくるぞ！」

「!?」

その言葉の意味に、ラウンジに集まっていたメンバー達の顔色が変わる。

《魔杖》と言ったらゼブルディアでも屈指の古参クランだ。特にそのクランマスター、レベル８の《深淵《しんえん》火滅《かめつ》》はその苛烈さで《嘆きの亡霊》に引けを取らないくらい知られており、抗争ともなればどれほどの範囲を巻き込むかわからない。探索者協会から出動要請がある可能性も低くない。

頭をかきむしり、絶望の表情でライルが叫ぶ。

「クライの奴……バカンスだって!?」

「ああああ、またしてもやられたッ！」

「せっかく……せっかく、ノミモノから解放されたのにッ！」

再び阿鼻叫喚《あびきょうかん》の様相を見せ始めるクランの仲間達を見て、イザベラは深々とため息をついた。


凄まじい雨と風が暗闇の草原を吹き荒れていた。

断続的に鳴り響く稲光と、轟音を伴った衝撃は命中すれば命すら危ういだろう。本来外に出るような天気ではない。ハンターも人間で、自然の猛威を前にすればできる事はあまりにも少ない。

「ッ……クソッ、嵐だと!?　さいってえだ」

横合いから叩きつけるように吹き付ける嵐に、ただの外套がどれほどの効果を発揮しようか。

吐き捨てるように出された大声は嵐の中、誰にも届かずに消えた。馬車の車体の上部——見張り用の席で索敵をやらされていたハイイロが、堪らず馬車から飛び降りる。御者台に座っていたクロとシロも全身ずぶ濡れになりながら、怯える馬を宥めている。

視界の端に、嵐を意に介す気配もなく淡々とテントの準備をしている忌々しい女の姿が見えた。

積んでいた荷物からテントを取り出し、慣れた手つきで組み立てている。雨と風、泥濘《ぬかるみ》と暗闇の中、その動きは淀みない。分厚いローブに巨大な背負鞄。垢抜けた容貌に武器を持たない格好はハンターには見えないが、その技術は間違いなく一流のハンターのそれだ。

だが、何より、ハイイロ達と違うのはその表情である。

その顔には苦痛がなかった。大嵐に飛ばされないよう馬車の車体の陰にテントを組み立てる様子からはこの程度の修羅場、何度も経験しているようにも見える。

その時、不意にその眼が、馬車から飛び降りたハイイロに向いた。

稲光が瞬き、透明なピンクの虹彩がハイイロ達を順番に見る。

相手はただの細身の女一人だ。三人を倒したのはもう一人の方——悪名高き《絶影《ぜつえい》》の方である。

そして、《絶影》はこの大嵐の中、馬車から飛び出していった。並走していた名状しがたいキメラも視界にはいない。逃走するには絶好の機会と言える。

大嵐で前も見えないが、まだ帝都からそこまで離れていないし、追跡も難しいだろう。

そんな事を一瞬考えるハイイロに、シトリー・スマートはやや不機嫌そうに眉を寄せて言った。

「シロさん、クロさん、ハイイロさん。ようやくチャンスを貰ったんです、私に恥をかかせないでください」

「ッ……」

唯一の問題は——三人全員の首を覆っている首輪だった。

薄汚れた首輪は一種の魔導具だった。本来は奴隷の動きを制限するための代物である。

ゼブルディアでは奴隷制がないので滅多に見る機会はないが、長く裏社会で活動してきたハイイロはその効果を知っていた。遠隔でスイッチを押す事で、装着者に強力な電流を流す魔導具だ。

現代の技術で作られているため宝具程強力ではないが、持続時間は長く威力も安定しており、長時間流され続ければたとえ大量のマナ・マテリアルを吸っていても耐えきれるものではない。

頑丈で破壊するのもかなり難しく、某国の奴隷制度を支える信頼ある品だ。強い衝撃を与えると電流が流れる仕組み《ギミック》になっているため、おいそれと解除を試みる事もできない。

まさしく、ハイイロ達の首には見えない鎖が繋がれているのである。そして、その持ち主は明らかにその使用を躊躇うような人格ではなかった。

そもそも、この道具をゼブルディアで手に入れるにはまともでない手段が必要だ。

シロとクロも同じ結論なのだろう。こうしてシトリー・スマートからの急な呼び出しにも三人とも揃っている事実が、見解の一致を示している。

ヘマをした。競売の品の回収なんて仕事を受けるべきではなかった。

今更後悔するが、もう賽《さい》は投げられてしまっている。ハンターの中には善人もいるが、ハイイロ達を捕らえた眼の前の連中――《嘆きの亡霊《ストレンジ・グリーフ》》は真逆の存在だ。本来ならば衛兵に引き渡すだけでいいところを飼い殺しにしようとするのだから、殺しを躊躇ったりもしないだろう。従わなければ命はないと思っていい。いや、それどころか先程のように、理由もなく処分される可能性だって――。

今のハイイロ達にできる事は、機嫌を損なわないように祈りながら従う事だけだ。たとえその先に破滅が待っているとわかっていても――それに気づかない振りをして生き続けるしかない。

と、そこで、ハイイロの脳裏をとある考えが過ぎった。

三人で一度に襲いかかれば、スイッチを押される前にシトリーを倒せるのではないだろうか？

倒して、鍵やスイッチを奪う。首輪さえどうにかなれば、僅かながら自由になれる目が見えてくる。

シロもクロもハイイロも皆、ハンター相手の荒事を専門にやっているのだ。正面からの対決は滅多になかったが、腕っぷしにはそれなりに自信がある。馬車に残った優男が問題だが、そちらはハイイロ達にあまり興味を持っていなそうだったのでうまく立ち回れば障害にはならない可能性が高い。

いや、シトリーが無防備で仲間も近くにいないなんて今が最初で最後かもしれないのだ。

従い続けてもジリ貧だ。幸い、武装も解除されていない。

覚悟を決め、顔をあげたその時、光が闇を切り裂き、凄まじい轟音が辺りに響き渡った。音と衝撃に視界が揺れ、ふらつく。怯え嘶《なな》く馬を、シロとクロが必死に大声を上げ落ち着かせる。

近くに雷が落ちたのだ。反射的に目を閉じ、頭を押さえるハイイロに、静かな声がかけられた。

「慣れていないんですね、雷に」

恐る恐る目を開く。至近距離からシトリーがハイイロの事を見上げていた。冷静な瞳と、口元に浮かんだ笑みは状況もあり、超越的と言うよりはどこか狂気めいたものを感じさせる。

シトリーが懐から一本のポーションを取り出し、まだふらつくハイイロの手に握らせてきた。

混乱するハイイロに、シトリーが囁くように言う。

「私達は――とっくの昔に慣れました。雷への耐性を持つコツは――いいですか？　雷に撃たれ続ける事です。最初は死にかけますが、それを繰り返せば、マナ・マテリアルが肉体をそういう方向に強化してくれる。その『誘雷薬』は――そのために研究して作った物です」

馬鹿げている。ありえない。自殺行為だ。

そう断じたかったが、その言葉にはそれを許さぬ真実味があった。そもそも、マナ・マテリアルによる強化の方向に人の意思が介在している事はハンターの中ではよく知られている。そして、高レベルのハンターは皆、それを利用して己を改造している事も。

だが、その情報が前提にあっても——その訓練は訓練と呼べるような生易しいものではない。

絶句したただ渡されたポーションを見下ろすハイイロに、シトリーがとどめを刺すように言った。

「ああ、そうだ。もしかしたら、雷に耐性を得れば首輪の電流程度、何とも思わなくなるかもしれません。これは……困りました。この天気は絶好の機会ですね。これはクライさんからのメッセージかもしれません。覚悟があるのならば、逃げてもいいよ、と」

メッセージ。再び雷が落ちる。今夜の嵐はやけに落雷が多い。

大嵐の中、か細い悲鳴が聞こえた気がした。固まるハイイロ達にシトリーが笑いかける。

「お手数かけますが、シロさんとクロさんとハイイロさんは馬の世話をお願いします。キルキル君はそういうのには使えませんし……ああ、テントについてはお構いなく。私はこういった状況に慣れています。手伝いをされても——邪魔なだけなので」

シトリーがくるりと無防備な背中を向け、テントの準備に戻る。無理やり手渡されたガラス瓶の中では、見たこともない白色の輝く液体が揺れている。

ハイイロは逃走計画を練り直す事にした。

《千変万化》。《嘆きの亡霊《ストレンジ・グリーフ》》のリーダーにして、帝国史上最年少でレベル8に至ったハンター。

底知れぬ力と智謀。積み上げられてきた勝利は数知れず、しかし誰もその真の実力を知らないといういわくつきの男だ。クロエ・ヴェルターはこれまで探索者協会の一員として、ハンターのサポートの傍らその噂を集めてきた。

その神算鬼謀は敵のみならず味方からすら怖れられ、《始まりの足跡《ファースト・ステップ》》のハンターの中ではその余りに理解し難い力、未来が見えているかのような策謀は『千の試練』などと呼ばれているという。

他にも、クロエは度々、叔父であり探索者協会帝都支部の支部長でもあるガークから、そのハンターの突拍子もない話を聞かされてきた。だが、まさか置いていかれるとは思っていなかった。

ハンターの行動には迅速さも求められるのは承知だが、任務に同行できると気を引き締めていたクロエからすればあんまりである。噂通り、突拍子もない行動と言えた。

既に外は真っ暗で、強い雨と風が吹き荒れていた。とても外に出るような天気ではない。タイミングが悪かった。ちょうどクロエが呼び出され、追うように命じられたあたりで天候が崩れ始めたのだ。

既に馬車の手配は済んでいた。準備を急いで終え、門の近くに駆ける。

普段は探索者協会の制服ばかり着ているが、今のクロエは旅装だった。昔ハンターを志していた頃に準備していたものだ。腰の後ろには久しぶりに片手剣も帯びている。

門の近くには探索者協会の紋章が施された馬車と、護衛の依頼をしたハンター達が揃っていた。

簡易的な屋根の下。彼らはどこか腑に落ちない表情で空を見上げていたが、クロエを見つけると先頭に立っていた赤髪の少年が大きな声を上げる。

「酷い雨だ。本当に行くのか？」

「はい。急ぎの仕事なので……」

隣に立っていた、胸の大きい茶髪の女ハンター――ルーダ・ルンベックが咎《とが》めるように言う。

「ギルベルト、依頼者にそんな口調、失礼でしょ！」

「いえ。お気になさらず。ハンターならば避けるべき天候である事は理解しています」

「そ、そう。でも、まさか私がこんなに早く探協発行の仕事に携わるなんてね」

ギルベルトの後ろに立っていたパーティメンバーもうんうん頷く。空は暗く雨も降っているが、その表情はそこまで暗くはない。探索者協会が依頼人として発行する依頼は実績としてとても美味しい仕事だ。そして、それが差し向けられるのは有望なハンターか信頼できるハンターのみである。

今回、探索者協会がクロエの護衛として選んだのは、将来有望なソロハンター、ルーダ・ルンベックと、同じく若手の中では名の知られたギルベルト・ブッシュを含むパーティ、《焔旋風《ほむらせんぷう》》だった。

戦闘能力も功績も申し分ない。ギルベルトは昔素行が悪かった時期もあったが、最近では大人しくなったと聞いている。だが、彼らが護衛として選択された理由の中で一番大きいのはルーダとギルベルトが前回、【白狼の巣】の依頼でクライと行動を共にしていて、顔見知りだという点だろう。

今回の依頼は難度としてはそこまで高くない。最終的な目的地もわかっている。注意すべきは如何にして追いつくかだ。クロエは拳を握り、皆を見回す。

「今回重要なのは速度です。何としてでも、クライさんがグラディス領に到着するまでに合流せねばなりません」

もちろん、クロエがいなくても《千変万化》ならば問題ないだろう。

だが、クライにはあまりにも権力に頓着しないという性質があった。

彼はもしかしたら、かつて帝都に君臨していたロダンの先祖——ソリス・ロダンと同じくらい権力に興味がない。実際、これまでも様々な功績を他者に譲るような姿勢を見せてきた。そしてそれは、探索者協会としては憂慮すべき点でもある。謙虚なのは好感が持てるが、それも程度による。

今回の件が今後のグラディス伯爵と探索者協会の関係を決定づけると言っても過言ではないのだ。

ガークがクロエの随行を求めたのは今が暇な時期でクロエに経験を積ませるためという意味もあるが、クライ・アンドリヒがちゃんと報酬を受け取るよう、釘を刺すというのが最たる目的だろう。

もちろん、クロエが昔、《足跡》に入ろうとしていたのも無関係ではないだろうが……。

「しかし、いくらレベル8ハンターでも——いや、レベル8ハンターだからこそ、このような天候で外を歩こうとはしないのでは？　魔物はともかく、雷まで鳴ってる」

《焔旋風》のリーダー、落ち着いた雰囲気のある重戦士《ヘビーウォーリア》、カーマイン・サイアンが言う。

もっともな言葉だ。だが、クロエは胸を張って言った。

「これまでの功績から考えても、《千変万化》は嵐を怖れません。むしろ、率先して嵐の中に飛び込んでいるという話まであるくらいです」

「ええ……」

嘘のような本当の話だ。ハンターも自然には敵わないというのは常識だが、レベル8にもなると気にならないらしい。まぁ雨風はもちろん、高レベルハンターならば雷に撃たれても平気だろうから、納得できなくはない話ではある。

「大丈夫、雷なんてそうそう落ちません」

クロエとて、こんな嵐の日に外に出たいとは思わない。

だが、クロエは今回置いていかれた事について、強いメッセージ性を感じ取っていた。『千の試練』。それは時にクランの外にまで波及するという。そしてこの嵐。

元ハンター志望で負けず嫌いなクロエからしたら、高揚を感じずにはいられない。

「大丈夫、相手も同じ馬車です。そして、こちらは馬が違います。急げば十分追いつけるはずです。むしろ時間を空ければ空ける程、ルートは複雑化して、合流に時間がかかるでしょう」

クロエ達の馬車を引くのはアイアンホース――屈強な馬の魔物だ。ただの馬には負けない。

「……わかったわ。まぁ、この辺りの魔物ならば夜でも問題ないでしょうし」

ルーダが頷く。クロエも探索者協会の職員としてある程度の戦闘能力は持っている。定期的にマナ・マテリアルも吸っている。剣の腕も決して衰えてはいない。足手まといにはならないはずだ。

「でも、注意して。ティノが――クライの知り合いが言っていたけど、クライは事件に自分から首を突っ込むらしいから」

「高レベルハンターの仕事は我々にとっても興味を引かれます。望むところです。そもそも、私はもともと、クライさんに随行する予定でしたし」

「そんなに良いものじゃないわよ」

よほど【白狼の巣】での依頼が大変だったのか、ルーダの表情が疲れたように笑う。

と、その時、不意に後ろからガラの悪い声がかけられた。

「クライ……あんたら、今、クライと言ったか？」

声をかけてきたのは大所帯のパーティだった。中型の馬車が二つに、男ハンターが八人。その中心に泰然と佇む巨漢の姿に、クロエは思わず瞠目する。

《霧の雷竜《フォーリン・ミスト》》。《豪雷《ごうらい》破閃《はせん》》のアーノルド・ヘイル。

そこには、つい先日、《千変万化》と確執を起こしたばかりのメンバーが揃っていた。


「チッ、運が悪すぎる……ゼブルディアでもこんな天気あるんですねえ」

門の近く。かろうじて屋根のあるスペースで、《霧の雷竜》の副リーダー、エイ・ラリアーはうんざりしながら天を見上げていた。

突然の嵐と雷は、かつてエイ達が拠点としていた、一年中雨季の続く霧の国——ネブラヌベスを彷彿とさせた。しかも風と雨脚から察するに、この嵐は一過性のものではない。丸一日は続くだろう。

《霧の雷竜》は悪天候時の戦闘に慣れているが、好きで慣れたわけではない。いや、霧の国のハンターにとって嵐は天敵とも呼べる。嵐の夜に危険な町の外に出るのは避けたいところだった。

かつて霧の国を襲った『雷竜』も嵐を伴い国を襲った。空を覆う漆黒の雲は不吉の象徴だ。

アーノルドの表情は苦い。そして、その表情の奥にはくすぶるような苛立ちがあった。

宿敵が既に帝都を出たのは間違いない。アーノルドの感情としては今すぐにでも追跡に入りたいだろう。そして、エイ達メンバーもそれに従うのは吝かではない。

《千変万化》の所業はアーノルドだけではなく、《霧の雷竜》の沽券に関わる問題だ。相手がレベル8なのでやや及び腰にはなっているが、報復はメンバーの総意である。

それでもアーノルドが強行軍を決行しないのは、雨天時の追跡が困難を極めるからだ。

アーノルド達は《千変万化》の目的地を知らない。

情報を集めたが、バカンスに行くという話しか入ってこなかった。帝都から道が続く町は限られているが、もしも間違えたら目も当てられない。

そもそも、アーノルド達は八人――馬車は二台に分けている。武器やアイテムを考えると一台で収めるのはかなり厳しいのだ。パーティの人数が多いということは戦力が大きくなる事と同時に、フットワークが鈍くなることを意味している。

「何もネブラヌベスのように何ヶ月も雨が続くわけではねえでしょう。一晩、様子を見た方が良いかもしれません」

「…………」

エイ・ラリアーの耳が宿敵の名を捉えたのは、そんな提案をしかけたちょうどその時だった。

振り返る。若手のハンター達のパーティの中に、見覚えのある顔を見つけ、エイは笑みを浮かべた。

探索者協会の職員だ。クロエと言ったか――アーノルド達に《千変万化》の伝言を伝えてきた者でもある。クロエの方もアーノルド達の姿を覚えていたのだろう、目を丸くしている。

そういえば、伝言を受けた後は会っていなかったか。随行している他のメンバーに見覚えはない。

クロエは目を瞬かせ、不思議そうに言う。

「《霧の雷竜《フォーリン・ミスト》》……メンバー平均レベル6の上級パーティがどうしてこんな時間に？」

もう日は暮れていて、雨も降っている。普通のハンターならば外に出ない時間だ。

アーノルドは目を細め、腕を組み黙り込んでいる。これは、エイに全て任せるという証だ。

《豪雷破閃》はパーティの象徴的存在だ。軽視されないためにも安易に言葉を出すべきではない。

腕の見せ所だった。自己紹介をしながら頭を回転させ、話を進める。

話を聞いた赤髪の少年――ギルベルトが言う。

「おっさんたちも《千変万化》に用があるのか。奇遇だな」

奇遇。そう、奇遇だ。そして、幸運でもある。

どうやらクロエ達は仕事で《千変万化》と合流しようとしていたらしい。最終的な目的地も知っているようだ。そうでなくても、巨大組織である探索者協会の情報網や権限は一パーティの比ではない。

「アーノルドさん、乗りかかった船だ。向こうさんが問題なければ行動を共にするというのはどうでしょう？」

「……良かろう」

アーノルドが鷹揚に頷く。ルーダが口を開きかけるが、依頼者を前にしていたためか、口を噤《つぐ》む。

クロエは思案げな表情をしていた。

恐らく、クロエはアーノルド達と《千変万化》との間の確執の事を考えているのだろう。

だが、ある種の弱肉強食がまかり通るハンターの間で、争いなど日常茶飯事だ。探索者協会では犯罪行為の伴わない喧嘩は黙認されている。いや……黙認というよりは不干渉とでも言おうか。殺しはさすがに避けるべきだが、一般人を巻き込まない限りは、大怪我程度ならばお咎めはない。

よしんば、断られたとしても問題はない。アーノルド達は一流パーティだ、同じく超高レベルである《千変万化》の追跡は難しくても、ルーダ達の追跡など容易である。強さでもこちらが勝っている。

そんな無意味な事はしないが、やろうと思えば全滅させて全てを闇に葬る事すら可能だ。

ハンターにとって、無力とは罪なのだ。

クロエはしばらく黙っていたが、にっこり笑って頷いた。

「そういう事であれば……探索者協会としては断る理由はありません。ただし道中に何か起こり戦闘の機会があったとしても、護衛の報酬をお出しできない点だけ留意頂ければ」

目の奥は笑っていなかった。恐ろしい胆力だ。あの支部長の姪だと聞いたが、それも納得である。

クロエはアーノルド達の目的を薄々察している。その上で、（もちろん仕方ないというのもあるのだろうが）案内しても問題ないと思っている。アーノルド達の方が弱いと、そう考えているのだ。

アーノルドが右の頬を吊り上げ、獰猛《どうもう》に笑う。

「ふん………面白い。エイ、出発するぞ」

「節度を守った行いを求めます。アーノルドさん」

そんなリーダーに、クロエは笑顔で手を差し出した。

やはり嵐の中、外に出るのは駄目だな。焦げ臭い匂いに眉を顰めながら僕は改めてそう思った。

いや、もともとわかっていた。いくらポンコツな僕でも、改めて言われるまでもない事だ。

だがあえて反論させてもらえるのならば——突発的にやってきた嵐なんだからしょうがないじゃないかあああああああ！　僕も被害者だよ。被害者！

だが、ぷすぷす身体から黒煙を上げているティノを前にそんな事は言えない。

リィズに嵐の中走らされ、散々雷に撃たれたのであろうティノは、薄っすらと目をあけて僕を見ると、口元だけ微かに笑った。

「ます、たぁ……見てますか？　私……頑張り、ました……」

「……うんうん、そうだね」

「い、ままで、ありがとう、ございます……わたし……ますたぁと、お姉さまにあえて、本当に……よか………っ……た……」

息も絶え絶えにそう言うと、ティノの体から力が抜ける。

途中から感覚が麻痺したので少しあやふやだが、落雷の回数は尋常ではなかった。途中から回数を数えるのを諦めたくらいだ。シトリーちゃん、ポーション作成の腕前、上がっていないだろうか。

そしてここまでされたのに最後の言葉が感謝なんて、ティノは本当にいい子だ。

焦げティノを担ぎ上げて持ってきた悪い子なリィズはそれを確かめると、興奮したように言う。

「見て見て！　クライちゃん、私の言った通り、心配なかったでしょ!?　ちゃんと生きてるよ!?　ティーだって、一日一日、成長してるんだからぁッ！」

「うんうん、そうだね。でも少し優しくしてあげようね……ほら、バカンスなんだからさ。もうやっちゃダメだよ？」

雷に撃たれる人間を見るのに慣れていなかったら大騒ぎしているところだ。

「はぁいッ！　これだけ撃たれればある程度の耐性は得られただろうし……雷は終わりね？」

進化《オーバー・グリード》する鬼面をつければもっと軽傷だったのに……次の町についたら絶対に優しくしてあげよう。

ストローを使って回復のポーションを無理やり注ぎ込まれているティノを見ながら、僕は深く心に刻み込んだ。


道端にキャンプを張り、数時間をやり過ごす。夜が明けた頃には雨脚はやや弱くなっていた。

まだ空は黒い雲に占領され真夜中のように暗いが、雷鳴が聞こえなくなっただけマシだろう。

小雨の中を、すっかり乗られる事に慣れた様子のノミモノが駆け回っている。どうやらこの程度の雨はキメラにとってなんてことないものらしい。紙袋を被った二メートル以上の半裸の巨漢と凶暴なキメラの図は本当に何度見てもまるでこの世の終わりを示唆しているかのようだった。

「大丈夫、このポーションがあれば雨の中でも体力の消耗は抑えられます。最悪、馬が力尽きたらノミモノに引かせましょう」

シトリーのいつも通りの笑みが眩しい。まぁ、彼女に全て任せておくのが一番なのだろう。

馬車に乗り込み、着込んでいた耐水性の外套を脱ぐ。今日は外を走らないのか、続いてリィズと全身で疲労を表現しているティノが乗り込んでくる。最後にシトリーが乗り込み、馬車が動き出す。

今日の御者役もクロさん達のようだ。顔が白んでいて調子が悪そうだったが、大丈夫だろうか。

諸々心配事はあるが、僕は深呼吸をすると、満を持した気分でリィズに言った。

「特訓禁止だ」

「!?　えー？」

唐突な僕の宣言に、にこにこ膝を抱えて座っていたリィズが眉を顰め、不満げに唇を尖らせた。

思えば、僕の幼馴染達はいつだって全力だった。ハンターになる前、故郷で行った特訓の頃から、数多の苦難を乗り越え名声を得るに至った現在まで、手を抜いているところを見た事がない。

恐らく、それもハンターとしての資質の一つなのだろう。僕はこれまでずっと恐れ慄きながらその様子を眺めるのみだった。だが……今回ばかりは、いくらなんでも限度というものがある。

ティノは満身創痍だった。シトリー製のポーションでどうにか息を吹き返し、一晩休んだが、目の下に隈ができていて、見るに明らかに疲労している。剥き出しになった華奢な肩も少し震えていた。

昨日、焦げ焦げで黒煙まで上がっていたのを考えると凄まじい回復力だが、今回のバカンスの目的は雷耐性をつける事ではないし、訓練でもない。そしてもちろん…………仮面のテストでもない。

そう。僕はティノやリィズやシトリーに、たまにはゆっくり休んで欲しいのだ！　連れてきたのは護衛のためもあるが、自分の事だけを考えていたわけではない。いつも休んでいる僕が言っても説得力がないかもしれないが、時には訓練を忘れてゆっくり身体と心を休めるのも大切なのだ。

薄暗い草原が窓の外に広がっている。周囲には他に馬車や旅人の姿はなく、小雨の降る草原はどこか寂寞《せきばく》とした印象を抱かせた。また嵐が来るかどうかは不明だが、バカンスなのだから野宿はなるべ修行の旅じゃないのだ！　今回は、ただの旅行なのだ！　可能な限り、危険は避けたいところだ。

……そう、バカンスなのだ！　今回の目的はバカンスなんだよッ！　ティノが可哀想だッ！」

何回も言ったはずなのだが、リィズ達はまだそれを理解していないようだ。

心を込めて断言する僕を、ティノが信じられないものでも見るような目で見ていた。

リィズが反省する素振りもなく、上目遣いで言った（ちなみにリィズも雷に撃たれたそうだが、幸運にも無傷なようです……そんな事ってあるんだね）。

「でもクライちゃん、絶好の機会だったんだもん。できる時に訓練しておかないといざという時に死んじゃうよ？」

「大丈夫だよ…………多分」

滝に打たれるとかならともかく、雷に撃たれる訓練とか聞いた事ないわ。

好きで自分だけ受けるならともかく、可愛い後輩を改造するのはやめて頂きたい。

膝に手を置き正座して話を聞いていたシトリーがふと思いついたように手を打った。

「……もしかして、訓練縛りですか？」

これまた、聞いた事ない単語だな……。

「あえて訓練を抑え能力を低く保つ事でより多く命がけの戦いを経験できる。そういう事ですね？」

……そういう事じゃないです。

発想が……常軌を逸している。僕の幼馴染達は芯までハンターに染まっているようだ。

シトリーの明らかにおかしい言葉に、なぜかティノは愕然とした表情でこちらを見ていた。

「それで途中で死んでしまったとしても——そんな未熟者はいらない、と。そういう事ですね、クライさん。とても理に適っていると思います！　やはりいつまでも甘えてちゃダメですよね」

「さすがクライちゃん、キビシー！　ティー、気合入れろよ！　死んでも知らないからッ！」

そういう事じゃないです。なんで嬉しそうなの、君達。

ティノが身体を引きずるようにしてこちらに擦り寄ってくる。ソロの時は常に冷静沈着らしいが、リィズのせいで僕に向ける表情は泣きそうな顔ばかりだ。抱きしめて労《ねぎら》ってあげたい。

「ますたぁ、わたし、その……訓練、やりたいです…………」

「あぁ？　ティー、クライちゃんが白って言ったら、白なんだよッ！　何度も言ってんだろッ！」

縋り付いてきたティノを、リィズが横から剥がし、床に転がして叱責する。完全に悪役であった。

なんか、白って言ってないのに白になりそうなんだけど……。

一年以上ろくに一緒に冒険していなかったが、僕がクランマスター室でアイスを食べたり宝具を磨いたりエヴァと遊んだりしている間に、リィズ達はハンター中毒になったらしい。割と以前からその気はあったのだが、まさかバカンスと修行の区別すらつかなくなるとは。

これはまずい。ただでさえ低い社会性が失われてしまう。それに、とてもいい子なティノや他のクランメンバーにも影響が出かねない。

「……これは矯正の必要がありそうだな」

バカンスでの目的がまた一つ追加されてしまった。

しっかりと修行の事を忘れさせ、休みを取らせる。休み方を教える。サボることにかけては他の追随を許さない僕にとってぴったりの仕事だ。リィズ達は少しばかり刺激に飢えすぎだ。

ハードボイルドな笑みを浮かべる僕に、リィズが目を輝かせる。駄目だよ。そんな顔していても
——止める。絶対に止めて見せる。…………ねぇ、今の僕のセリフ聞いて笑顔になるのおかしくない？

ティノがぷるぷると身体を震わせている。大丈夫、ティノは僕が守る。

「最初から言うよ？　まず、今回のバカンス中、訓練は禁止だ」

そこでリィズが大きく手を上げ、確認してきた。

「ねぇ、クライちゃん。訓練って、どこまでが訓練？　筋トレは？」

「……筋トレも駄目」

「走るのは？」

「……走るのも駄目」

「じゃあじゃあ、例えば重い服を着るとかは……だめ？」

「……駄目」

僕の言葉の隙を探るのはやめて頂きたい。

「んー、軽い模擬戦とかは？　あれは訓練に入るの？」

「ポーションの投与は訓練に入りますか？」

シトリーまで一緒になって悪ふざけを始める。バカンスだって言ってるだろ……入るよ。全部訓練に入るよ。もっとバカンスを楽しもうよ。気楽に行こうよ。

「君達が強くなるためにやる全ての行為が対象だ」

「!? えぇ!? 呼吸法は？ 歩法は？ 無意識にやってるのも対象なの？」

「!? 対策を考える事は訓練に入りますか？ 指示やポーションの調合も訓練ですか？」

真剣に確認してくるシトリーとリィズに、僕は若干引き気味だった。

日常に訓練が入り込みすぎている。対策って何の対策だよ……。

「ああ。全部訓練だ。禁止だよ」

「ッ!!」

「ッ!?」

あまりにも悲しそうな表情をするリィズとシトリーに、僕は小さく咳払いをした。

楽しんでもらうためのバカンスなのにこんな表情をさせてしまったら本末転倒だ。

「…………ま、まぁ、どうしても我慢できなくなったらやってもいいことにしよう……」

「!! クライちゃん、やさしー！」

「……ですよね。私やお姉ちゃんはともかく、ティーちゃんには少し厳しいかもしれませんし」

「ありがとうございます、ますたぁ……」

なぜかお礼を言われてしまった。満面の笑みを浮かべるリィズと、目の端に涙を溜めたティノ、深刻そうなシトリーを見ているとなんかもう何もかもどうでもいい気分になってくる。僕の悪い癖だ。

だが、今引いてしまったら今までと何も変わらない。僕は目を瞑り、断腸の思いで続ける。

「次に——暴力行為の禁止」

「!?　クライちゃん、軽く、あのね、本当にかるーく蹴るのは暴力行為に入る？　舐めた真似してきた奴へのお仕置きは？　ティーに訓練つける時に叩くのは暴力になる？」

「自衛行為は暴力に入りますか？　例えば、権力の行使による敵対勢力の殲滅は？　ポーションの投与は？」

「ますたぁの試練は……その……ただの暴力より、辛いです……」

……全部駄目だよ。中途半端に許すと意味がなくなってしまうし、どうしてバカンスに暴力が必要なのか。そして、ティノの言葉が地味に僕の心に深く突き刺さっていた。

なんとしてでもますたぁの威光を回復させねば。

「そして最後に一番重要なのは——バカンスを楽しむ事だ」

経緯はどうあれせっかくこうして帝都を出たのだ。楽しまなければ損だ。

ルーク達を拾えば護衛の心配はない。《嘆きの亡霊《ストレンジ・グリーフ》》のメンバー全員で外を歩くのは久しぶりだ、大変な事もあるだろうが、きっと楽しい旅になるだろう。

僕の言葉に、リィズとシトリーが笑みを浮かべ、しかしティノはどこか不安げな表情をしていた。

雨はいつまで経っても止む気配がなかった。

ともあれ、特に魔物と遭遇する事もなく、予定よりも数時間遅れで最初の町に辿り着く。

最初の町——『エラン』は、帝都と比べると遥かに規模の小さい、中継地点のような役割を果たしている町だ。それでも普段ならばそれなりに人がいるはずだが、雨のせいか他に門に並ぶ影はない。

馬車から下り、四肢を伸ばし固まりかけていた身体を解《ほぐ》しながら数時間ぶりの地面を堪能する。

まだ昼間であるにも拘らず、空は暗く分厚い雲が太陽を隠していた。

「しかし、酷い天気だな……」

雨季でもないのにこんなに雨が続くとは……不吉だなんて言うつもりはないが、ずっと雨の中、外で馬車を駆っていたシトリーが雇った三人もうんざりしているようだ。

馬車と並走していたキルキル君とノミモノだけは全く変わった様子はなかった。気があったのか、その騎乗姿も様になっている。そしてどうやらキルキル君が被っている紙袋は耐水性らしいな……。

同じく馬車を下りたシトリーがふと思い出したように言う。

「クライさん、気づいていました？　ずっと追い風でした」

何を言いたいのかわからない。ずっと追い風というのも普通に考えたらありえない話だが、風向きなんてどうでもいい。もちろん気づいてもいなかった。

「？　ああ、良かったよね」

とりあえず馬も身体が冷え、疲れている。この町で一泊して身体を休めるとしよう。

何かに追われているわけでもないし、急ぎの旅でもない。

のんびりそんな事を考えている僕に、リィズがぱんと手を叩いて、とても楽しそうに言った。

「あー、思ってた思ってた。ずっと雨止まないなぁって……絶対この嵐、私達の事追ってるよねえ。町についた途端、風が止まったたし」

!?　…………僕なんか悪い事したっけ？

手続きを終え、町に入る。キルキル君とノミモノを入れることについてひと悶着あったが、どうやら魔獣を連れ歩く許可証を持っていたらしく、すんなり入ることができた。本来、魔物使いと呼ばれる特殊な職業の人が取る物らしいが、シトリーの如才なさには本当に頭が上がらない。

『エラン』の町並みは帝都と大きく変わらなかった。建物が小さめで人通りが少ないくらいだろうか。だがここは帝都ではない。誰も僕がこんな、特筆すべき点のない中継都市にいることなど知らない。

僕はゼブルディアが嫌いではないが、帝都では因縁ができすぎてしまった。ちょっと外を歩いただけであーるん達に絡まれたように、皆が皆、僕の命を虎視眈々《こしたんたん》と狙っている。

だが、ここならば僕の顔を知る者も少ないだろう。雨も降っているし、フードを深く被れば気づかれる可能性は皆無に近い。そう考えると、解放されたような気分だった。

冷静に考えると、嵐が追ってくるなどありえない話だ。運が悪かった以外の何物でもない。

仮にリィズのように雷に撃たれたとしても、結界指《セーフ・リング》はクリュスにチャージしてもらったので何発かならば問題はない。

大きく深呼吸をすると、ふつふつとバカンスへの期待が膨らんでくる。

今の僕は――自由だッ！

その時、ふと近い場所で意味もなくぐるぐる歩き回っていたリィズが、特に躓《つまず》いたわけでもないのによろめき、つんのめった。踏み込んだ水たまりの水が撥《は》ね、足にかかる。珍しい光景だ。

体調でも悪いのだろうか？　眉を顰めて見る僕に、リィズはばつが悪そうに笑った。

「えへへ……ごめんね。隙の多い歩き方、忘れちゃって……もう何年もやってないから……」

「そ、そう……」

なんか僕の要望とずれていない？　という問いを飲み込む。

僕の要求は大人しくバカンスを楽しむ事ただそれだけなのだが、自然体でいいよなどと言ったら最後、ジェノサイドモンスターに戻ってしまうだろう。彼女にはアクセルしか存在しないのだ。

ならば少し我慢してもらって、後で埋め合わせをした方がいい。

リィズはやりづらそうにしながらも、自身の背中で手を組み、満面の笑みを僕に向ける。

「でも……うん。こういうのも、少し新鮮で、楽しいかも？」

「…………」

何でも楽しめるのはいいことだ。僕も少しはリィズの生き方を見習った方がいいのかもしれないな。

そんな事を考えながら、ノミモノの手綱を握りふうふう荒い呼吸をしているキルキル君を見ていると、用事に出ていたシトリーとティノが小走りで戻ってきた。

深く被ったフードの中、淡いピンクの目がひっそりと輝いている。

「すいません、お待たせしました」

「いや、待ってないよ。用事でもあったの？」

雨が降っている中、宿を探す前にわざわざ出ていったんだからよほど重要な用事だったのだろう。

何気ない問いに、シトリーは口元を手で隠し、照れたように言った。

「いえ…………情報網を封鎖してきました」

「………？」

「何かあればすぐに連絡が来るようにしてあったのですが…………それも駄目なんですね？　後、領主への根回しの撤廃とか…………ああ、久しぶりに無防備すぎて……少し、どきどきします。これもまた一つの経験なんですね……」

「う、うんうん、そうだね……」

手抜きを知らないのは彼女達の長所であり短所でもある。

僕が封じたかったのは行動を起こす腕であって、目や耳を封じる意図はなかったのだが、こちらから要望した手前、とても言いづらい。普通にしてください、普通に……。

リィズが小さく口笛を吹き、僕を見る。

「へー、やるじゃん。クライちゃん、もしかして私も、足とか縛った方がいい？」

「縛らなくていいよ……」

ハンデつけてんじゃないんだから。僕はただ、穏便に過ごそうって言っただけなんだよ。

まともなのはティノだけか。

ちらりとティノの方を見ると、ティノは怯えたようにシトリーの後ろに隠れた。

身長差の関係で隠れきれていないのだが、つい先日までますたぁますたぁ言っていた事を考えると少しだけショックだ。もしかしたら仮面の件をまだ気にしているのだろうか……。

大丈夫だよ、宝具はただの道具だ。練習すればコントロールできるようになるはずだ。暴走してもリィズやシトリーがいれば止めてくれる。だから怖くないよ。

シトリーが伺いを立ててくる。

「クライさん、宿はどうしますか？　仮にもバカンスならばそれなりのランクの宿を取るべきだと思いますが……」

「……当日に取れるの？　嵐で足止めされている人も沢山いると思うけど……」

「……クライさんの名前を使えば取れます」

僕の問いに、シトリーは考える素振りも見せずに、薄い笑みを浮かべた。

実力の伴っていない僕の名前に何の価値があるのだろうか……悲しい気分になるがそれはさておき、帝都において高レベルハンターというのは優遇されている。僕は申し訳ないので特権を使う事は滅多にないが、確かにレベル8の力を使えば部屋の一つや二つ取れるかもしれない。

だが、それはまずい。僕は今サボって逃げているのだ。

「却下だ。僕達は旅行中だ。そうだな……今の僕達はハンターじゃない」

だから依頼を受けたりしないいし、戦ったり仕事もしない。道端で《千変万化》ですねと聞かれても人違いですよと答える。訓練もしないのだ。バカンスとはそういうものなのだ。

「それは……とっても新鮮で、素晴らしい考えだと思います」

声を潜め、戯言だとしか思えない事を言う僕に、シトリーは躊躇いなく称賛の声をあげた。

そういうところが僕を駄目にするのである。いや、本当にごめんなさい。誰か僕をなじってくれ。

「へぇ……正体を隠して旅行なんて、とっても楽しそう！　密偵みたい！　ねぇ、ティーもそう思うでしょ？」

「わ、わたしになど、ますたぁの真意はとても測れません」

「やるからには気合入れてやらないと…………後でルークちゃん達に自慢してやろっと」

そこで僕は初めて大変な事に気づいた。

今回のメンバー……僕に意見してくれる人がいない。僕が落とし穴に落ちたら一緒に落ちてしまうメンバーばかりだ。せめてエヴァを連れてくるべきであった。

自分のケツは自分で拭けという話なのだが、それで被害を受けるのは僕だけではないのだ。

言いようのない不安感に見舞われる僕の手を、シトリーがぎゅっと握った。

「クライさんの真意はわかりました。段取りは私に任せてください」


案ずるより産むが易しとはこの事だろうか。

あのような醜態を晒したティノに対して、ますたぁも二人のお姉さまもいつも通りだった。

もしかしたら気を遣ってくれているだけなのかもしれないが、その事をずっと気にしていたティノについてもすぐにそんな事を考える余裕はなくなっていた。

トレジャーハンターはフィジカルを鍛えがちだが、メンタルも同じくらい大切だ。そして、ますたぁと二人のお姉さまは常日頃から肉体・精神、両方の面でティノを鍛えようとしてくれている。

嵐の中を全力で走らされ、落雷に何度も撃たれた時は死ぬかと思ったが、今のティノはお姉さま二人の自然な様子に己の未熟を恥じ入るばかりだった。

ますたぁの言葉はティノにとって千金よりも重く、同時に恐ろしいものだ。

これまでの『試練』では地獄のような困難が矢継ぎ早に襲いかかってきた。だが反面、ティノは死に物狂いでそれを凌ぎきればよかったし、日頃から覚悟して訓練に勤しんでいた。

だが、今回の試練はこれまでの試練とは全く種類が異なる。

訓練縛り。これまで魂を削って身につけた技能をあえて使わず、弱者の立場に身を置くこと。

一瞬、ティノはますたぁの言葉の真意が理解できなかった。だが、お姉さま達の様子を見る事でその真意を悟った。

このバカンスで何が起こるのか、全く予想できないが、碌《ろく》でもない事が起こるであろう事はわかる。レベル8の帝都最強ハンターにとってはバカンスでも、ティノにとっては死地そのものなのだ。そして、これまでも死ぬ気でなんとか乗り越えてきた試練に無防備に等しい状態で挑むというのは命を賭けるどころか、捨てる行為に等しい。

冷静に考えると、何という壮絶で、型破りな試練だろうか。

そして、ますたぁの言葉の意味をティノのお姉さま二人は当然、ティノ以上に理解しているはずだ。

だが、二人の表情にはティノと違って陰りがなかった。さすがに無防備な状態に身を置くという行為に慣れていないためだろう、一挙一動はどこかぎこちなく不自然だったが、ティノの目にはその光景すら輝いて見えた。

恐らく、これが経験の差というものなのだろう。ティノにはとてもできない。周囲への警戒も、足音を立てない事も、常に戦闘に入れるようにする事も、全てティノにとって習慣になっている。

それを捨て去るという事は、これまでの全てを捨て去るという事に等しい。

馬車に連れ込まれた時にあった羞恥など、既にこのあまりにも過酷な試練に霧散していた。

この試練は純粋な戦闘能力ではなく、心を鍛える類のものだ。

明鏡止水《めいきょうしすい》の心。如何なる状況でも平静な心を保ち行動できるようにする事。

仮面に増幅された感情を鎮めきれず、おまけに無様なところを見せてしまった事に耐えきれず、引き篭もったティノにとっては、間違いなく雷に撃たれるよりもずっと厳しい、そんな試練だ。

そして同時に、いつもますたぁが自然体である事を思い出し、ティノはその事実に愕然とする。

今改めて確認するその姿はお姉さま二人以上に完璧な無防備を誇っていた。

いや、それだけではない。思い起こせば、これまでもどんな過酷な状況でもますたぁの態度は無防備なままだった。一体どれほどの胆力があればここまで泰然と己を晒せるのか。

形容できない畏れを抱くティノに、不意にその目が向けられ、姿勢を正す。

「ティノ、リィズが無理やり連れてきて悪かったね」

「…………いえ、ますたぁ。ですが……私は、迷惑ではないですか？」

ティノは未熟だ。

シトリーお姉さまの連れてきた明らかに生贄《いけにえ》な三人はともかくとして、今ここにいる四人の中では飛び抜けて弱い。経験も実力も、何もかもが不足している。恐らく、キルキル君よりも下だろう。

そして、いざ絶体絶命の状態に陥った時、なんだかんだ優しいますたぁはティノの事を見捨てたりしないはずだ。

迷惑をかけてしまうのではないかという不安と、未だかつて受けたことのない恐ろしい試練に対する恐怖と緊張。感情を押し殺すティノの言葉に、完全無欠のますたぁは驚いたように目を見開いた。

「迷惑だなんてとんでもない。ティノにも是非来てほしかったんだ。いつも、リィズが迷惑をかけているしね」

浮かべたその穏やかな笑みに、ティノは半ば反射的にびくりと身を震わせた。

ティノはますたぁに恩を感じている。好きか嫌いかで言えば大好きだ。

だが、その課してくる過酷な試練を喜んで受けるかどうかはまた別の話なのだ。

その目には善意しかなかった。だからこそ、恐ろしい。ますたぁは、完全な善意で、ティノに試練を課そうとしている。予想もつかないバカンスでティノを殺そうとしてくる。

以前もますたぁは旅行に行くと言ってドラゴンを狩ってきた事がある。花見に行くと言って花畑の宝物殿発生の瞬間を見せつけてきた事もある。もはやますたぁの常識はティノの常識ではない。

毅然とした態度を取ろうと思っていたが、とても保たなかった。

一度小さくしゃっくりをし、涙を浮かべ懇願するように言う。

「そんな……ますたぁ、とてもありがたいお話ですが……私はお姉さまの訓練でいっぱいいっぱいなんです……」

ますたぁとお姉さまは凄い。ただ無節操にティノに試練を課すだけでなく、自らもまたそれを受けているのだから文句は言えない。お姉さまもそれを喜んで受けるのだから凄い。

だがしかし、ただ一つだけ言わせてもらえるのならば――私には無理です。

「うんうん、そうだね。だから、今回は羽を伸ばして欲しいな」

「クライちゃん、やさしー、ティーに名誉挽回のチャンスをくれるなんてッ！　ティー、ほら、もっと嬉しそうな表情して？　クライちゃんに失礼でしょ？」

ますたぁは果たしてティノに何を求めているのだろうか？

お姉さまの黄色い声も、もはやティノの耳には入っていなかった。


裏道を行く事十数分。シトリーに案内され、辿り着いたのは、こぢんまりした一軒家だった。

豪華でもなく古ぼけているわけでもない。表札もなく、特筆すべき点がない家屋は少し目を離せば忘れてしまいそうだ。周囲は塀で囲まれ、金属製の小さな門がぴったりと閉じられている。

シトリーが鞄からじゃらじゃらと似たような鍵が何十も下がった鍵束を取り出し、そのうちの一本を迷いなく門の鍵穴に入れながら、言った。

「きっといつかクライさんの役に立つと思って、準備しておいたんです」

「……シト、嘘までついて点数稼ごうなんて、プライドがないの？」

「うるさい、お姉ちゃん。役に立たないんだから黙ってて！」

かちゃりと小さな音を立てて、鍵が回る。シトリーは門に手をかけながら、説明してくれる。

「いざという時の拠点です。ここの存在を知る者は私以外にはいません。クライさんが身分を隠すならばここ以上の場所は……ないでしょう」

「拠点？　別荘？　シトリーが買ったの？」

「はい。このご時世、何が起こるかわかりませんから」

一体シトリーはどういう状況を想定しているのだろうか……。

想像の斜め上を行っている。小さいが立派な一軒家だ。庭もついている。借り物というわけでもなさそうだし、それなりにお金がかかっているだろう。僕だってリィズ達が引退した後、どこに拠点を変えるべきか考える事くらいあるが、シトリーの準備はスケールが違う。

「宿ではどうしても足跡が残ってしまいますから……」

一体シトリーは何から逃げるつもりなのだろうか。疑問が湧くが、影のないシトリーの笑顔を見ているとどうでもよくなってくる。

まぁ、追われるような悪い事をしなければいいだけの事だ。

「お望みなら……新たな戸籍も用意できます。既に幾つか準備してあります」

「……いや、とりあえず今はいいかな」

「そうですか……」

少し残念そうな表情をされるが、さすがにサボるために戸籍まで変えようとは思わない。

だいたい、それって本当に合法なの？

リィズが唇を尖らせて僕の服の袖を引っ張ってくる。

「ねえねえ、クライちゃん、隠れ家の用意は暴力に入らないの？　それじゃシトが有利すぎない？」

「……入らないよ。誰にも迷惑をかけていないしね」

「えー。私に迷惑かかってんだけど？　訓練には入らない？」

「入らない」

冷静に考えると、僕あまりお金持ってないしね……。

バカンスが何日続くのかもわからないのだから、節約できるところでは節約すべきだろう。

長らく立ち入る者がいなかったのか、シトリーの隠れ家からは放置された家特有の匂いがした。

しとしとと外から雨音が聞こえる。僕はきょろきょろしながら部屋を検めた。

玄関にリビング。キッチンに、ベッドが二つある寝室が二部屋とバスルーム。生活感はあまりないが、最低限の家具に設備は揃っているようだ。天井がそこまで高くないのでキルキル君を入れると狭いし、ノミモノは入れないので庭だ。クロさん達がいたらスペースが足りていなかっただろうが、彼らは別の宿らしいし、四人で使うなら十分だ。贅沢ではないが、住もうと思えば普通に住める。

使うかわからない隠れ家にこれほどの物を用意する辺り、シトリーの完璧主義の片鱗が見えた。

鞄を下ろし、フードを外しながらシトリーがにこにこと言う。

「食料も常備してあります。保存食なので、味は保証できませんが……」

……いいじゃないか。僕の想定とはちょっと違うが、こういうバカンスもありだ。

豪華な宿に泊まるのも悪くないが、こういう小さな家に泊まるのもワクワクする。

他のクランメンバーを連れていれば体験できない事だ。危険がないならこういう非日常も悪くはない。何より、隠れ家（というか、あまり隠れていないので別荘みたいな感じだが）という単語にはロマンがある。ベッドもあるし、馬車の中で過ごした昨夜と比べれば雲泥の差だ。

リィズも楽しそうに壁をノックしている。……壁をノック？

「シト、ただの家みたいに見えるけど、壁とか大丈夫なの？」

「お姉ちゃん、そういうのクライさんに禁止されてるでしょ？　一応、補強はしてあるから、ただのハンターで手に入る武器くらいなら耐えきれると思うけど……」

「あ！　……ご、ごめんね、クライちゃん。わざとじゃないの……ただ、いつもの癖で――」

リィズが慌てて頭を下げてくるが、別に構わない。

僕は彼女達に迷惑をかけて欲しくないだけなのだ。安らかに過ごせればそれでいいのだ。

「必要な物は……だいたい揃っていると思います」

「やるじゃん。私に何も言わずに作ったのは腑に落ちないけど――」

盗賊《シーフ》の性なのか、リィズが鼻歌を歌いながら家探しをしている。

シトリーの言葉に甘え、外套を脱ぎリビングのソファに腰を下ろす。まだ旅は始まったばかりで、しかも僕は何もしていないのに、何故か全身に心地の好い疲労感があった。

大きく欠伸をすると、シトリーちゃんがお湯を沸かして紅茶を入れてくれた。

……………僕が神様だったらそろそろ天罰を下すところだ。

「さすが、ますたぁ……隙だらけ、です」

「……うんうん、そうだね」

ソファの側に立ったティノが尊敬しているのか馬鹿にしているのかわからない言葉を放ってくる。

その時、本棚を無理やり動かしていたリィズが小さく口笛を吹いた。

リィズが本棚の後ろに手を入れ軽く押す。音一つ立てずに、一面の壁が下にスライドした。

現れた新たな壁にずらりと並んでいたのは、無数の武器だった。

長剣にナイフに、杖。銃やボウガン。さすがに槍や戦斧など大きな物はないが、まるで武器の見本市だ。よく研がれた刃が温かな照明の光を反射している。

……武器屋かな？

他にも、棚には色とりどりの液体の入った瓶が並んでいて、シンプルな部屋とのギャップが凄い。

「お姉ちゃん、勝手に変な所、触らないで！」

「……へー。これは何？　麻痺毒に睡眠薬？　それに……媚薬？　何に使うつもりだったの？」

「やめて！　私にも、段取りがあるの！　後でクライさんに説明するつもりだったのにッ！」

……どうやらただの別荘ではなかったようだ。

床に壁、リィズが遠慮なくあちこちを触れる度にシトリーが叫ぶ。

一見普通の家にしか見えない部屋も本職の盗賊《シーフ》から見ればギミック満載だったようだ。

絨毯を捲れば地下倉庫に続く蓋があり、食器棚に並んだ一見調味料にしか見えない瓶にも毒々しい色のポーションが入っている。ここまで備えてあると、驚きの前に感心が先に来てしまう。

ハンターってみんなこんな感じなのだろうか……。

「！　ほら見て、クライちゃん！　シトのヤツ、隠れ家にこんなエッチな下着準備してる！　ねぇ、なんでセーフ・ハウスにこんな物用意してるの？　これが必要な物？　何に使うつもりなの？　まさか色仕掛けでもするつもり？」

「！　やめてッ！　お姉ちゃんには関係ないでしょ！」

制止も構わず、タンスを漁っていたリィズが黒い布切れを握りしめ歓声をあげる。それにシトリーの絹を裂くような悲鳴が重なる。僕はいつも通り気づかない振りをした。

ティノが目を白黒させているが、この程度の悪ふざけは昔からだ。応えるとリィズが喜ぶし、シトリーのためにも反応しないのが武士の情けというものだ。エッチな下着……。

「………………ティノは、どこか行きたい所とかある？」

意識をそちらに向けないように、近くに立つ後輩に尋ねる。

今回のバカンスに明確な目的はない。いつも酷い目にあっているティノの希望を叶えてあげたい。

ティノは僕の問いに一瞬肩を震わせ、戸惑いを隠せない様子で言った。

「え………あの……えっと………い、一番、簡単な所がいいです……」

「？　簡単って、何？　難しい所なんて行かないけど？」

いろいろあるじゃん？　アイス食べに行きたいとかさ。

なんで場所を尋ねて簡単なんて言葉が返ってくるんだ？

内心首を傾げていると、ティノは集中しないと聞こえないくらい小さな声で呟いた。

「………………あ、あまり、危険じゃない所が、いいです」

「……何度も言うけど、危険な場所なんて行かないよ。これまで僕が危険な場所に行こうとした事あった？」

「ッ……うぅッ……」

はっきり断言してあげたのに、なぜかティノの表情が崩れかける。剥き出しになった白い喉が小さく上下し、まるで涙を堪えるようにその小さな唇が強く結ばれる。全然信用されていないようだ。

これまでのツケが回ったと言ってしまえばそれまでだが、これは酷い。

対面のソファを勧める。ティノはふらつきながら、目の前に腰を下ろし、膝に手を置いた。

「ティノ、何度も言うけど、今回はバカンスだ、安心していい。【白狼の巣】の時は……少しだけ手違いがあっただけなんだ」

「…………少し……だけ……？」

「……ごめん、凄くだ、凄く。あれは完全に予想外だった」

潤んだ目に耐えきれず白旗を上げる。マスターの威厳なんてもはや知った事か。

まぁ予想外だからって許されるわけがないのだが……大切なのは誠意だ。未来だ。

「仮面の方も……ティノが嫌がるなら、これ以上無理に被せたりしない。約束する。ティノならきっと使いこなせると思うけど……」

何しろ、ティノが仮面を被った時の様子はアークから聞いたエクレール嬢の様子とは明らかに違っていた。ティノは恥じているようだが、感情面についても比較的安定していたように思える。

だが、ティノが嫌と言うならいいだろう。

「あの時も言ったけど、あの時のティノは狂ティノだ」

感情がブーストされていた。忠誠心も爆発していた。積極性が増していた。それだけだ。

僕の言葉にあの時の光景が蘇《よみがえ》ったのか、ティノの頬に朱が差す。僕はこれ以上思い出させると二度とティノが仮面を被りたくなくなりそうだったので、話を戻した。

「今回は、命の危険は一切ない。戦いに参加することもない。……少なくとも、僕達はね」

含みのある言い方になってしまった。僕は何かと間が悪いので、百パーセント戦闘に巻き込まれないと言い切れないのが苦しいところだ。まぁ、何かあったとしても今回の僕にはリィズとシトリーという心強い味方がいるし、キルキル君や立派に成長してしまったノミモノだっている。

「ますたぁ……」

ティノが僕を呼ぶ。しかし、その目に溜まった涙は全く減っていなかった。

ここまで何度も説得しても信じてもらえないとは、僕は一体この後輩に何をしてしまったのだろうか。心当たりはいくらでもあるが、誓って意図してティノを酷い目に合わせてやろうとした事はない。

馬車で仮面を渡そうとしたのもティノを想っての事なのだ！

「誓うよ。仮に何か起こっても、傍観者に徹する。いつも悪意があってティノを酷い目に合わせてるんじゃないんだ。そうだ――」

――もしも何かあったら、僕がティノを守るよ。

必死のあまり、そんな柄にもない言葉を出したその時、視界が白に包まれた。

ほぼ同時に凄まじい雷鳴が家を揺らす。

「ッ!?」

思わず立ち上がる。何だ今の雷？　かなり近いぞ!?　てか、本当に雷か!?

隠れ家に落ちたわけでもないのに、衝撃で頭がぐわんぐわんする。

せっかく格好良い事を言ったのに――冷静になって自分の言葉を思い返すと、恥ずかしくなってきた。雷が落ちてよかったのかもしれない。

「はぁ？　なんでシトがクライちゃんと一緒の寝室なの!?　常識的に考えておかしいでしょ!?」

「この家は私の家なんだし、ティーちゃんはお姉ちゃんの弟子でしょ!?　それとも何？　お姉ちゃん、ティーちゃんの事私にくれるの!?」

「あげる！　ティーはあげるから、クライちゃんは私のなの！　それで文句はないんでしょ!?　二度とクライちゃんの近くに近寄らないでッ！」

あんなに大きな音がなったのによくもまあ平然と喧嘩を続行できるものだ……そもそも、二部屋あるんだから性別で分ければいいだけだ。

そろそろ仲裁した方がいいかもしれない。こういう時に被害を受けるのはだいたい周りなのだ。

声をかけようとした時、ティノの様子が変わっているのに気づく。まだ目尻に涙が浮かんでいたが、その表情に先程までの怯えはなかった。呆けたような表情でこちらを見上げている。

突然の雷を気にしている気配はない。雷に撃たれる訓練を受けたばかりなのにそっちはトラウマになっていないのか……そんな事を考えていると、ふとその白い頬に朱が差した。

「…………ますたぁ……」

「……まさか、聞こえてた？」

ティノがこくこくと頷く。まさかあの大音量の中、僕の声が聞こえるなんて、ハンターは化け物か。

聞かれて困るようなものではないが、気恥ずかしいものは恥ずかしい。

冷静に考えると、ティノにはこれまで僕の情けないところを何度も見られているのだ。そんな僕に守られるなんて、ティノからすれば逆に恥ずべき話かもしれない。

「まぁ、ただの心構えの話だよ。ティノには手助けなんて必要ないかもしれないけど、そういうつもりで行くってことだ。気を悪くしたならごめん、忘れてよ」

「いえ——ありがとう、ございます、ますたぁ。そして……ごめんなさい」

ティノが小さく頭を下げ、袖で涙を拭う。再び顔を上げた時、その目に涙は残っていなかった。

まだ少し充血しているが、その眼差しからは、ソロハンターとしての確かな強さが感じられる。

ティノが立ち上がり、拳を強く握りしめて言う。

「もう……大丈夫です。マスター……何が来ようが、絶対に、絶対に負けません。まだ私は未熟で経験も力も足りませんが……乗り越えてみせます！　見ていてくださいッ！　雷でも何でもこいっ！」

なんだかよくわからないが奮起したらしい。

突然宣言を始めた後輩に、リィズとシトリーが手を止め視線を向けるが、ティノは身じろぎ一つしなかった。唇を結んだその表情が決意を示している。このティノならば頼りになりそうだ。

よかったよかった——何も来ないって言ってるよね？　人の話聞いてた？

何？　今までの僕の言葉、全部無駄だったの？　どうすれば信じてもらえるの？

文句を言えるような立場ではないが、さすがにそこまで信じてもらえないと少しげんなりする。

そしてやるせなさに肩を落としたちょうどその時、まるで僕の先程の宣言を嘲笑《あざわら》うかのようにどこからともなく警報の音が響き渡った。

……もう引退したい。シトリーの入れてくれた美味しい紅茶を飲みながら、現実逃避する。

外で鳴り響く雷鳴と警報の協奏曲はいつまで経っても収まる気配がなかった。先程まで赤く染まっていたティノの頬から赤みが引いていた。その頬は少し引きつっていたが、僕を責める事なく居心地悪そうに窓の外に視線を投げかけている。ぴかりと雷光が瞬き、僕はごくりと紅茶を飲み込んだ。

僕は嵐には割と慣れている。何故ならば苦難と嵐は切っても切れない関係にあるからだ。

だが、こんな住宅街まで届く警報が止む気配がないというのはなかなか尋常ではない。

ゼブルディアは他の国と比べて治安がいい。ある程度大きな町には国や領主の編成した騎士団が配備され、魔物や幻影《ファントム》、人間の犯罪者から町を守っている。このエランにも当然存在しているはずだ。

そして、ハンターの聖地であるゼブルディアの騎士団には元ハンターが所属している事も少なくない。並大抵のトラブルならば解決できるだけの力を持っている。

だが、それならばいつまで経っても鳴り止まないこの警報はなんなのか？　この程度の嵐でこんなに長く警報が鳴ることはないはずだ。何か大きな事件が起こったと考えるべきだろう。

僕は大きくため息をつき、とりあえず脚を組んだ。

「シトリー、なんかおやつとかない？」

「あ……そうでした！　クライさんの好きそうなチョコレートがあるんです」

シトリーが色とりどりのピカピカの包装紙で包まれたチョコレートを小鉢に入れて持ってくる。

どこか工業系国家からの輸入品だろう。僕はがんがん鳴っている警報を必死で脳内から追い出し、チョコレートの紙を剥いた。ティノが恐る恐る尋ねてくる。

「ますたぁ……いいんですか？」

警報？　僕には関係のない事だ。依頼が来ているわけでもないし、よしんば依頼がきたとしても受領するかどうかの決定権はこちらにある。

そもそも、ハンターの主な仕事は宝物殿の探索で、都市の治安維持は騎士団の領分だ。そのために税金だって納めている。レベル8だからって何でもかんでも持ち込まれたら堪ったものではない。

なんだかんだ思うところがあるのか、そわそわしているティノに向かって手招きをする。おずおずと近づいてきたティノに剥いたばかりのチョコレートを差し出し、安心させるように微笑みかけた。

「大丈夫、この程度、僕の想定の範囲内だよ。それに今回は戦いはなしって約束しただろ？」

アクシデントに巻き込まれるのは慣れている。警報を聞くのだって初めてではない。

僕は知っていた。こういう時はじっとしているのが一番なのだ。じっとしていれば、大体誰かが解決してくれる。そして、じっとしている事にかけては僕はクランでも有数である自信があった。

まぁ一流のハンターならば警報を聞きつけたら率先して協力するのが筋ではあるが、いかんせん僕にはそれを成すだけの力もないのだ。迷惑だから雑魚は引っ込んでろという奴だ。

「大丈夫、このエランにはもっと解決に相応しい人材がいるから」

僕の言葉を聞きつけ、リィズが身を乗り出し、甘ったるい声をあげる。

「えぇ!?　首を突っ込みにいかないの？」

「行かないよ。リィズさ、僕達の目的忘れてない？」

「目的？」

「バカンスだよ。バ、カ、ン、ス！」

あれほど説明して、忘れたわけでもないだろうに、彼女のお祭り好きは常軌を逸している。

こんな第一歩で躓くわけにはいかないのだ。ましてや首を突っ込んだら、僕がここにいる事がバレてしまうではないか。直接何事か頼まれてしまったら、僕は《始まりの足跡《ファースト・ステップ》》のクランマスターとして何か手を考える必要が出てしまう。それは避けねばならない。

「シトリー、僕達がここにいる事は誰も知らないね？」

「もちろんです。探索者協会の支部にも顔を出していませんから。入町審査は受けているので調べれば町にいることはわかるはずですが、この隠れ家はまずバレていません」

さすがシトリーは僕のような間抜けとは違う。今回こそはティノを巻き込む心配はないようだ。

「騒動が収まるまでこの家から出ない事にしよう。備蓄はあるんだっけ？」

「食料的には一月《ひとつき》くらいは問題ないでしょう。その他の資源についても——」

一月、か。十分……というより、余裕ありすぎである。シトリーは籠城戦でもやるつもりなのかな？

「いいか、ティノ。気持ちはわかるが、こういう時は——落ち着くのが大切なんだ。言っただろ？　戦いには参加しないって。僕達の出番はない。大丈夫、警報はすぐに止まるよ、ほら座って」

「な、なるほど……これも全て、ますたぁの、手の平の上なんですね……ですか？」

ティノとて無理してまで騒動に首を突っ込みたくてしょうがないというわけではないだろう。

僕の言葉に、ティノが僕への無意味な信頼を見せつつ、ソファに腰を下ろす。

「うんうん、そうだね。リィズも座って。絶対に外に出ちゃだめだよ？」

問題は基本的に素直なティノではない。リィズだ。いつも無理してでも騒動に首を突っ込みたくてしょうがないリィズだ。すぐに僕の言うことを忘れてしまうリィズだ。ずっと押さえつけておかないと壊れたバネのおもちゃみたいにトラブル目掛けて飛んでいってしまうリィズだ。そして最終的に何故か僕のせいになるリィズだ。

「えぇ……クライちゃんひどーい」

なんとか言った通りに僕の隣に腰を下ろすリィズの腕――その手首をしっかり捕まえる。

嬉しそうな声をあげ身を寄せてくるリィズの髪を手櫛で梳き宥めつけながら、僕はあらゆる手を使いこのバカンスを何事もなく終える事を改めて決意した。

そして、帰還後にクランメンバー達にとても楽しいバカンスだったと自慢してやるのだ。

その暁には、底辺まで下がっていたティノの信頼も少しはマシになっている事だろう。


凄腕だ。さすが、レベル7ハンターに率いられているだけの事はある。

雨と夜というハンターならば誰もが嫌がる状況の中、街道を駆ける。襲いかかってくる夜行性の魔物を事も無げに蹴散らす《霧の雷竜《フォーリン・ミスト》》の姿に、クロエは表情に出さずに感心していた。

クロエが雇った護衛――《焔旋風》が出る幕は一切なかった。それどころか、馬車はほとんど止まりすらしなかった。

初見の時点でアーノルドが強い事はわかっていたが、その威容は英雄の名に相応しい。

そして、率いるパーティについても、かなり手慣れている。嵐の夜。ほとんど視界の利かない中で、気配を殺して接近してくる魔物達を尽《ことごと》く寄せ付けない様は見事だった。

ハンターの聖地と呼ばれるゼブルディアでも、ここまでのハンターはそういないだろう。

護衛という事で同じ馬車に乗った《霧の雷竜》のメンバーの男が、深い笑みを浮かべ言う。

「向こうじゃ、視界が利かないなんてしょっちゅうだったからな」

「なるほど……ネブラヌベスの環境は過酷らしいですね」

「魔物の強さもこっちより上だ。まぁ、数は向こうよりこっちの方が多いみたいだけどな」

環境の差異は魔物の性質に大きく影響する。環境が過酷なら魔物もより強靭になるだろう。そして、あまりに過酷故、個体数が増えないというのも納得の行く話だ。

戦闘は鎧袖一触《がいしゅういっしょく》に終わった。《豪雷破閃》は戦いに参加すらしていないが、《霧の雷竜》の能力ならばこのゼブルディアでもそうそう苦戦する事はないだろう。

アーノルドの目的はわかっていた。感情をうまく鎮めてはいるが、《千変万化》との確執が未だ残っている事は様々なハンター達を見てきたクロエからすれば明らかである。

同行を認めたのは次善の策だ。レベル７にも認定されたハンターならば探索者協会に従う旨味は少なくなっている。支部長クラスならばともかく、一職員のクロエでは止める事は難しかったし、そもそも事を起こす前に止める権限などない。ならば、自分の目の前で諍いを起こしてくれた方がまだマシだ。さすがに探索者協会の職員の目の前でやりすぎる事はないだろう。

それに、あの神算鬼謀で名高い《千変万化》ならばここまで読んでいてもおかしくはない。

「ゼブルディアには無数の宝物殿が……ネブラヌベスには存在していない高レベルの宝物殿がありますから」

「ふん、そうだな……だが、色々あって足止めを食らってはいるが、アーノルドさんと俺達に攻略できない宝物殿なんて……ない。この帝都の宝物殿がどれほどのものなのか楽しみだよ」

稲光が瞬く。それに照らされた男の表情には不安はなかった。

いや、不安や怯えはありそうだが、それ以上に自信を持っている。己の力に、そしてリーダーとパーティに。脅威を知りそれでも前に進める。それは、ハンターとしては理想的な精神と言えた。

クライさん、一体何をやったらこの《霧の雷竜》《フォーリン・ミスト》をこんなに怒らせられるんですか。

改めて考えて、嵐の中追跡されるなど、相当だ。

「しかし、今日はやけに魔物が多いな。しかも、全然死体が転がっていない……《千変万化》は本当にエランにいるのか？」

「グラディス領に向かうにはエランを通る必要があります。この雨の中、馬車を走らせようとは思わないでしょう。私達の目的も合流です」

毅然としたクロエの声に、男が気のない返事をする。

十中八九、間違いないはずだ。魔物の死体が見えないのと魔物の数が多いのは確かに気になるが、クロエも急いでいる。嘘をついたりはしない。

再び雷の音が響き渡る。ルーダがどこか憂鬱そうな表情で窓の外を覗いていた。


エランの町に到着したのは夜も更けた頃。雨は一層激しく降り注ぎ、暗雲の隙間には少なくない頻度で光が瞬いていた。悪天候での戦いに慣れている《霧の雷竜》がいなければ辿り着くのに苦労していただろう。ふと、前を走っていた《霧の雷竜》の馬車から声が上がる。

「おい、燃えてるぞッ！」

その声に、クロエは慌てて窓から首を出す。

エランの外壁が燃えていた。炎は雨ですぐに消えるが、煙がうっすら立ち上がっている。

上空で稲光が連続して瞬き、雷が連続して落ちる。魔法がかかっているはずの石製の外壁が衝撃で欠け、弾ける。轟音が馬車のもとまで届き、探索者協会でしっかり調教されているはずの馬が嘶く。

強い魔力《マナ》を感じた。明らかに自然な現象ではなかった。

門に辿り着くと同時に、馬車から飛び降り話を聞きに行く。

探索者協会は国営ではないが、国とも密接な関係のある機関だ。魔物や幻影《ファントム》関係の問題が起きた場合はハンターを派遣する事もある。何より、見過ごしてはおけない。

怒号と悲鳴。町は混乱の渦にあったが、探索者協会の紋章を見せれば小娘でも無視はされない。

速やかに通されたクロエ達にもたらされた単語は想像すらしていないものだった。

「は？　雷精……？　こんな人里に……？」

思わず混乱も忘れ、あっけに取られてしまう。だが、情報をもたらした方も悪夢を見ているような表情をしていた。経験豊富なアーノルドまでもが瞠目している。

雷精とは精霊《エレメント》の一種である。精霊とは意志持つ自然現象とも呼ばれる超常存在だ。滅多な事では人里に現れないし、無闇に攻撃を仕掛けてくるような存在でもないが、総じて莫大な力を誇り、その強さは最低でもレベル6とされている。雷精は精霊の中でも上位に当たるので、更に上だろう。

本来雷精はこのような都市部で現れるような存在ではない。魔術師が使役している可能性もあるが、上位精霊《ハイエレメント》である雷精を使役できる者などゼブルディアでも数える程しかいないだろう。果たして原因は何なのか――そこまで考えたところで、クロエは思考を切り替えた。

理由はどうあれ、町は今も攻撃され続けているのだ。放っておくわけにはいかない。

雷精はエランに常駐している騎士団で手に負えるような存在ではない。

いや、恐らくエランを拠点にする最上位のハンターでも厳しい。上位精霊に勝ち得るのは――撃退できるのは英雄だけだ。そして、幸運な事に、今この場には雷精と同じ雷を纏う強大な幻獣、雷竜を倒し英雄となった男がいる。躊躇いはなかった。真っ直ぐアーノルド達の方を見る。

「《豪雷破閃》、協力頂けますか？」

二つ名を聞き、集まっていた騎士たちが、都市の幹部が、色めき立つ。

雷精ともなれば、レベル7ハンターにとっても強敵だろう。

だが、アーノルドは無数の視線を一身に受けると、鷹揚に頷いた。

不安と不穏な空気に潰されそうな一夜が明け、昨日の嵐が嘘のような蒼穹《そうきゅう》が広がっていた。

ベッドから身を起こし、清々しい気分で外を見る。

住宅街には平穏が戻っていた。警報もなっていないし、悲鳴も聞こえない。

ほら見ろ、何もしなくてもなんとかなったじゃないか！　ほっとしながら隣を見る。

隣のベッドには誰もいなかった。シトリーの隠れ家に存在する寝室は二つ、それぞれベッドが二個ずつ配置してあったが、結局性別で分ける事になったのだ。僕はあまり気にしないのだが、誰と同じ寝室にしても角が立つ。僕がソファで寝るとなるとそれも認めてもらえない。

リィズにはベッドに潜り込んでくる悪癖があるが、シトリーがいれば安全だ。

ちなみに、キルキル君は外である。どうやら厳しい環境でも動けるように作られているらしい。魔法生物という意味ではノミモノと大して変わらない扱いなのだろう。

大きく伸びをして、シトリーが洗濯してくれた服に着替える。

隠れ家は隠れ家にしておくにはもったいないくらい快適だった。大きなバスルームもついているし、料理してくれたシトリーの腕がいいせいか、備蓄食料を使った料理も僕の舌に合っていた。ちょっとした旅館よりも上だったかもしれない。雨の中の行軍で多少溜まっていた疲労もすっかり抜けている。

寝室を出てリビングに向かうと、私服のティノが出迎えてくれた。

「……ますたぁ、おはようございます」

「おはよう。……どうしたの？　その隈」

快適に眠れた僕と違い、ティノの目の下には濃い隈ができていた。

足元はしっかりしているし口調もいつもと変わらないが、表情には濃い疲労が見える。

「眠れなかったの？」

「……少しだけ。ソファで横にはなっていたのですが――外が不安で。全ては私の未熟故です」

硬い声だ。ベッド貸してもらえなかったのか……確かにリィズは弟子を同じベッドに入れるような性格ではないし、シトリーと一緒に寝る事になったらそれはそれで危なそうだ。

寝る前にもう少しティノの事を考えるべきだったかもしれない。

しかし、ハンターというのはいつでもどこでも眠れるように訓練しているものだが（僕が一番得意な分野だ）、それでも眠れないくらい外は酷かったのだろうか。

「大丈夫です、ますたぁ。私もハンターです、一晩眠らないくらいなら、活動に支障はありません」

「それならいいけど……」

ティノももう子どもではないのだ。自分の体調は自分が一番理解しているだろう。

外の様子次第では引き篭もるつもりだったが、どうやら警報の原因は無事解決したようだ。

シトリーの手料理を食べると準備を整え、皆で隠れ家を後にする。ノミモノとキルキル君という異形を引き連れ、深くフードを被り顔を隠しながら大通りを歩くと、自然と昨日の話が耳に入ってきた。

商人もハンターも騎士団も町民も皆が昨日の事を噂している。

噂話に聞き耳を立てていたシトリーが目を大きく見開いた。

「雷精……上位精霊がこんな人里に現れるなんて――」

「雷精!?　…………あーあ。私も戦いたかったなぁ……せっかく耐性つけたのを確かめるチャンスだったのに……ねぇ、ティー？」

「え……!?　は、はい、お姉さま……」

ティノが何故か潤んだ目でこちらを見てくる。……ただの偶然だよ。耐性をつけさせる訓練をさせたのはリィズだし、結局、こうして僕が止めた事で首を突っ込まずに済んだじゃないか。

精霊とは意志を持つ力の固まりであり、ハンターが戦い得る相手の中では一際厄介な存在だ。必ずしも人類と敵対しているわけではないが、その攻撃力と耐久力は高レベルのハンターをも大きく超え、中には国を滅ぼす程の力を持つ者もいる。自然現象を操るという特性から神と同一視している地域もあるという、正しく超常存在だ。

魔導師《マギ》が扱う術の中には精霊の力を借りるものがあるが、最上位の魔法として知られている。

本来、精霊の生息地は大自然の中であり、シトリーの言葉の通り人間の街に現れるなどかなり稀有な現象だが、あの大嵐や蜂の巣をつついたような騒ぎも精霊の出現が理由となれば納得がいく。

「もしかして……誘雷薬、強すぎました？　そんなに長続きしないはずなんですが……」

シトリーちゃんが尋常ではない事を呟いているが、僕は聞かなかった振りをした。幸い死者はいないらしいし、さすがに表に出すには憚《はばか》られる。

しかし、リィズを止める事ができて本当に良かった。雷精とか絶対戦いたくない。内心ほっとしながら町の外に向かい歩いていくと、昨日通った頑丈そうな門が完全に破壊されているのが見えた。

思わず立ち止まり、目を見開く。焦げた大穴にそこかしこに散らばった瓦礫、飛び散った血の染みは昨日の戦いがどれほど凄惨なものだったのか示しているかのようだ。門付近の家屋も半壊している。

兵士達が役に立たなくなった門に代わり、忙しげに人の出入りを整理していた。

警報を無視してよかった。精霊相手ではコミュニケーションを取ることすら困難だ。

僕ならば木っ端微塵にされていただろう。

「雷精が出たのにこの程度なんて……相当頑張ったんですね」

ただひたすらに安堵している僕と違って、シトリーが思う事はまた異なるようだ。

確かに、精霊は空を飛べるし、門などあってないようなものだ。

エランはそれなりに大きいが、上位精霊を撃退できるような兵が常駐しているとも思えない。

その時、シトリーの言葉を聞きつけたのか、人員整理していた兵の一人がどこか自慢げに言った。

「ああ。突然の精霊の襲撃に全く対応できていなかったんだが——偶然にも高レベルのハンターがこの町に立ち寄ってな……迎撃戦に参加して頂けたんだ。死闘だったが、こうして無事雷精を追い払ってくれた。おかげで人員被害もそこまで大きくならずに済んだ、ハンター様様だよ」

雷精を迎撃できるハンター……凄いハンターもいたものだ。

一体、誰だろうか？　もし出会えたらお礼を言いたいものだ。

雷精との激戦。まさしく昨晩は、アーノルドのハンター人生において最低の一夜だった。

ネブラヌベスで雷竜を狩った時の戦いも激戦だったが、あの戦いは入念に準備を終えた後、覚悟を決めて挑んだものであり、今回のように何の前情報もない状態で突発的に起こったものではない。

そもそも、《霧の雷竜《フォーリン・ミスト》》が上位精霊《ハイエレメント》と戦ったのは昨晩が初めてである。

ノウハウがなかった。準備も不足していた。戦力だって足りていなかった。

唯一幸運だったのは、精霊が雷の精だった事だ。《霧の雷竜》のメンバーは皆、ネブラヌベスで雷竜を討伐するにあたり雷への耐性を付けていた。だが、それでも誰一人欠けず、町の民に大きな被害を出すことなく強力な精霊を撃退できたのは奇跡に等しかった。

礼として充てがわれた最高級の宿も、命を賭けての上位精霊との戦いを考えると割に合わない。

広々としたリビングには仲間達が死人のような有様で座り込んでいた。

眠れなかったのか、目が充血している者に、明らかに生気の抜けている者。表情は様々だが一つ共通点があるとするのならば、ハンターが備えているべき覇気が抜けていた。

戦いで負った大きな火傷《やけど》や傷はポーションや回復魔法であらかた癒えているが、精神的な疲労はそう簡単に消えない。他のメンバー程ではないが、アーノルド自身も、一晩睡眠を取った今も全身に拭いきれない疲労を感じていた。動けない程ではないが、万全な状態には程遠い。

物資についても少なからず消費してしまった。装備のメンテナンスも必要だ。特に、防具系の損耗が激しく、中には新調しなくてはならない物もある。

エイが疲れ果てた表情でアーノルドに言う。

「ゼブルディアでも精霊が人里に現れるなど滅多にないらしいですが……ったく、不運にも程がある」

「だが、協力しないわけにもいかん」

嵐を伴いエランを襲撃した雷精はレベル7相応の力を持つアーノルドをして一筋縄ではいかない力を誇っていた。まずレベル7のパーティでも滅多に遭遇しない大物だ。

空から落ちた無数の雷が城門を容易《たやす》く焼き払い、防衛に回った騎士達の半数を一撃で戦闘不能にした。高速で飛行するその存在に弓矢は当然として魔法のほとんどは当たらず、追い払うまで要した時間で門の付近は廃墟も同然と化した。アーノルド達がいたからその程度で済んだのだ。もしもアーノルド達が町に来るのがあと数時間遅かったら、雷精は町の中深くまで侵入し、エラン全域に致命的な破壊をもたらしていた可能性もある。死者が出なかったのが奇跡のようだ。

あの場にはクロエがいた。衆目もあった。探協の要請ともなれば安易に断るわけにはいかない。

いや、そうでなくても、一流のハンターには一流のハンターとしての立ち回りが求められる。

「まぁ、悪い事ばかりじゃない。計画とは違うが、《霧の雷竜《フォーリン・ミスト》》の勇名も知れたはずです」

「ふん……」

「それに、上位精霊相手でも十分通用するってことがわかった。重傷者も出なかったし、万々歳だ」

アーノルドはその言葉に鼻を鳴らす。ハンターはポジティブでなければやってられない。

精霊とは自然現象のようなものだ。竜と比べると純粋な破壊能力は劣るが、厄介さは甲乙つけがたいものがある。そして同時に、竜と同じかそれ以上に人前に姿を現さない存在でもあった。

それが精霊の中でも一際強力な上位精霊ともなれば、人里離れた大自然の奥地を長期間探索しようやく遭遇する、そのくらい希少な存在だ。確かにレアな体験ではある。

だが、それ以上に気になっているのは《千変万化》の動向だった。

「《千変万化》はなぜ、出てこなかった!?　ヤツは、この国のレベル8だろう!?」

上位精霊は強力だ。騎士団はもちろん、並大抵のハンターでは太刀打ちできない。

あれに勝てるのは超一流の魔導師《マギ》か、マナ・マテリアルを十分に吸った一流のハンターくらいである。そして、このエランのような中規模の町にあれに勝てるような存在が常在しているはずもない。

もしもアーノルド達が出ていかなかったら、どうしようもなかっただろう。

そしてだからこそ、あの騒動の中、クライ・アンドリヒが姿を見せなかった事が解せない。

「雷精に恐れをなしたんじゃ。俺達があれに対応できたのは雷竜との戦闘経験あってだ」

「奴ら、探索者協会にも顔を出していないようだった。気づかなかったのでは？」

「しかし、あの警報に気づかなかったなんて、ありえるのか？」

「評判通りならば、すぐさま手を打ってもおかしくねえんですがね……」

好き勝手考えを言う仲間達に、エイが思案げな表情をする。

《千変万化》と《嘆きの亡霊》《ストレンジ・グリーフ》の功績は知っている。

経歴からイメージできるその姿は、勇猛果敢で時に冷徹、数々の強力な魔物や幻影《ファントム》を倒し、宝物殿を踏破、困難な依頼を幾つも解決した――まさしく、ハンターの鑑だ。実力だって、アーノルド達を一つの魔法で制圧する程なのだから、今更雷精の一体や二体に及び腰になるとは思えない。

何より、アーノルドにはいつも気の抜けるような笑みを浮かべていたあの男が、雷精の出現に焦る様子がイメージできなかった。思い思いの事を言う仲間に、エイが大きく頷き結論付ける。

「居場所はわかりませんが――入町の名簿に載っていた、この町にいるのは間違いない。クロエも捜している。何、帝都に比べれば小さな町だ。すぐに見つかるでしょう」

「………………」

確かにその通りだった。もともと、この追跡はアーノルド達に有利だ。

《霧の雷竜》《フォーリン・ミスト》は対人に特化しているわけではないが、相手は――逃げているわけではないのだ。偶然とは言え、クロエという案内人もいる。目的地もわかっている。追いつくのは時間の問題だ。

疲労を訴える身体を叱咤し、パーティメンバーを見回す。

「消耗した物資を買い足しておけ。戦いの準備をしておけ」

「門番に《千変万化》達が現れたら止めてくれるよう頼んでいます。町を出ようとしたら知れるでしょう。……エランの町長から戦勝祝いをしたいと連絡がきていますが？」

「歓待を受けている時間はない」

「ですよねぇ……」

普段ならば受けるべきだったが、今のアーノルド達には何を置いても優先すべきことがある。

「装備のメンテナンスはどうします？　こんな小さな町で装備を調えるのは無理です、時間もかかる。

幸い、武器は損耗が少ない。下級品になりますが、完全に破損した防具だけ入れ替えますか」

「……そうだな。武器があれば事足りる。人の身で雷精程頑丈という事はないだろう」

そもそも、多少頑丈な程度の防具でアーノルドの攻撃は防ぎきれない。

「《千変万化》は目の前だ。叩き潰した後にゆっくり身体を休めるとしよう」

アーノルドの言葉に、エイがいつもの飄々とした様子で頷いた。


「うぅ……全然眠れなかったわ……」

「俺もだ」

ルーダの言葉に、隈を目の下に貼り付けたギルベルトが同意の声を上げる。

昨晩の雷精との戦いはまだレベル4になったばかりのルーダにとって、数ヶ月前に経験した【白狼の巣】以上の死闘だった。もちろん、中堅のルーダ達に与えられた任務はサポートであり、雷精と直接対面したわけではないが、強力な雷撃は掠《かす》っただけでルーダ達を戦闘不能にするだけの威力を誇っていた。必死に走り回ったため体中が酷い筋肉痛だ。

ぞろぞろと部屋から出てきた他の《焔旋風》のメンバーについても、皆一様に顔色が悪い。

「やっぱり護衛依頼なんて受けなきゃよかったわ……」

かつてティノに聞いた言葉を思い出す。

『マスターは神。マスターはトラブルや弱き者を見過ごさない。だから、トラブルを辿っていけばマスターのいる所には自ずと辿り着く。わかる？』

その時はわからなかった。だが、この状況を考えるに、あながち冗談ではないのかもしれない。

何しろ、雷精である。滅多に人里に現れない神に近い存在だ。いつか相対するにしても、ずっと先の話になると思っていた。

アーノルド相手にいつも通りの態度を崩さなかったギルベルトが力のない声で言う。

「しかも、あいつ出てこなかったぞ……」

「…………そうね」

恐らく、ルーダとギルベルトで考えている事は同じだった。

【白狼の巣】でも、クライが現れたのは絶体絶命で死を覚悟したその瞬間だった。今回はルーダ達には《霧の雷竜《フォーリン・ミスト》》という強い味方がいるが、状況は驚くほど酷似している。

『千の試練』、と。そう呼ばれているらしい。いくらクライでも一般人を危険に晒したりはしないと言いたいところだが、あの時だってギルベルト達の命を危険に晒して平然としていたのだ。

『マスターは神』。

ティノの言葉が再び脳裏を過る。しかし、ルーダは知っていた。神話に語られる神々というのは大抵、弱い人間の事など考えないろくでもないものなのだ。

そういえばティノはクライに同行しているらしい。彼女も酷い目に遭っているのだろうか。

ふと、ギルベルトがしみじみと言う。

「……おっさん、元気かなあ」

「……連れてくれればよかったわ。多分嫌がったと思うけど」

あの時のメンバーで唯一巻き込まれずに済んだグレッグの事を思い出し、ルーダはため息をついた。

「何？　もう町を出た？」

アーノルドの引きつった形相に、クロエは苦い表情で言った。

「はい。詳しく調べたところ、どうやら早朝に発ったみたいで」

「ッ……早朝、だと!?」

「早すぎる……一体何が狙いだ？」

エイが眉を顰める。ルーダ達も呆然としている。

「……わかりません。探索者協会にも顔を出した形跡はありませんでしたし」

雷精との戦いがなんとか撃退という形で終結したのは夜が明けた直後。そこからしばらくは様子見のために見張りを行い、早朝は傷の治療で場所を変えていた。門番に《千変万化》が現れたら止めて欲しいと依頼したのはその後である。

つまり、クロエが依頼した時には既にクライ達は外に出ていたという事になる。依頼したその時にもう出ている事を指摘されなかったのは仕方がない。あの時は皆、雷精の後処理で忙しかったし、戦っていたのはアーノルド達だけではないのだ。

クロエにとってもその情報は青天《せいてん》の霹靂《へきれき》だった。

急ぎの用があるとはいえ、あまりにも動きが早すぎる。ハンターというのは危険と事件に敏感なものだ。今のエランは雷精の襲撃という大事件で騒然としている、高レベルのハンターがそれに興味も示さずにすぐに出ていくなど、どうして想像できようか。

いや、そもそも、それならばまず雷精との戦いで現れなかったのがおかしい。雷精の襲撃は本来レベル8ハンターが率先して解決するべきもののはずだ。

だが、現れなかった。町にいたにも拘らず、出てこなかった。

と、そこでクロエは気づいた。

そう、これはまるで——別の高レベルハンターが解決するのを知っていたかのようではないか。

まだ激戦の跡が残るアーノルド達を見回す。これはただのクロエの妄想だ。

雷精との死闘は死者が出てもおかしくないくらいの激戦だった。いくら《千変万化》の智謀が優れていても、アーノルド達が現れる時間を正確に割り出すなど不可能だ。だが、同時にクロエは《千変万化》の功績の中に人知の及ばないものが多く存在する事を知っている。

《千変万化》は絶大なる力を持つが、それ故に滅多に自ら動かないという。彼は未来視に限りなく近い先見を用いてクランメンバーを鍛え、《始まりの足跡《ファースト・ステップ》》を有数のクランにした。状況は今回の件と奇妙に一致している。ただその対象が、本来ライバルで現在敵対している《霧の雷竜《フォーリン・ミスト》》なだけで——。

「そういえば、門番の人が言っていたんですが——あ」

あまりにも理解し難い話だった。そのせいで、思わず何も考えず言葉を出してしまう。

「？　何だ？」

「……」

しまった。前もやったのに、またやってしまった。

慌てて口を噤むが、既に遅い。アーノルドが険しい目でクロエを見ている。

門番から聞いた話は、以前の印象の話と同様、アーノルドの怒りを助長しかねない話だった。

探索者協会の業務にはハンター同士の仲をとりなす事も入っている。

黙るクロエに、エイが呆れ果てたように言う。

「クロエちゃん、さてはあんた、嘘を吐《つ》けない人間だな」

「…………言え」

単刀直入な指摘に顔が赤くなるのを感じた。

高レベルハンターに生半可な嘘は通じない。そもそも、アーノルドはもうどのような類の話をされたのか予想しているだろう。クロエは観念して小さな声で言った。

「その……感心していたらしいです」

「……何？　……もう一度言え」

なんでクライさんはいつも煽るような事を言うんですかッ！

そもそも、《嘆きの亡霊《ストレンジ・グリーフ》》はこれまでも散々様々な精霊と戦い、撃退しているパーティだ。パーティメンバー全員が揃っていなくても、雷精くらい相手にできたはずだ。出てくるべきだ。

震える声で聞き返すアーノルドに、クロエは声を震わせ答えた。

「死者も出さずに撃退するなんて凄いなぁと、とても感心していたらしいですッ！」

「ッ!?」

アーノルドの表情が激しく歪む。その鬼面の如き形相にルーダが小さな悲鳴を上げた。

その言葉は、明らかに上位から下位に向けてのものだった。表面上は揶揄などはしていないが、状況を鑑みれば明らかである。

どこにいたのかは知らないが、この町にいてあの警報に気づかないわけがない。

それを放置し、あまつさえ苦労して撃退したアーノルド達に対して称賛の意を示す。

ここまでくれば、クロエでなくても《千変万化》の行動の意味を察するのは難しくない。

《千変万化》は――あえて出てこなかったのだ。

恐らく、アーノルド達が戦っている様子を外から見ていたのだろう。まるで――親が子の様子を見守るかのように。死者が出そうになったらいつでも助けに入れるように。雷精襲撃に興味を示さずにすぐに出ていったのも、あの戦いを外から見ていて既に知っていたと考えれば納得がいく。

唯一、探協の使いであるクロエを無視して出ていった理由がわからないが……。

クロエと同じ結論に達したのか、アーノルドが立ち上がる。

聳《そび》えるようなその威容からは先程までの疲労は見られない。

「……追うぞ。まだ間に合うはずだ。出発の準備を急げッ！　絶対に逃さんッ！」

「へい。すぐに準備を」

怒りを殺しきれていないアーノルドの声に、エイと数人の仲間が駆け足で出ていく。

「クロエ、お前らも準備しろ。今すぐにだッ！　遅れたらクロエだけ連れて行く。いいなッ!?」

額に青筋が浮いていた。肌がひりつくような圧力を感じる。雷精との交戦時も鬼神の如き働きを見せていたが、今の表情はまさしく鬼そのものだ。これまで沢山のハンターと顔を合わせてきたが、ここまで怒れるハンターを見るのは初めてである。

さすがのクロエも笑顔を作る事はできなかった。《千変万化》のフォローなどできるわけもない。

「わかりました。急ぎましょう。このルートだと次はグラに行くはずです」

第三章　追跡者とバカンス

馬車の窓の外にはなだらかな丘陵地帯が広がっていた。発展した帝都とは違った牧歌的な光景だ。流れていく光景をぼんやり見ていると穏やかな気持ちになる。

街道を除き、人の手の入った形跡はなく、また他の旅人の姿もない。時折、魔物や動物の姿が見えるが、皆、僕達を見るとすぐに逃げていった。前を駆けるノミモノライダーキルキル君が本当に恐ろしいのだろう。実は僕も割と恐ろしいのだが、魔物避けとしてはかなり優秀なのかもしれなかった。

エランを脱出して一日。天気は快晴。透き通るような空の下、馬車の旅は順調に進んでいた。

初日に大嵐に見舞われた時はどうなるかと思ったが、街道を行く旅というのはこんなものだ。

「キメラって、普通の魔物にはとても恐ろしく映るんですよ。大抵の魔物は逃げていくかと」

シトリーが説明を入れてくれる。キメラじゃなくてもあんな巨大な獅子を見たら大体の人は怖いと思うのだが……しかし、そんな化け物を生み出すとかアカシャの塔はとても罪深いな。

じゃれついてくる癖さえなければ、ノミモノに乗って旅をしたりできるかもしれない。

帝国領内は概ね安全だが、魔物や幻影《ファントム》、賊が出る事もある。だが、それもノミモノに乗っていれば寄ってこないだろう。僕が賊の立場だったら絶対近寄らない。キルキル君なんてどっちかというと賊寄りだろう。一体どっちが危険なんだか……。

そんなくだらない事を考えながらだらりと馬車の窓から乗り出し、欠伸をしていると、背後から不機嫌そうな低い声があがった。

「…………暇」

リィズはとにかくじっとしているのが苦手な人間である。僕の記憶の中にいる彼女はいつも動いていた。馬車で長距離を移動する時は基本的に外を走っていたし、町中でも暇さえあれば訓練していた。座学も苦手ではないようだが、実技をやっている時と比較すると明らかに退屈そうにしていた。

そんな彼女にとって、特訓を禁止され馬車の中に閉じこもるのは耐え難い苦痛だったらしい。

それでも一日持ったのだから、僕の予想よりも我慢している。馬車の隅で大人しく本を読んでいたティノが顔を上げ、一日経っても変わらず隈の張り付いた目で不機嫌そうな師を見る。

「ティー、暇。早く何か起こらないと、退屈に殺されそう。なんか面白い事やって？　ほら、早く！」

「え……!?　えっと…………宝具の勉強でもやりますか？　マーチスさんに初心者向けの本を頂いたんです」

「やらなーい。そんなのいいから何か面白い事やって？」

「え？　え？　……じゃ、じゃあ…………ガーク支部長の……その——ものまねを、やります」

師匠の無茶な振りに、ティノがこれまた無茶な返しをしようとしたところで、僕は車内を振り返った。小柄なティノがあの益荒男《ますらお》のものまねを如何にして披露するつもりなのか、興味はあるが、リィズの不機嫌を直すのは難しいだろう。

リィズの注意がティノからこちらに一瞬で切り替わる。きりっとした目つきでガークさんを演じかけていたティノが慌てて澄ました顔をした。

リィズが四つん這いで笑顔で擦り寄ってくる。

「ねぇ、クライちゃん、暇ぁ。ねぇ、いいこと考えたの。私がねぇ、外を走るの。箱に繋いだロープを持ってねぇ、クライちゃんがそれに乗るの。こんな馬車よりもずっと早いし、風も感じられるし、きっと気持ちいいよ？　これは訓練じゃないよね？」

昔そんな遊びしたなぁ……リィズ達の訓練の一環だったので僕はいつも箱に乗る側だった。

しかし今のリィズだと速度が出すぎて放り出されてしまいそうだ。

「もー、せっかく久しぶりのクライちゃんとの長旅なのに、ティーとシトは邪魔だし、今回の制限、厳しすぎ。こんなに使わないと筋力が落ちちゃうかも……ねぇ、落ちてない？　見て？」

ごろんと仰向けになり、剥き出しになった日に焼けた腹部を見せつけてくる。

いつも通り傷一つない肌だ。あまり筋肉質には見えないが贅肉《ぜいにく》などはついておらず、しなやかな野生動物めいた美しさがあった。もともとマナ・マテリアルの強化というのは外見に現れにくいものだ。お腹を見せられても筋力が落ちたかどうかなんてわからないが、多分落ちてないと思うよ……。

しげしげと肌を見る僕に、リィズが嫣然《えんぜん》として両腕を伸ばしてくる。

「ねぇ、クライちゃん…………構って？」

「お姉ちゃん、みっともない真似しないでッ！」

その露わになった腹部に、それまで書き物をしていたシトリーが脚を伸ばし踵《かかと》落としの要領で落とした。ティノがずりずりと後退り、蹴りを入れられたリィズが飛び起きる。

「あぁ？　何すんだよ!?　邪魔しないでッ！」

「クライさんに迷惑かけようとするからでしょ!?　お姉ちゃんはいつもいつも――走りたいならティーちゃんと一緒に走ってくればいいでしょ!?　クライさんはどうしても我慢できないなら訓練してもいいって言ったんだからッ！　ノミモノと競走でもしたら？」

また始まったよ。喧嘩するほど仲がいいと言うかなんと言うか……。

「だーかーらー、その手には乗らないっていってんだろーが！　だいたい、無駄だから！　クライちゃんは私にメロメロなんだから、シトが何したって無駄なの！　邪魔！　どっか行って！　ルシアちゃんがいないからって調子に乗って――」

リィズが声高らかに主張する。そうか……ルシアがいないから喧嘩が起こっているのか。

パーティ内での喧嘩を止めるのはいつもルシアとアンセムの役割だった。

だが、アンセムは全般で頼りになるが唯一妹達には甘いので、こういう時にびしっと割って入るのはルシアなのだ。その度に何故か僕が叱られていたのは余談である。

ティノがあわあわしているうちに口喧嘩はヒートアップしてくる。

もしかしたら僕の考えた制限はシトリーにも少なからずストレスを与えていたのかもしれない。いつものシトリーならばここまで熱くならないはずだ。制限を考え直す必要があるだろう。

「私は、お姉ちゃんみたいに、クライさんに迷惑かけないもん！　それに、何回も言ってるでしょ!?　お姉ちゃんとクライさんは、遺伝子的に相性が良くないってッ！」

「遺伝子は一緒だろーがッ！　そういうところが姑息なところなんだよッ！　この泥棒猫！」

遺伝子的相性なんて言葉、初めて聞いた。

珍しい事に、シトリーの頬も興奮で染まっている。ヒートアップしすぎたのか、シトリーは自然な動作で懐から白いポーションを取り出した。止める間もなく、リィズに向かって投げつける。

陽光をきらきら反射しながら飛来したポーションを、リィズは当たり前に避けた。ポーションが風を入れるために開けていた窓から飛び出し、地面に落ちる。ガラスが割れる音がした。

「なんで避けるのッ⁉」

「ったりめーだろーがッ！　ろくでもないポーションばっかり作りやがってッ！　ヘマして捕まっても絶対に助けにいかないからッ‼」

言い争いをしている間も、馬車は進んでいく。窓から身を乗り出し後ろを確認するが、既に僕の視力ではシトリーのポーションは視認できなかった。……大丈夫だろうか？

喧嘩でポーションを投げるの、本当にやめて欲しい。回復薬ならばともかく、シトリーのポーションのストックの半分は攻撃用だ。しかも、幻影《ファントム》に通じる奴である。怖い。

「ほら、喧嘩はやめて。リィズ、もう少しで次の町につくんだから我慢して。……シトリー、さっき投げたポーションだけど、大丈夫？」

遅まきながら、睨み合う二人の間に割って入る。今の僕、久々にリーダーっぽい。

シトリーもリィズも、喧嘩は度々するが殺意を抱くまで発展する事は滅多にない。リィズの一人称が変わっていないのもその証だ。今回も、すぐに二人は大人しくなる。

「……はぁい」

「ごめんなさい。少しヒートアップしてしまって――さっきのポーションですか？」

あれで『少し』、か……姉妹だなぁ。

リィズがぺたんと座り込み顔を背け、シトリーが息を整える。すぐにいつもの表情に戻ると、先程までの喧嘩が嘘のように落ち着いた口調で教えてくれた。

「あのポーションは……デンジャラス・ファクト――修行用に作った強力な『魔物寄せ』の改良版です。クライさんも入り用なら作りますが――」

魔物寄せ……？　修行するのに手段を選ばなすぎじゃないだろうか、とか、そんなものをリィズにぶつけてどうするつもりだったのか、とか、言いたい事は色々あるが――。

「…………さっき落としたみたいだけど、それってやばくない？」

「大丈夫です。風の強さを考えてもそこまで拡散しないでしょうし、時間経過で散りますから。しばらくは魔物の出現率が『少し』上がるかもしれませんが……私達が使ったという証拠もありません」

それは本当に問題ないのだろうか。首を傾げる僕に、シトリーが安心させるような笑顔を浮かべた。


御者台の方から次の町が見えたという報告を受け、窓から頭を出す。

シトリーが投げたポーションが気になっていたが、結局何も問題は起きなかった。

どうやら心配しすぎだったようだ。もともと、僕の予感は滅多に的中しない。それでも不安になってしまうのは、運が悪い方だというのもあるが、それ以上に根が小心者だからだろう。

ぴったり背中に密着してくるリィズの体温を感じながら、目を細め町を確認した。

次に到着する予定の町――『グラ』は僕も初めて行く町だ。大きな町ではないがチョコレートが名産品で、帝都にはあらゆる物資が集まるので食べたことはあるのだが、少しだけ楽しみである。

年甲斐もなくわくわくしていた僕の目に入ってきたのは――酷く物々しい雰囲気の町だった。

立派なカカオ色の外壁の外には遠目に見ても異常な数の兵が巡回し、ローブを着た魔導師《マギ》達の姿が何人も見える。外壁上部には見張りの兵士が何人も並び、警戒を意味する赤地に縦線の入った旗がはためいていた。都市の出入り制限などはしていないようなのでそこまで大きな問題が起こっているわけではなさそうだが、入っていく馬車の数に比べ、都市を出ていく馬車の数が明らかに多い。

沈黙する僕の後ろからシトリーが頭を出し、目を丸くする。

「あら。何か発生しているみたいですね……赤地に縦線の旗――魔物系の問題みたいですね」

「え？　なになに？　やばいの？」

嬉しそうに僕の背中にのしかかり頭を出したリィズが、旗を見てつまらなそうな声をあげた。

「なんだ、ただの赤旗か。厳戒態勢ってわけでもなさそうだし、つまんないの」

事件に……慣れすぎている。

確かに僕達の冒険では赤旗の出番は数えきれないくらいあった。

旗の規格は国内外である程度統一されている。帝国内ではもちろん、外国でも見たことがあるし、珍しいパターンでは小さな村で見た事もある。魔物の生息地が近い町ではちょこちょこ揚がる代物であり、グラの場合は近くに魔物が生息する森があるようなので揚がっていても不思議ではない。

僕の経験上、魔物系の赤旗が揚がっていた場合、面倒な目に遭う確率は大体五割で、本当にやばい状態になるのはその中の二割程度だ。最近は滅多に帝都を離れなくなったので勘が鈍っているかもしれないが、なるべく関わらない方がいい事は間違いない。

「私達は……行きは寄りませんでした。【万魔の城《ナイト・パレス》】の攻略にかかる時間が予想できなかったので……」

「休憩するには中途半端な位置にあったしねえ。疲れてなかったし」

「ますたぁ……」

逡巡を読み取ったのか、馬車が音を立てて止まる。

不安げな声を上げたのはティノだけだった。シトリーとリィズに心強さを感じると同時に、ティノの気持ちに共感できてしまうという最強の布陣である。

僕は腕を組むと、久しぶりに真剣に考えた。

今回は一つ前のエランとは状況が違う。雷精の襲来なんて予想できないが、今回は（詳細はともかく）何かが起こっているという事がわかっている。別に今すぐ補給が必要というわけでもないし、グラに行くのが必須なわけでもない。いつもの僕ならば考えるべくもなく回避を選ぶだろう。危険に突っ込んでいくのはリィズとルークだけで十分だ。

「…………」

だが、しかし、だ。本来ならば回避一択なのだが……グラの名産品はチョコレートなのだ。

隠れ甘党である僕からすれば避けて通るにはあまりにももったいない。グラのチョコレート自体は帝都でも手に入るのだが、行きつけの洋菓子店の店長が言っていた。グラには特別なチョコレートパフェを出してくれる店があるらしい。これは町に入らずに食する事はできない。

僕は迷った。安全を取るか、甘味を取るか。経験上、あの程度の警戒態勢ならば大したことがない可能性が高い、と思う。少なくとも雷精クラスが出ればもっと大騒ぎしているだろう。

……甘い物食べたいなぁ。

「？　…………ど、どうかしましたか、ますたぁ？」

ここ最近、ずっと小動物のように大人しくなってしまっているティノを見る。

僕が気になっているだけじゃない。何よりこの健気に頑張っている後輩に蕩けるようなチョコレートパフェを食べさせてやりたい、そんな思いもある。いや、むしろそっちがメインだ。リィズとシトリーは甘い物が苦手だけど、たまにはそういうのもいいだろう。

馬車の窓に頬杖をつき、ぽつりと呟く。

「……ティノにおいしい、甘い物、食べさせてあげたいなあ」

「え⁉　ええ⁉　わ、私ですか⁉　ますたぁ」

「クライちゃんやっさしー。でもムカつくからティーは後で腕立て二千回ね」

問題は、入町時に協力を要請される可能性が非常に高い事だ。

町に入る際には身分証の提出が必要になる。そしてハンターの場合、身分証には認定レベルが記されていて、こういう非常事態宣言が出されている場合は十中八九は声をかけられてしまうのだ。

帝国の高レベルハンター優遇を享受している立場なので文句は言えないのだが、僕はその事実に内心辟易していた。協力要請を断ればいいだけなのだが、《足跡》と《嘆きの亡霊》《ストレンジ・グリーフ》を背負っている事と、何より僕自身の流されやすさからいつも何らかの手を打つ羽目になる。ティノに振ったりね。

「うーん。バカンスだしなぁ……」

なんとかならないかなあ。主にどこかの頼りになる可愛いシトリーが助けてくれないかなぁ。

視線を向けずこれみよがしとため息をつく僕に、頼りになる可愛いシトリーがぽんと手を打った。

「クライさん、差し出がましい話かもしれませんが——正体を知られずに町に入りたいんですよね？　私に——二通りの案があります。他人を変えるのと自分を変えるの、どちらがお好みですか？」

「あー！　壁乗り越えてこっそり入ればいいじゃん。私、あったまいい！」

他人を変えるか自分を変えるか、か……何をするつもりなのかな？

シトリーはにこにこしながら返事を待っている。決定するのはいつも僕の仕事だった。

ネジが吹っ飛んでいる悪い頭を撫でリィズを宥めながら、僕は大きく頷いた。

「ハンターらしからぬ隙だらけの動きの練習結果を出すチャンスです」

「ねぇ、こういうのってどこかに売ってるの……？」

「お金とコネがあれば……」

僕の問いに、シトリーがとても嬉しそうに言う。

シトリーの策は別の身分証を使う事だった。どうもいざという時のために前々から用意しておいたらしい。新たな身分証は写真までついたもので、明らかな犯罪の臭いがした。僕やリィズ、シトリーだけでなくティノの分まであるのだから、準備が良すぎる。名前や生年月日はデタラメで、認定レベルも書いていない。何度かひっくり返して凝視するが、本物にしか見えない。

ハンターをやっていると、犯罪者を追う上で法に反した行為をする必要に駆られる事がある。荒事を仕事にしているのだ。僕とて正しい行為だけで全てが全てうまく回るなどとは思っていない。殺しならばともかく、別の身分証くらいならば許容範囲だろう。万が一バレても、この程度ならばなんとか理由を付ければ許してくれそうな雰囲気がある。帝都の高レベルハンター優遇はそのくらい凄い。高レベルハンター同士の争いには不介入だけど……。

さすがに雇った三人組の身分証はないらしく、キルキル君とノミモノもめちゃくちゃ目立つので今回は町の外で待機である。妥当な判断であった。

「では、ノミモノとキルキル君のお世話をよろしくお願いします。大抵の事は自分でできるように躾けてあるので」

「…………」

クロシロハイイロが死にそうな顔をしている。可哀想だが、僕の方を見られてもどうしようもない。とんでもない仕事を受けてしまったと思ってください。クロさん達も歴戦のハンターに勝るとも劣らない凶相だし、きっとなんとかなるだろう……お土産にチョコレートを買ってきてあげよう。

数日ぶりにノミモノを撫でてやると、ノミモノが前脚を持ち上げニャーニャーじゃれかかってきた。

ノミモノの毛は硬く艶がありまるで針のようで、もふもふもしない。押しつぶされそうだったので急いで下がるが、その短時間で結界指《セーフ・リング》が減ってしまう。さすがの僕でもこのノミモノは飲めない。

少し心配だが、馬車から降り徒歩で門に向かう。僕にできるのはシトリーを信じる事だけだった。

グラの門の外は厳戒態勢だった。魔導師《マギ》が魔法で壁を補強し、地面にルシアもたまに使う魔法陣を描いている。やはり魔物関係で厄介事が起こったのだろう。よくある話だ。

審査の順番が来る。少し不安だったが、シトリーの身分証は本物そっくり（というか、本物らしい）で、審査の兵は特に不審がる気配もなくさっと身分証を確認し、通してくれた。

僕の正体に気づいている様子もない。なるべく顔を隠して活動してきたかいがあったというものだ。

「あの旗……何か起こったんですか？」

僕の次にハンターっぽくないシトリーが、自然に尋ねる。そういう隙のないところ、大好きです。

男の兵が面倒臭そうな態度を隠そうともせずに答えた。

「…………近くの山にある廃村にオークの群れが住み着いてなぁ。最近、砦ができていたらしい。間違いなく上位種のリーダーがいるという話で——数日前から念のため、迎撃の準備をしている」

オークというのは、亜人種の一種で、まぁ簡単に言うと人型の猪のような魔物だ。

ゴブリンと同程度の知恵を持ち、並の人間を遥かに超える膂力と、分厚い毛皮を持つ。好戦的で、好んで人を襲い、繁殖力が高く、何でも食らうとても厄介な魔物だ。

もっとも、魔物の中ではそこまで強い方ではなく、レベル2から3程度のハンターならば労せず狩れる程度で、稀に生まれる突出した個体——上位種についてもそこまで強くはないのだが、反面、大規模な群れを作る性質があり、放っておいた結果、巨大な王国が出来上がっていた例もある。数が揃うと大きな町が滅ぼされる事もあるので、この町が警戒しているのもそういうパターンだろう。

「そ、それは……大丈夫なんですか？」

シトリーが僅かな怯えを顔に浮かべ確認する。名演技に、兵士は苦笑いを浮かべた。

「付近の町から排除のために増援を呼んでいる。町から出ていく薄情な連中もいるが、君達が町にいる間くらいは問題ないだろう。良き滞在を」

町中には戦時特有のぴりぴりした緊張が漂っていた。他の町から呼び出されたのか、武装したハンターがそこかしこに確認できるのも緊張に拍車をかけている。

一方で、原因を知った僕は少しだけ安心していた。

オークの砦……やはり大した事はなかったようだ。上位個体が多数交じった群れは確かに脅威だが、上位精霊《ハイエレメント》と比較すると格落ち感がある。まぁ、一般市民にとっては気ままな雷精よりも本能のままに襲ってくるオークの方が恐ろしいかもしれないし、僕から見るとどちらもどうしようもない相手なのだが、もはやそれに恐怖するような時期はとっくの昔に終わっていた。

オークの群れとか、何回戦ったかすら、もう覚えてないわ。大抵、群れで現れるからな、奴ら。それも、こちらが疲れ果てている時に限って襲ってくるのだから腹立たしい。

オークの名を聞いたリィズも少し不機嫌になっているようだ。

「あー、つまんないの。期待してたのに……オークとか、もうとっくに通り過ぎてるし……私は精肉業者じゃないっての」

「ルシアちゃんがいれば一気に焼き払えるんですけどね」

広範囲の殲滅は魔導師《マギ》の十八番だ。今のルシアなら、オークなど何体いても物の数ではない。

オークの群れとの戦闘経験がないのか、ティノがきょろきょろと辺りを見回し、恐る恐る尋ねる。

「お姉さまは……何体くらいの群れを倒した事があるんですか？」

「わかんない。ルークちゃんと何体倒せるか競走していたんだけど、途中から数えるの面倒になっちゃったし」

どの戦いの事を言っているのかわからないが、まさしく奴らは掃いて捨てる程出てくる。初回遭遇時、まだルシアが大規模攻撃魔法を覚える前にオークの波に飲まれた時は死ぬかと思った。

奴らの繁殖力は、魔物の中で最も繁殖力の高いゴブリンの次くらいに高いのだ。数の恐ろしさを知った戦いである。数段飛ばしでルシアが範囲魔法を習得するに至った理由でもあった。

そっけない、だからこそ真実味のあるリィズの言葉に、ティノが小さく身を震わせる。

「それは…………恐ろしいですね……」

「まぁ、今回は戦わないけどね」

「え……？　戦わないんですか？」

ティノが目を丸くする。何のために別の身分証を使って町に入ったと思っていたのだろうか。

万が一、仕事したくないハンターだとバレたら事だ。周りに聞こえないように声を潜める。

「大丈夫、他の強いハンターが僕達の代わりに倒してくれるよ。どうしようもなくなったらリィズやシトリーに頼むかもしれないけど、多分大丈夫だろ」

町についても、迎撃体制を整えているのだから、オークの群れ程度何でもないだろう。

「オークも案外食べると美味しいんですけどね……嫌がる人も多いですが」

何かと逞しく成長してしまったシトリーが何か言っている。

まぁ、雷精と違って、オークは大した強さではない。安心して甘味の事だけを考えよう。

僕は居心地の悪そうなティノを慰めると、日が暮れつつある町並みを眺めつつ、仄かに甘い匂いが混じった町の空気を吸い込んだ。


弱点は実戦の中で浮き彫りになる。そんなお姉さまの教えを思い出す。

その言葉はまさしく、正鵠《せいこく》を射ていた。ティノは自分がますたぁの数々の千の試練を乗り越え、強靭な精神力を身につけたと考えていたが、どうやら気のせいだったようだ。

エランでの一夜から、ティノは昼夜問わずほとんど眠れていなかった。師に引きずられ連れてこられる前も仮面関係のごたごたで眠れない夜を過ごしており、体力的にも限界が近い。唯一意識を失ったのは訓練の一環で雷を浴びた時くらいだ。

ただ歩くだけで足元がふらつき、まるで夢でも見ているかのように視界が緩く揺れている。先日の嵐から一変して降り注ぐ強い日差しは徹夜明けの目には眩しく、訓練禁止の命令とは無関係に注意を保てない。コンディションは絶不調だ。

不眠の原因は不安と緊張感だ。いつもと違う条件の中、何が起こるのかわからない不安と、ますたぁと師匠の前で無様な真似をするわけにはいかないという緊張感は今までティノが味わってきたどの苦難とも違っていた。それでもなんとか気力だけで姿勢を保ち、前を歩くますたぁの背中だけを見る。

魔物警戒の赤旗の話は知っていたが、実際に目で見るのは初めてだった。

ティノがほとんど帝都を離れなかったのもあるが、そもそも都市のピンチを示す旗は滅多に揚がるものではないのだ。都市の面子にも関わるし、場合によっては他国や犯罪者のつけ入る隙にもなる。

旗の揚がる頻度は都市の規模に反比例して下がる傾向があり、ゼブルディアで最も栄えている帝都では有史以来、旗が揚がった事は数える程しかないと聞いている。

グラの町は帝都と比べると遥かに小さいが、それでも有名な名産品があるほど栄えた町が旗を揚げるなど、よほど困難な事態が起きない限りありえない。

門付近に並んだ騎士団や、魔法の準備をしていた魔導師《マギ》の数は、都市の警戒の強さを示していた。

あれほどの数の兵を動員するには莫大な予算がかかっているだろう。ただ少し不安要素がある程度で行う警戒ではない。つまり、都市は砦を作ったオークの危険度をかなり高く見積もっているという事だ。少し考えれば、入町時に審査の兵から聞かされた言葉がただの気休めである事がわかる。

ティノはこのバカンスが始まってから受けたますたぁの言葉を一切、信用していなかった。

もちろん、ますたぁが嘘を言っているなどとは思っていない。だが、これまでの経験から言って、ますたぁの大した事ないは、『《千変万化《せんぺんばんか》》で無敵のますたぁにとって』大した事はない、なのだ。《千変万化》でも無敵でもないティノにとってそれは大した事なのだ。

そもそも、戦闘に参加しないのならば、あえてこの町に来る必要はない。上げてから落とすのはクランの誰もが知る《千変万化》の常套手段である。いつ旗の存在を知ったのかはティノでは想像すらできないが、知っていなければわざわざ無数の町の中から旗の立っているこの町を選ぶわけがない。

頭の中をぐるぐる思考が回っていた。わかっています、ますたぁ。ますたぁにとって、オークの軍団との戦闘など戦闘の内に入らないという事ですね。でも……私には無理です。

ティノは確信していた。きっとますたぁは遊びに行こうとか誘って、ティノをオークの群れに突き落とすつもりだ。

確かに、いつものティノならばオークの数体程度、問題なく殲滅できる。多少強力な個体でもまぁ一対一ならばなんとかできるだろう。だが、今のティノは疲労困憊だ。全ては道中、精神を休める事ができなかった自分の未熟故なのだが、この状態でオークの群れに挑むなど自殺行為だ。

盗賊《シーフ》とは元来、多対一の戦いに向いていないのだ。師を見ていると忘れかけるが、こそこそと背後から襲撃したり索敵したり罠を解除したりするのが本分なのである。

ますたぁ、私に、私が苦手な多対一の戦闘の真髄を教えてくれるつもりなのですね……無理です。

楽しそうなお姉さま達が今だけは妬ましい。寝不足の頭では思考がまとまらず、冷静な判断もできそうになかった。相変わらず常軌を逸したスパルタに、目の前の背中に泣きつきたくなる。エランではどこかの高レベルハンターが雷精を倒してくれたようだが、そんな奇跡、二度も起こらないだろう。

戦わねばならない。試練を与えるということは、ますたぁはティノが試練を乗り越えられると、そう思っているという事だ。期待されているという事だ。そして、期待に応えるためにこれまで地獄のような訓練を受けてきたのだ。

ますたぁはいざという時にはティノの事を守ってくれると、そう言った。その言葉は一瞬疲労を忘れる程嬉しかったが、しかしいつまでも守られるだけの頼りない後輩ではいられない。

ティノの目標は守られる事ではなく――共に肩を並べる事なのだから。

オークの群れが果たして何体いるのかはわからないが、これまで経験してきた試練から考えても、少なすぎるという事はないだろう。むしろ、多すぎる可能性が高い。もしかしたら――無限という事も、考えられる……かもしれない。……………………ますたぁ、さすがに無理です。

「え？　グラにも隠れ家持ってるの？」

「もちろんです。いつ何が起こるかわかりませんから」

シトリーお姉さまがますたぁの言葉に機嫌良さそうに頷いている。

ティノはその瞬間、どうしてシトリーお姉さまが過剰なまでの備えをするのかわかった気がした。

もしも次の機会があれば――絶対に何があっても大丈夫なように備えをしておくことにしよう。

ふわふわした心地の中、決意を固める。だが、まずは今日を乗り越えなくてはならない。

そうだ。何でも力尽くでこなすお姉さまと違って、シトリーお姉さまは絡め手が得意だ。もしかしたら多対一で戦う術を教えてくれるかもしれない。ティノはシトリーお姉さまが苦手だが、決して仲が悪いわけではない。警戒が必要な相手だし、油断ならない人だとは思うが、ますたぁという共通点がある限り味方だ。たまにべたべたと触れてくるが、一線は越えないようにしているように思える。

頼めば助けてくれるだろう。どれほどの代償を求められるのかは――わからないが。

決戦の時はいつだろうか？　夜だろうか？　それとも一時間後だろうか？　襲ってくるのだろうか？　それとも、こちらから狩りに行くのだろうか？　少しは休む時間を貰えるのだろうか？　準備する時間は貰えるのだろうか？　それとも、今の実力でなんとかしてみろという無茶振りなのだろうか？　訓練禁止の指令を見ると、一番きつい最後の案のようにも思える。というか、ますたぁの試練はいつもだいたい一番きついのだ。……ますたぁ、無理です。

寝不足と疲労で思うように動いてくれない脳を必死に回転させているティノに、ふとますたぁが振り返る。その漆黒の目に、まるで内心を読まれているかのような錯覚を抱き、ドキリとする。

ますたぁの顔は、ティノの不安とは真逆で、何の不安もなさそうな穏やかなものだった。

「よし、じゃあティノも少し疲れてるみたいだし、今日は美味しいもの食べてゆっくり休もうか」

「…………さ、最後の晩餐《ばんさん》ですか？」

もしかして、食事の時に襲ってくるのだろうか？


臆病なティノをまるで嘲笑うかのように、いつまで経っても事件が起こる様子はなかった。

シトリーお姉さまのグラの隠れ家は、エランの隠れ家にそっくりだった。

物資も家具も、少し注意しなければわからないくらいに似通っている。

シトリーお姉さまはどこか自慢げにますたぁに「規格を合わせた方が楽なんです」と言った。

料理はシトリーお姉さま担当らしく、保存食を組み合わせて作られたそれは非常に美味だった。料理など滅多にしないお姉さまの妹だとは思えないくらいだ。ティノも料理の腕にはそこそこ自信があるが、比べ物にならない。おそらく、ますたぁの胃袋を掴むために練習したのだろう。

今回のバカンスは表面だけ受け取れば、快適なバカンスと言えそうだった。

今の処、魔物と戦う事もなく、食費も宿代もかからない。これが護衛依頼だったら、なんと楽なんだろうと考えていただろう。『バカンス』という本来楽しい単語がティノの精神を苛《さいな》んでいる。身体が腐っていくような心地がした。不安だった。無性に訓練がしたかった。

たとえ嘔吐する程厳しい訓練でも、今よりはずっとマシだ。

くらくら頭を揺らしながらそんな事を考えていると、ふとますたぁが手を打って言った。

「そうだ、ティノ。明日は一緒にチョコレートパフェを食べに行こう。有名な店があるんだ」

「…………え？」

予想外の言葉に、一瞬反応が遅れる。

ティノは甘い物が好きだ。これまでも何度かますたぁに連れて行ってもらった事がある。

だが、今回、ティノはまだご褒美を貰えるような功績を挙げていない。

ますたぁの提案に、明らかにお姉さまとシトリーお姉さまの表情が陰る。二人は甘い物が嫌いなのだ。だから、一緒に甘い物を食べに行くのはいつもティノの特権だった。

お姉さまがまるで抗議するようにますたぁの背中に飛びつく。だが、ますたぁの表情は変わらない。

シトリーお姉さまは笑顔に戻っていたが、その目の奥の光がティノに殺すと言っていた。

ティノとしては是非ともお供したい。だが、そういうわけにもいかない。

「ますたぁ。私は、まだご褒美を貰えるような功績を挙げていません」

「……いやいや、ティノは頑張っていると思うよ。甘い物は疲労にもいいしね」

ますたぁの笑顔には陰がなかった。ますたぁはいつも優しい。優しい笑顔でティノに試練をくれる。

「……しかし……」

「別に功績とかどうでもいいんだけど、そんなに気になるなら……そうだな。今度、何かあった時に頑張ってくれればいいよ。たまには休憩も必要だ。今のティノ、酷い表情をしてるよ」

優しい言葉に、ぼんやりとお姉さまの方を見て、伺いを立てる。ますたぁの言葉は神だが、それでお姉さまを蔑ろにしたらとってもきつい訓練で殺されてしまう。

ティノの視線に気づいたのか、お姉さまは眉を顰めると、ソファにころんと転がった。

「…………行ってくればぁ？」

「え!?　あの……お姉さまは――」

「…………私がいたら、クライちゃんが、気を遣っちゃうでしょ？　そのくらい、わかれよ」

《絶影《ぜつえい》》の二つ名を持ち、帝都中のハンターから畏れられるお姉さまが気を遣う相手はますたぁくらいだろう。思わず目を見開くティノに、もう一人のお姉さまが言った。

「……ティーちゃん、クライさんの言う通り、身体を休める事も必要よ。明日は私がばっちりコーディネートしてあげるから、安心していってらっしゃい」

お姉さまにそっくりの色の目。シトリーお姉さまの目の奥の光はティノに殺すと言っていた。


日が沈む。巨大なグラの外壁を遠目に、クロ達はテントを張っていた。

無言のまま、テキパキと手を動かす。三人の間には鬱屈した空気が漂っていた。

馬車はある。食料も積んでいる。クロ達に首輪を付けた者はいない。だが、逃げる事はできない。

二つの目がじっとクロ達を見ていた。それは、様々な異形を見てきたクロ達をして未だかつて見たことのないものだった。ずっと馬車の近くを並走していた時から、気にはなっていた。ただ、努めて考えないようにしていただけだ。

灰色の鍛え上げられた肉体。衣類はまとわず、真っ赤なブーメランパンツのみ。頭にはまるで冗談のように茶色の紙袋が被せられていて。目の位置に二つの穴が空いている。

それは、間違いなく魔物だった。人間に似た魔物、あの悪魔のような錬金術師《アルケミスト》に忠実な獣だ。

懐柔しようなどはとても思えない。その身から感じるマナ・マテリアルは膨大だった。肥大化した筋肉も決して見掛け倒しではない。そして、その視線には一切感情が篭もっていなかった。

名前はキルキル君らしいが、名前などどうでもいい。あの錬金術師《アルケミスト》は如何なる手段でこのような獣を生み出したのか。想像しかけ、すぐにクロは考えるのをやめた。間違いなくあの女はクロ達よりも外道な行為に手を染めている。そして、その魔の手はいつクロ達に伸びてもおかしくないのだ。

その近くに、体高が二メートル近い巨大な白い獅子――キメラが座り込み、唸り声を上げていた。

キルキル君と比べれば遥かにマシだが、その一体だけでも通常ならばクロ達が戦いを避ける相手である。戦闘力は不明だ。道中に現れた魔物は皆、そのキメラを見た瞬間に逃げ出した。だが、弱いという事はないだろう。たとえ馬車に乗って逃げ出したところで、追いつかれるのは目に見えていた。

「ッ……世話ったって、どうすればいいんだッ！」

シロが蒼白の表情でキルキル君を見る。無口なハイイロも茫然自失としていた。犯罪者として様々な仕事をしてきたクロも、キメラの世話の方法など知らない。大抵の事は自分でできるとか言っていたが、食事をどうするのかすら聞いていないのだ。馬車の備蓄じゃとてもその巨体を維持できないだろう。シトリーは餌をあげている様子はなかったが、道中どうしていたのか……。

「……何を食うんだ？」

覚悟を決め、キルキル君とキメラ（ノミモノ？）に近寄り、話しかける。それまでじっと三人を監視していたキルキル君が、ゆっくりとノミモノの方を向いた。

「きるきるきる……」

「……にゃー」

「きるる…………」

「にゃーにゃー」

怪物同士、シンパシーでもあるのか。巨漢から出たとは思えない甲高い声に、同じく猛獣から出たとは思えない可愛らしい鳴き声。ハイイロが身を震わし、こわごわと呟く。

「なんだ、こいつら……会話を、交わしてる？」

会話は数言で終わった。キルキル君がクロの方を向き、ノミモノが緩慢な動作で立ち上がる。

「kill」

一言上げると同時に、キルキル君が跳んだ。

巨体とは思えない柔軟な身のこなしで、身を起こしたノミモノに跨る。

ノミモノが駆ける。凄まじい速度だ。みるみるうちに一体と一匹が小さくなる。クロは声を上げることすらできなかった。シロとハイイロも呆然としている。

「逃げ……た？」

シロが呟く。逃げるような状況ではなかった。クロもシロもハイイロも、何もしていない。

だが、これは……まずい。

「逃した。追うぞッ！」

「!?　だ、だが――」

「あたしらは奴らの世話を頼まれたんだッ！　逃した事がバレたら――殺されるぞ」

証拠などいらない。疑惑だけで、シトリーはクロ達を廃棄処分するだろう。これは確信だった。

不意に強い風が吹く。不吉な風だ。ノミモノ達が逃げていったその先には、黒い森が広がっている。

「どうやって追いつく？　どこに向かった？」

「知るか。とにかく追うぞッ！」

獣が駆けていた。生命の理《ことわり》を捻じ曲げ生み出された忌まわしき合成獣《キメラ》だ。その姿は獅子に似て、背に生えた翼と尾からそうではない事がわかる。そしてもしも鼻の利く者が見たら、そのものが酷く歪《いびつ》な臭いを持つ事に気づいただろう。

黒い木が生い茂る山道を風のように駆けるその獣の上に、灰色の狂戦士が跨っていた。物理的に強化され発達した灰色の肌に筋肉。多分にマナ・マテリアルを吸った肉体は冷たそうな色と異なり、炎のような体温を持っている。その匂いは人間に近く、しかしその実体は獣にも勝るとも劣らない禁忌の産物だった。おそらく本来、主人以外に懐かないキメラがそのキルキル君と名付けられた狂戦士と共に駆けるのは、己がその戦士と同類だという事を本能から察しているからだろう。

「キルキル……」

「ぐるるる……」

恐怖はない。たとえ感じたとしても表には出さない。キルキル君もノミモノも、恐怖にはめっぽう強く作られている。いざという時に――躊躇いなく盾となれるように。

山道には強い獣の匂いが大量に染み付いていた。オークと呼ばれる魔物の匂いだ。だが、兵器として多様な幻獣の長所のみを抽出したノミモノにとって、それは美味しい餌としか感じられない。

腹が減っていた。ノミモノもキルキル君もしばらくなら食べ物を食べなくても活動できるように設計されていたが、それは我慢できるだけであって腹が減らないわけではない。

道中では魔物を捕まえ食らっていたが、街道付近に出る魔物など、たかが知れている。ずっと空腹だった。グラに近づいたその時から匂いがずっと気になっていた。

「きるるきるる」

「にゃあ」

それは、翻訳するのならば「手早く済ませろ」「わかっている」となっただろう。

食料の気配に、ノミモノの速度が更に加速する。篝火《かがりび》の焚かれた砦が見えてくる。砦といっても、オークが作った簡易な代物だ。見張りもいるが今更気にするようなものではない。

前衛職として設定されたキルキル君の肉体がみしみしと音を立てて肥大化し、剣を模したノミモノの尾がピンと伸びる。ノミモノもキルキル君も、組み込まれた戦闘本能は極大だ。

怖れず、殺し、食らう。《最低最悪《ディープ・ブラック》》の獣が今、オーク達の砦に解き放たれた。


——それは、まるで災害に似ていた。

複数の群れが集まった巨大な群れ。山の中腹、かつての廃村跡に建築された堅牢な砦。

君臨していたのは黒きオークの王、『シュバルツ』である。かつてマナ・マテリアル濃度の高い秘境で生まれたオークの突然変異種だ。桁外れに強く、賢く、人語を解し、多数の同族の群れを率いるカリスマを持ち、人間を殺し奪い取った強力な剣で武装した、極めて稀有な個体である。

オークの英雄とでも呼べる個体を頂点とした王国はしかし、一瞬で崩れ去った。

災厄は見るも悍《おぞ》ましい獣の形をしていた。この世に存在する事が半ば信じられない『臭い』を発する忌まわしい獣は高い外壁を軽々と飛び越え、動揺するオークの見張りを置き去りにして——迷いなく陣の最奥に守られた雌オークとオークの子に襲いかかった。

シュバルツが気づいた時には遅かった。忌まわしき獣は群れの未来である幼子を食い殺し、愛する雌達を八つ裂きにした。その凄惨な現場は数々の惨劇を目にしてきた王をして、目を覆うものだった。

濃密な血の臭いに、悲鳴が重なった。それを見て、獣はまるで猫のような声で鳴いた。

勝負にならなかった。人間相手ならば王の命令一つで命を賭し勇敢に戦えたはずのオークの戦士達はそのあまりに忌まわしい姿とこの世の者ならざる臭いに恐慌をきたした。

シュバルツは、シュバルツだけは本能に呑まれぬ強い理性をもって、状況を正確に理解していた。

これは人間の罠だ。正面から砦を崩す事は不可能だと気づいた人間が、卑怯な手を使ったのだ。

獣は一匹だ。シュバルツの屈強な軍勢は千人を超える。冷静にかかれば負けるわけがない。

シュバルツの本能も理性も知性も勝利を確信している。だが、命令は通じなかった。

本能に抗える程の知性を、強さを持ったのはシュバルツだけだった。号令は悲鳴にかき消され、配下の兵も、生き残った女子どもも皆、競い合うようにして苦労して築いた砦を放棄し、背中を見せた。

その行為が愚かだと理解できるのはシュバルツただ一人だった。

獣の目的は食事だけではなかった。蹂躙《じゅうりん》だ。翼を持ち獅子の頭をしたその獣の目は殺戮《さつりく》に悦びを感じていた。シュバルツが人間の町を襲う時に感じていた悦びと同じものがそこにはあった。

「タタカエッ！」

声は通じない。獣が旋風の如く駆ける。

背中を見せ逃げ惑う同族達は格好の獲物だった。その足は配下達よりもずっと速く、その鉤爪はその肉体を鎧ごと切り裂く。鞭のように伸びた尾も、咆哮も、何もかもが殺す事に特化していた。

「うおおおおおおおッ！」

怒りのままにシュバルツは咆哮した。配下をこれ以上無為に殺されるわけにはいかない。

地面を踏み砕き駆ける。人間から奪い取った黒の大剣を振りかぶる。

相手は見るも悍ましい化け物だが、シュバルツとてこれまで数多の戦を経験している。裂帛《れっぱく》の気合と共に、獣の弱点である真横から攻撃を仕掛けようとした瞬間、不意に真上から何かが降ってきた。

反射的に刃を持ち上げ、防御する。刃に伝わる衝撃の重さに、腕が痺れる。

「きるきる……」

「ッ……」

真上から降ってきたのは、シュバルツに勝るとも劣らない巨体の戦士だった。人間に近い形をしているが、人間に近い匂いをしているが、人間ではない。その身から感じる力は、シュバルツのどの配下よりも格上だった。増援だ。シュバルツはぎりりと唇を噛み、一歩後ろに下がった。

勝てない。シュバルツは煮えたぎる怒りの中、敗北を悟った。

灰色の戦士が拳を握り、シュバルツに向けて構えを取る。獣が同胞を食い散らかすのをやめて、シュバルツを囲むように戦闘態勢を取る。

一対一ならなんとかなるだろう。だが、二体同時に相手をするのは無理だ。確実に死ぬ。

砦には同胞の、戦士の、女子どもの死体の山が積み重なっている。しかし、いくら強くても襲撃者は一人と一匹、既に砦から逃げる事に成功した者と比べれば死体の数は微々たるものだ。

ここで王たるシュバルツが怒りに身を任せ命を落とすわけにはいかない。

「ッ……コロス」

相手は拳と獣だ、逃げる事は難しくない。飛来する剣状の尾を剣で弾き後退する。

獣と戦士はそれ以上追ってこなかった。もう目的は終えたと言わんばかりに死体を食らっている。

こうして、オークの王、シュバルツの王国は人間の町を攻める前に滅亡した。


最初に感じたのは――鼻の曲がりそうな悪臭だった。

夜はすっかり更けていた。グラに続く街道沿いで、クロエ達は休憩を取っていた。

夜はなるべく動かない。ハンターの常識だ。急がせたので、ハンターは無事でも馬が限界だった。

クロエ達の馬車を引く馬は強靭な馬の魔物だが、アーノルド達の使うものはそうではない。それでも野営ではなく休憩にした辺り、アーノルドの何としてでも追いつくという意志がわかる。

盛大に焚かれた炎。大所帯で野営するハンター達には大抵の魔物は近づかない。知性のない魔物も本能で膨大なマナ・マテリアルを持つハンターの脅威を感じ取っているのだ。

暇つぶしに互いの冒険譚を語り合いながら焚き火を囲む様子はクロエの想像するハンター像そのままだった。もちろん、クロエが語るのは《千変万化》の話である。

トレジャーハンターはプライドを重視する。争いが起こるのは仕方ないとは言え、少しでも被害を抑えるのは探協の職務の一つだ。彼の功績を知れば少しは怒りが収まるはずだ。

《千変万化》は無数の事件を解決したハンターであり、英雄殺しの怪物を殺したハンターであり、同職者から怖れられているハンターである。犯罪者はその名を聞けば震え上がり、時に狙われているという噂だけで自首させる事すらあった。そして、滅多に依頼を受けないし探索者協会にも姿を見せないが、その間何をやっているのかはわからない、謎めいたハンターでもある。

あまりアーノルドを刺激しないように話すが、その表情は明らかに不機嫌に歪んでいた。クロエを止めないのは情報収集のためだからだろう。アーノルドは必要な時に冷徹になれる優秀な男だった。

「滅多に依頼を受けない……？　その間何をやっているんだ？」

「私達は……ハンターのプライバシーには立ち入りません。しかし、噂では……クランのメンバーを育てているとか」

「ッ……例の『千の試練』と言うやつか。馬鹿げている」

《霧の雷竜《フォーリン・ミスト》》の副リーダー、エイが吐き捨てるように言った。

トレジャーハンターの講師は引退したハンターばかりだ。なぜならば、ハンターというのは弛まぬ研鑽なくして前に進めない職だからである。弟子を取っているような時間など本来ないのだ。

だが、実際に《千変万化》の試練を受けたという人間は後を絶たない。中にはクランメンバーですらない者もいる。おそらく、ルーダやギルベルトが苦々しい顔をしているのは、【白狼の巣《はくろう》】で身に覚えがあるからだろう。考えないようにはしているし、そのような事、探索者協会としては許せる事ではないが――エランでの雷精事件も似たような意図があった可能性すらあるのだ。

「《千変万化》が雷精を操っていた可能性はあるか？」

「!?　ありえません……ッ！　彼は犯罪者ではありません」

「……そうか」

予想外の言葉に声を荒らげ反論するクロエに、アーノルドは眉を顰める。

ふと強い風が吹いたのはその時だった。馬が嘶き、アーノルドが立ち上がる。《焔旋風《ほむらせんぷう》》のメンバーも手元の武器を握り、辺りを確認した。

風は生暖かく、顔を顰めるような臭いが含まれていた。探索者協会でもよく嗅ぐ、強い獣の匂いだ。

「……何の臭いだ？」

「………クソッ、嫌な予感がする」

盗賊《シーフ》のエイが風の吹いてきた方を向き、真剣な表情で目を細める。

この手の臭いは臭いがこもる屋内ならともかく、今いる開けた平原で嗅ぐようなものではない。

「興奮した獣の臭いが――近づいてくる」

地面が細かに震える。ルーダの、ギルベルト達の表情が強張る。

そこで、クロエはエランで聞いた話を思い出した。グラは今、オークの群れの対応に追われているらしい。付近に砦ができ、かなりの数のオークが立て篭もり手を焼いている、と。

まだグラまでは距離がある。立て篭もっているオークがこんな所に来るわけがない。

そんなクロエの思考を裏切るかのように、エイが叫んだ。

「ッ……オークの群れだッ！　かなりの数だ、真っ直ぐ向かってくる。逃げられねえッ！」

地鳴りが近づいてくる。いや、それは『足音』だ。月明かりのみが照らす街道の向こうから、黒い波が近づいてくる。

とっさに剣を抜く。ガーク叔父さんから持たされたショートソードが焚き火を反射し鈍く輝く。

アーノルドが叫ぶ。握られた金色の剣が紫電を帯びていた。その所作に前回の疲労は見られない。

「戦闘準備！　火を燃やせ、攻撃魔法の準備をしろ。クロエ、戦えないなら後ろに下がっていろ」

「戦えます！」

「よし。奴らの知性は野生動物に毛が生えた程度だ。力の差を見せつけてやれば逃げるはずだ」

これが、高レベルハンター。

あの大群を見ても微塵も揺るがぬその様に感動すら覚える。アーノルドが号令をかける。

「豚野郎をぶち殺せッ！」

「うおおおおおおおおおおおおッ！」

《霧の雷竜《フォーリン・ミスト》》のメンバーが咆哮する。そして、クロエ達はオークの大群と正面から衝突した。


夜が明ける。昨日と同様、外は雲一つない快晴だった。どうやら嵐は完全にいなくなったらしい。

清々しい気分で伸びをしていると、リィズ達の寝室の方でドタバタと騒がしい音が聞こえた。

「まぁ、ティーみたいなお子様、クライちゃんも興味ないし……デートじゃなくてただの護衛だし。ティー、わかってると思うけど、クライちゃんが優しいからって勘違いするなよ。帰ったら二度とそんな精神状態にならないように、心身共に鍛え上げてあげるから」

「私がコーディネートしてあげます。護衛なのにいつもと同じ格好では支障が出ますから……あまりクライさんの格好と差が出るとクライさんの恥になるので——脚を出しているのはクライさんのためにもティーちゃんのためにもよくありません。本人達の認識はともかく、周りの視線も——」

チョコレートパフェを食べに行くだけなのに何を騒いでいるのだろうか。そんなに騒ぐなら一緒に来てもいいよ……。

寝室から出てきたティノの姿は一変していた。

丈の長いグレーの外套に、それに隠すようにひっそりと腰元に下がった短剣。

いつもの脚と肩の出た露出多めの格好は盗賊《シーフ》にしか見えないが、この格好はなんとも形容しづらい。

何故か髪を束ねるリボンも赤から白に変わり、先程まであった目の下の隈も綺麗に消えている。

僕の視線に、シトリーが少しだけ困ったように笑う。

「護衛と身分を隠すという点からこの辺りが限界でした。私服やスカートにすると、まるでデートみたいになってしまうので。すみませんが、さすがにクライさんの宝具のように目立たない装備は少なくて……装備は最低限です。フォローして頂けると……」

「大丈夫だよ。問題があったらすぐに帰ってくるから」

一方で、準備が必要だったティノとは違い、僕はいつも通りの格好——完全武装だ。

つま先の先から頭のてっぺんまで、クリュス達が身を粉にしてチャージし直してくれた宝具で武装している。まぁそれでも雑魚なのは変わらないのだが、壁ぐらいにはなれるだろう。

「クライさん、大丈夫だとは思いますが……いくら可愛いからって、私のティーちゃんに手を出しちゃ駄目ですよ？」

シトリーが冗談めかした口調で言う。僕をなんだと思っているのか……。

ただの冗談なのだろうが、そんな事言ったらティノが萎縮してしまうかもしれない。

抗議しようと口を開きかけたところで、シトリーは僕からティノの方に視線を変え、笑顔で言った。

「ティーちゃん、よく聞いて？　私のクライさんに手を出したら……二度とそんな不埒《ふらち》な事、考えられないようにしてあげるから」

「!?」

シトリーの迫真の演技に、ティノが気圧されたように後退る。顔が青ざめていた。

僕が手を出すのもありえないが、逆は更にありえないだろう。

「クライちゃん、食べたらすぐに帰ってきてね？　その後、一緒にデートをやり直そう？」

「旅の準備はしておきます。ティーちゃんがよく眠れるようにしておきます。早く帰ってきてくださいね？」

そして、何故か不安げなお姉さま二人に見送られ、いつになく頼りないティノを連れ、僕達はどこか物々しい町に繰り出した。

さすが名産品だけあって、グラの町並みには明らかに洋菓子店風や喫茶店風の建物が多かった。中にはチョコレート専門店なる心躍る看板をかけているものもある。僕は食べる専門です。

僕は実は甘い物が好きだ。生クリームも好きだし餡子《あんこ》も好きだ。そしてチョコレートも大好物である。いつもチョコレートバーのストックがあるくらいには好きだ。三度の飯よりチョコレートが好きだ。時間があったらじっくり回るところだが、残念ながら今回は長居する時間はない。

旗が立っているだけあって町はどこかざわついていたが、割といつもの事なのであまり気にならなかった。これがハンターになった当初だったら気になってチョコレートどころではなかったはずだが、能力がない人間でも無駄に経験を積めば慣れるという好例である。

一方で、いつもよりも地味な格好のティノは、どこか萎縮している様子だった。

彼女は僕と同じくらい（といっても、僕は隠れ甘党だが）甘い物が好きだ。いつもならば甘い物を食べに行く時はこっちも楽しくなるくらいに嬉しそうな表情を見せてくれるのだが、もしかしたら旗が立っている町を歩いた経験があまりないのかもしれない。

「大丈夫だよ、ティノ。ティノは帝都をあまり離れた事がないから珍しいかもしれないけど、旅していれば旗なんてしょっちゅう見るし。ははは……僕なんてもう何回見たか忘れちゃったよ」

「……え!?　そ、そうなのですか……」

そして大体、ルーク達が突っ込み、酷い目に遭うのである。といっても、僕はいつも後ろだし結界指《セーフ・リング》もあるので無傷だったのだが、傷だらけになる幼馴染達を見るのはきついものがあった。

ティノは危ないところに突っ込むような性格ではないので、僕も安心だ。

不安げにきょろきょろ視線を投げるティノはいつもの姿を知っている身からすると少しだけおかしい。これでもハンター歴は僕の方が上なのだ。ここはビシッといいところを見せてあげるべきだろう。

「それでも気になるなら……そうだな。こういう時は、目を閉じ耳を塞ぐんだ。ゆっくりと深呼吸をして楽しいことを考えればいい」

「…………」

そして、他人から何か声をかけられた場合は腕を組み考えている振りをしてうんうん頷くのである。

これが現実逃避のコツだ。人一人にできる事なんて限られている。他にも優秀なハンターがいっぱいいるんだから、自分の責任範囲外の事はそういう人たちに任せておけばいい。

黙り込んでしまったティノに、少し調子に乗って続ける。そうだ。ずっと思っていた。

ティノは考えすぎ――真面目すぎなのだ。確かに彼女は才気溢れる優秀なハンターだが、現時点でもっと優秀なハンターはいくらでもいる。背負い込みすぎて潰れてしまったら元も子もない。

「ティノはまだまだこれからだし、あまり考えすぎるのも良くないと思うよ。今回はリィズとシトリーもいるし、少し力を抜くべきだ。昨日から酷い顔色だ、心配だよ」

「!! は、はい……ありがとう、ございます……」

隈は消えているが、それでも疲労は隠しきれていない。

僕の指摘に、ティノが少し恥ずかしそうに瞳を伏せた。

少しだけ元気が戻ったティノと一緒に町を散策する。

大本命の店は大きな通りの一画にあった。いかにも洒落た店構えをした喫茶店だ。

人通りは多いが状況が状況のためか、他に客の姿はない。好都合である。

今回の目的はパフェだけではない。ティノのメンタルケアも兼ねている。

もともと、リィズのティノへの風当たりは気になっていたのだ。リィズの性格からしてそこまで酷い目には合わせていないとは思うが、甘い物を食べながらならば少しは話しやすくなるだろう。

……やれやれ、甘い物は苦手なんだけど、後輩のためならば仕方がないな。

案内されたのは、通りを一望できる日当たりのいい席だった。

店構えと同じく、内装もとても洒落ている。明らかにハンターが来るような店ではない。帝都のあらゆる洋菓子店や喫茶店を網羅してきた僕の目からしても、これは相当な期待が持てる。

ティノも目を輝かせてそわそわと店内を見回している。喜んでもらえると連れてきたかいがあったというものだ。微笑ましい光景にほのぼのしていると、ティノが思い出したように上目遣いで言った。

「ますたぁ……その……シトリーお姉さまから、お金を預かってきました。好きに使っていい、と」

「…………」

シトリーは僕の保護者か何かかな？　……格好くらいつけさせて欲しかったな。

少しばかりシトリーのおせっかいに気勢が削がれたが、まだお目当てのパフェへの期待は大きい。テンションを表に出さないように注意しつつ、お目当てのパフェを注文する。店内の甘い香りに、帝都を出てきてよかったと心の底から思う。発端は会合から逃げるというネガティブな理由だったが、うまくいくものだ。

今日の僕は……ツイてる？　帰ってから発生するであろう面倒事は帰ってから考えよう。

「ますたぁ……ありがとうございます。その、私、ますたぁに心配をかけてしまって……」

「構わないよ。迷惑だなんて思ってないし、そもそもいつもティノには迷惑をかけてばかりだからね」

「そんな……事、ないです」

誰かを頼る事にかけて僕の右に出るものはいないが、たまには誰かに頼られるのもいい気分だ。

特に、ティノがハンターになったのは半ば僕達の影響である。どうして頼られる事を厭《いと》おうか……

むしろもう少し頼ってもらってもいいくらいだ。

ティノと一緒にパフェを待つ。会話のほとんどはやはりというかハンター関係の事だった。

デートでするにはあまり相応しい内容ではないが、ティノは真面目なのだ。真面目に一流のハンターを目指している。そして、僕も経験だけは積んでいるので、それを話すことくらいはできる。

「え!? ますたぁ、今まで戦闘で負傷した事がないんですか？」

ティノが目を見開き、驚いたように言う。

「ルーク達が強かったからね」

アンセムがバリアを張るし、結界指《セーフ・リング》はあるし、そもそもこっちに飛んでくる攻撃はほとんどない。

もともと、マナ・マテリアルの吸収率が段違いに低い僕は戦場ではあまり目立たないのである。おまけに戦場でやる事もないとなれば、負傷する理由がない。隅っこで座って観戦していた事さえある。

そんな経験のあるハンターはトレジャーハンター業界広しと言えど、僕くらいだろう。

「さすがです、ますたぁ…………私には真似する事ができません」

何故か話していると、ティノの尊敬の眼差しが熱を帯びてくる。

真似するも何も、真似するべきじゃない。僕はそんな尊敬されるような身分じゃない。

その見当違いの尊敬に少し申し訳ない気分になりながら、さらっとリィズのフォローを入れる。

「……傷を負わないなんて自慢できる事でも何でもない。むしろ、負傷しても平然と動けるように精神を鍛えるべきなんだ。鍛え上げれば、きっと『進化する鬼面《オーバー・グリード》』も使いこなせるし……」

「!?　それは……ちょっと……」

「いやいや、あの宝具は本当に貴重で強力なんだよ。被るだけでティノがリィズに抵抗できる程強くなるなんて、画期的だ。僕に使えないのが残念なくらいで――」

被ってても拒否られるとか、どれだけ僕は弱いのか……いけないッ！

ついつい熱の入ってしまう僕に、ティノが萎縮している事に気づき、慌てて話を変える。

「だからさ、何を言いたいかというと、リィズの修行は大変かもしれないけど、絶対にティノのためになっていると思うよ。厳しいかもしれないけど、リィズも別にティノをいじめたくて色々やっているわけじゃないから――」

「え……？　……はい。お姉さまには、よくしていただいています。私は、ますたぁとお姉さまに出会うことができて本当に幸運です」

「……シトリーも、悪い奴じゃないんだよ。少し感性が変わっているだけで――錬金術師《アルケミスト》ってそういうところがあるし、別にティノをいじめたくてやってるわけじゃないから――」

「……？　はい、シトリーお姉さまは……少しだけ、ますたぁの目の前で身体を触れてくるのは恥ずかしいですが、いじめられているというほどでは――いつも、触られているわけではないので」

考えていたよりもティノの反応が軽い。お姉さま方のプレッシャーに憔悴していたのかと思っていたのだが、その口調からは無理をしている様子は感じられなかった。

そもそも、ティノは嘘を言うような性格ではない。……あれ？　もしかして、問題ない？

内心首を傾げながら、もう一度確認する。

「…………嫌な思いとかしてない？　何かあったら言ってくれれば対処するよ？」

「はい、大丈夫です。むしろ……ますたぁの要求が一番心が折れそうに——いえ、ますたぁが、その、私の事を考えてくださっているのはわかっていて、ですが……」

ティノが下を見て、もごもごと言い訳する。

僕が何かやった？　誘雷薬飲まされて雷に撃たれる訓練より辛い事、やった？

確かに無能采配は何回かしたが、悪気があってやったことは一度もない。進化する鬼面《オーバー・グリード》を被せたのだって嫌がらせのためにやったわけではないし、ティノが嫌がる限りもう一度被せるつもりもない。

いや、まて。だが、ならばずっと調子が悪かったのは何が原因なのだろうか？　過去はともかく、今回、僕はティノに何も要求していない。思い返してもいつも以上に人畜無害だ。

首を傾げていると、不意にティノの表情が変わった。

勢いよく席を立ちかけ、僕が見ているのに気づき、慌てて座り直す。

「す、すいません、ますたぁ。今——外で声が——その——聞こうとしているわけではないのですが、声が大きかったですし、お姉さまの訓練で自然に聞き耳を立ててしまって——」

「どうかしたの？」

外で声って、どれだけ耳がいいんだよ。窓際にいる僕が何も気づかなかったのに……。

何もわかっていない僕に、ティノが顔を耳まで染め、早口で捲し立てる。

「私、ますたぁの言うこと、信じきれていませんでした。でも、だって今までの事がありますし、ますたぁにとって簡単でも私にとっては命がけですし、それにますたぁはずっと一緒にいたはずで——ご、ごめんなさい。私、自分の事がとても…………恥ずかしいです」

膝でぎゅっと拳を握りしめ、ティノが身を縮める。

一人で恥ずかしがっているところ大変申し訳ないのだが、こちらは事情が何もわかっていない。

わかったのはやはりティノの信頼が底をついていたようだという事と、顔を真っ赤にするティノの様子がいつもとのギャップもあって年相応でとても可愛らしいという事だけだ。

興奮しているティノに、店員さんが豪華なパフェを運んでくるタイミングを見失っている。

「決めました。私、もう二度とますたぁの言葉を疑いません！」

ティノが覚悟を決めたように頭を上げ、宣言する。しかし、そこまでの信頼を受けるような事をした記憶はないし、そもそも僕はボンクラなので信用されすぎるのも困るし、そしてその上——その言葉を聞くのは数度目であった。何回も裏切ってごめん。僕がすべて悪いね。

「その言葉何回か聞いた記憶があるなぁ」

「こ、今度こそ、本当です。ますたぁ。ますたぁがカラスは白いと言ったら白です！　ますたぁの意思が私の意思です！」

テンションの落差、激しすぎじゃないだろうか。まぁ、嬉しそうで何よりだ。

全ての疑問を封じ込め、いつも通り、知った風に「うんうん、そうだね」と答えようとしたその時、ティノが指先をいじりながら言った。

「それで、ますたぁ。僭越《せんえつ》ながら……私が聞いても理解できないとは思うのですが、その……後学のために、お聞きしても、よろしいでしょうか。今、外のハンターが喋っていたのですが…………どうやってオーク達を砦から追い出したのですか？」

「……うんうん、そうだね」

……何の話だろうか？

「とっても……美味しいです……」

ティノが幸せそうな蕩けるような笑顔で言う。

チョコレートパフェは前評判で聞いていた以上に素晴らしい一品だった。

高さ三十センチ程のガラスの器にはアイスクリームとチョコレート、さくさくしたクッキーが盛られ、生クリームとソースがこれでもかとばかりに飾り付けられている。てっぺんには王冠の形をしたチョコレートが被せられており、実際にそこには王の貫禄があった。チョコレートの産地だけあって質は確かだが、量もまた凄まじい。きっと、リィズやシトリーが見たら顔を顰めただろう。

だが、何よりも味を格別なものにしているのは、ティノが外のハンターから盗み聞きしたという、オークがどっかにいったという情報だった。

心配事があるとどれほど甘い物でも美味しく食べられないものだ。理由はわからないが、トラブルがトラブルの方から去っていくとは、運が向いているのを感じる。幼馴染達を制止できればトラブルに合わずに済むという証左であった。やるじゃないか……僕！

ティノも笑顔になり、僕も笑顔で、全てがうまくいっている。

僕は小躍りしたい気分だったが、ハードボイルドではないので静かに笑みを浮かべるにとどめた。

ゲロ吐きたくない！

しかし……これは少し量が多すぎるな。

パフェを見下ろす。僕は隠れ甘党だが、他のハンターと違って大食らいではない。けっこうなペースでスプーンを動かしたのだが、まだ綺麗なガラスの器にはパフェが半分くらい残っていた。

一方でティノの方は同じ物を頼んだはずなのにとっくに食べ終え、じっと僕を見ている。ハンターは早食い、大食いが多い。一体その細身の身体のどこに大量のパフェが入っているのか。

残すのは申し訳ないが……ティノに食べてもらうか？　いや、だが、なぁ……気心の知れたシトリーやリィズならばともかく、後輩に男が食った残飯処理を任せるのはなぁ。

過酷な世界を旅するハンターは一般人が忌避する大体の事に耐性がある。だからティノも気にしないかもしれないが、ハードボイルドなますたぁの印象が崩れてしまうかもしれない……もう遅い？

ティノの漆黒の瞳がこちらを見上げている。その目は未だ純粋に僕の事を尊敬していた。

うーん……食べ足りないなら追加注文してもいいしなあ。葛藤の結果、試しにパフェに刺さっていたスティック状のクッキーを抜き、差し出してみる。口つけてないし、これくらいならまぁ。

ティノの目が大きく見開かれ、きょろきょろと周りを見回した。

「!?　!!?　あの……その……え？　…………い、いただきます」

ティノは迷いに迷い、顔を真っ赤にしてクッキーを齧《かじ》った。

白い肌が耳まで赤く染まり、本当に恥ずかしそうだ。

仲間内では見られない新鮮な表情に、僕はなぜか餌付けしている気分になった。

だが、確かに逆の立場だったら僕も少し恥ずかしいかもしれない。

「美味しい？」

「……はい。とっても……甘いです……ますたぁ」

小さく咀嚼しながら、ティノが小さな声で答える。本当に甘い物が好きなんだな。

……今回のバカンスで点数を稼いでいざという時には守ってもらわないと。

久しぶりのティノとのデートに穏やかな気分になっていると、店の奥から大きな白い帽子を被り恰幅のいい身体を白いエプロンで包んだ壮年の男が出てきた。

愛想が良さそうだと感じるのはいつも強面なハンターを見慣れているからだろう。迷いなくこちらに来ると、少しだけ警戒の表情を浮かべるティノと僕を交互に見て、声を潜めて尋ねてきた。

「…………突然、失礼します。人違いでしたら申し訳ない……貴方はもしかして――あの《千変万化》では？」

「!!？？」

偽の身分証まで使ったのに、どうしてバレているのか。

表情に出さずにその顔を確認するが、案の定記憶にはない。反応は表に出さなかったのだが逆にそれが良くなかったのか、男は笑みを浮かべると納得したように大きく頷いた。

「やはり……！　ずっとお待ちしておりました！　私、この店の店長をやっております――」

興奮したような口調。握手を求められ、流されるままに握手する。店長兼パティシエなのか、その手からは砂糖の匂いがした。

相手がハンターならばともかく、甘味を食していただけで一般人に正体がバレたのは初めてだ。しかも、理由は不明だがこの熱の入りよう。ティノも目を丸くしている。

素晴らしいパフェを作るパティシエさんが早口で言う。

「この業界では――貴方はとても有名です。国内外のあらゆる喫茶店や洋菓子店を巡る伝説のトレジャーハンター！　その男が訪れた店は長く繁盛し幸福が訪れるという……！　メニューを全制覇するまで注文を変える様子から名付けられた二つ名が――《千変万化》！」

「！　さすがです、ますたぁ……」

「!?」

初めて聞く情報に、思わず店長の顔を二度見する。

正体隠して回っていたはずなのに、なんでバレバレなんだよ……幸運の妖精扱いされているのも解せないし、全然ハードボイルドじゃないじゃないか。

……そんな評判になっているなんて、もう迂闊に外に出られない。穴があったら入りたい気分である。さすがでもなんでもない。メニューを制覇するからつけられる二つ名って何さ……。

「その黒髪黒目に、お連れのお嬢さんがその証明です。いつ私の店に見えるかと楽しみにしていたのですが、まさかこんな大変なタイミングでいらっしゃるとは……」

「…………問題ない。もう既にオークの群れについては、マスターが手を打った。安心すると良い。……チョコレートパフェ、とても美味しかった、です」

「待った。僕は何もやってないよ!?」

何故か勝手に話を進めているティノと店長の間に割って入る。僕の来訪を喜んでくれるのは百歩譲って構わないが、やってもいない事で喜ばれるのはまずい。責任が発生してしまう。

「実際にオークと戦うのは他のハンターであって、僕じゃない。その辺をお忘れなく。オークの群れが砦を去ったのも……ただの偶然だ。ティノ？　僕は、何もやっていない」

「マスターが偶然と言っているから偶然。ごめんなさい、店長、先程の言葉は忘れて」

「な、なるほど……わかりました。そういう事ならば……」

前言を翻し何故か自信満々に胸を張るティノに、店長は訳知り顔で頷いていた。


なんとも言えない気分で隠れ家に戻る。扉を開けるとまるでそれを見計らったかのようにリィズが飛びついてきた。後ろからシトリーがにこにこと言う。

「おかえりなさい、クライさん！　ずっと待っていました！　お姉ちゃんが尾行しようって言いましたが、止めました」

「はぁ!?　シトも言ってただろーが！　クライちゃん、おかえり！　なにそれ、お土産!?」

一気に賑やかになったな。リィズを抱き止め、シトリーに店長からお土産として貰った箱を渡す。

中身はこの町名産のチョコレート詰め合わせらしい。お土産まで貰えるならば、チョコレートの精霊の座も甘んじて受け入れるべきなのかもしれない。

さっきまでにこにこしながら隣を歩いていたティノは、笑顔を引っ込め、すまし顔を作っていた。

僕とリィズ達は長い付き合いだが、ティノとリィズ達の付き合いももう数年だ。だいぶ付き合い方を知っているように思える。

リィズが腕を取り、すりすりと頬を擦りつけながら言う。

「退屈すぎて、砦攻めしようか迷っちゃったくらい。けっこう被害がでているみたいだし、色々溜め込んでそうじゃない？」

「ああ、砦はもう空っぽみたいだよ」

「え!?　どういう事？」

喫茶店を出た後、念のためティノと一緒に町の様子を確認したのだ。

店長がおかしな情報に騙されていて、酷い目にあったら寝覚めが悪すぎる。

結論から言うと、ティノが通りすがりのハンター達から聞き取ったオーク達が砦を放棄したという情報は真実のようだった。砦を出たオークの群れはグラを襲うこともなく、暴走するかのように町の近くを横断していったらしい。原因は不明だが、グラの町からすると幸運だったようだ。

街道でオークの群れが暴れているとなれば、国規模で早急に解決すべき問題になる。使える金も人も桁違いだ。森の中にある砦を攻めるのは面倒だが、平原ならば広範囲の攻撃魔法が使える。集結するハンターも増えるだろう。一つだけ懸念点があるとするのならば、放棄された砦で何かに襲われたかのような傷だらけの死体が幾つも見つかったらしいという点だ。

そういったイレギュラーに僕達、《嘆きの亡霊》《ストレンジ・グリーフ》もずっと苦しめられてきた。嫌な予感がする。

大丈夫だろうか？　グラの防備ならそう簡単に揺るがないだろうが……。

ニコニコしながら話を聞いていたシトリーが何かに気づいたかのようにぽんと手を叩き、しかし何も言わずにティノの方を向いた。テーブルに置いてあったポーションの瓶を指し示す。

「はい、ティーちゃん。よく眠れるようにスリープ・ポーションを調合しておいたから」

よく眠れる準備ってスリープ・ポーションですか……。ハンターであるシトリーが扱う薬は薬物に強い耐性を持つ魔物や幻影《ファントム》を対象としている。人間が摂取するには危険すぎる代物だ。

もちろん、後輩にそんなポーションを盛るとは思っていないが……。

「シトリー、町を出よう。準備ってしてある？」

「え？　もういいんですか？」

「目的は達したからね」

チョコレートパフェは食べた。まだ行きたい店は幾つもあるが、《千変万化》の名が知れ渡っているとなれば恥ずかしくておいそれとは行けない。それに、オークの件で嫌な予感もしているのだ。

ノミモノとキルキル君を任せたクロシロハイイロさん達も心配である。

「さんせーッ！　砦がなくなったなら、もうこんな所に用はないしぃ……」

リィズが手を合わせ嬌声を上げる。別に砦には……もともと用はないですが。

荷物の準備はできていた。そもそも、ほとんど魔物とも戦っていないのでほとんど消耗していない。

皆で連れ立って外に向かう。オークの情報が広まったのか、町並みには奇妙な活気があった。

「オークの群れ、ハンターに駆除されたみたいね……つまんないの。もしかしたら戦うのかと思ってたのに」

大きな荷物を背負い、隣を歩いていたリィズが目を丸くして言う。どうやら歩いている間に聞き耳を立てたらしい。意図と違っていたから別にいいんだが、完全に訓練縛りの話を忘れている。

「…………効能通りなら発奮していたはずなんですが……ただのハンターにこんなに早く駆除されるなんて効果が足りていなかったのかな……メモしておかないと。やはり拡散しやすくすると効果が落ちますね」

シトリーがぶつぶつ呟いている。だが、よかった。オークが駆除されたのならば心置きなく町を出られる。……どうせ解決するなら僕達が来る前に解決しておいてくれたらよかったのに……。

門にくると、ちょうど緊急事態の旗を降ろすところだった。物珍しいのか、人混みができている。

それを無視して門で出町の手続きをしていると、ふと付近の建物から歓声があがった。

手続きをしてくれていた兵士が眩しそうな目つきでそちらを見て、説明してくれた。

「オークの群れを討伐した立役者だ。砦を放棄したオークが暴走して行った方向に偶然高レベルのハンターがいて、オークの大群をあらかた倒したらしい。町の英雄だよ」

予想外の言葉に、思わず目を見開く。シトリーも意外そうな顔をしている。

ゼブルディアでも高レベルのハンターはそこまで多くない。もしかしたら知り合いかもしれない。

「それは…………凄いですね」

「そうだろう！　そうだろう！　相手は狂ったオークの群れに、理由は不明だが他にも様々な魔物も──中には、精霊《エレメント》──火精まで集まっていたらしいッ！　全く、大したものだ」

兵士の言葉は興奮していた

凄いハンターもいたものだ。不意にオークの大群に遭遇して倒せるのだから実力は確かなのだろうが、それ以上に運の悪さが凄い。魔物の群れの進行方向に偶然居合わせるだけでも最低なのに、滅多に現れない精霊と遭遇するなんて、半ば信じられない。何を食ったらそんな不幸に見舞われるのか。まるで僕じゃないか。

感心と同時に強い憐れみ——共感を抱く。オークの暴走は僕のせいではないので共感以上の感情には発展しないが。シトリーちゃんが腕を突っつき、唇が触れるくらい近くで囁く。

「火精の方はデンジャラス・ファクトとは無関係ですね。計画通り、ですか？」

「え？　いや、まぁ……うーん……そうかなぁ？」

計画って何の話だろうか……僕に計画性はない。計画を立ててもその通りにいかないからである。言うまでもなく、このバカンスも無計画な旅だ。

シトリーの意味深な言葉に、内心首を傾げているとその時、一瞬英雄を囲んでいた人混みが割れた。ちらりと英雄の姿が見えた。思わず目を丸くして二度見する。

激戦だったのだろう。英雄達はぼろぼろだった。鎧はキズだらけで、外套にも血が染み込んでいる。その表情は疲れ切っていて、視線も朦朧としていた。仲間に肩を借りている者もいる。しかしその表情にはやりきった者特有の感情が見えた。その姿は一般人のイメージする英雄そのものだろう。

だが、それ以上に僕を驚かせたのは——そのハンター達が僕の知り合いだった事だ。

確かに立場上、僕には高レベルの知り合いが多いので知っていてもおかしくはないのだが——今にも倒れそうな一団の先頭に立っていたのは、《霧の雷竜《フォーリン・ミスト》》のリーダー、アーノルドだった。ただでさえ威圧的だった姿は血まみれになりボロボロになった事で歴戦の勇者にしか見えないが、間違いない。

そう、アーノルドである。帝都でトラブルを起こしたばかりのアーノルドだ。僕が帝都から飛び出してきた理由の一つである。……なんでここにいるのか知らないけど、奇遇だね。

後ろにはなぜか今にも死にそうな顔をしたルーダ達もいた。一体これはどういう事だろうか。

リィズが何かを納得したように指を鳴らす。

「あー、そういう事。戦わないなんて珍しいと思ったら、道理で——」

「…………さっさと行こう。目をつけられたら面倒だ。旧交を温めたいところだが、大変な状態みたいだしね」

「はーい！」

息を殺し、手続きの完了を待つ。アーノルド達はお偉いさんに先導され、どこかに行くようだ。

気づかれないようにちらちらアーノルドの方を確認しながらそわそわしていると、その時、人混みの中のアーノルドの濁った眼がこちらを見た気がした。

アーノルドの疲れ切っていた表情が一瞬呆けたものに変わり、口元がびくりと震える。

僕は慌てて顔を背けた。

バレた？　バレてない？　……やっぱりバレた？　怖くて後ろを確認できない。幸いな事に、ちょうど手続きが終わり、門をくぐる。相手もお疲れなようだし、僕達の事を構っている暇はないだろう。

ほっとしていると、その時、隣を歩いていたリィズちゃんが軽やかなターンを決めた。

背後に投げキッスを飛ばしながら、門の方に向かって明るい声で、叫ぶ。止める間はなかった。

「はーい！　戦闘、お疲れぇ！　生きてるなんてまぁまぁ、頑張ったみたいね！　まぁ、たかがオークの群れだけど、田舎者にしてはよくやったんじゃない？　悪いけど私達忙しいから、相手する暇ないけど。まったねぇ！」

「!?　こ、こら、リィズ。煽らないで……シトリー、さっさと出よう」

数秒置いて、門の中で獣の咆哮のような声が響き渡る。

僕は慌てて町の外で待機していた馬車に向かって駆け出した。

第四章　楽しいバカンス

それは、アーノルドのハンター人生を振り返っても類を見ない数の魔物の群れだった。

ぎらぎらと輝く無数の瞳に、風に乗って漂ってくる血の、獣の臭い。大半はオークだったが、他種の魔物も少なからず混じっている。

外の世界に慣れているはずの馬が怯え嘶いていた。

《焔旋風《ほむらせんぷう》》のメンバー達も、ルーダもクロエも、皆、一様に青ざめていた。無理もない、これまで数々の修羅場を切り抜けてきた《霧の雷竜《フォーリン・ミスト》》でも体験したことのない戦場だ。

通常、一ハンターパーティがこの規模の群れとぶつかる事はない。背中を向け逃げ出していないだけマシだろう。まるで波のごとく平原を駆ける魔物の群れはまさしく狂乱という単語に相応しかった。

傷ついた仲間を踏み砕き、まるで吸い寄せられるようにこちらに向かってくる。

「完全に正気を失ってやがる。魔法でもかけられたか？　薬か？」

エイが分析する。だが、理由など今は気にしている余裕はない。

仲間が防御の陣を組んでいる。魔導師《マギ》の男が使用できる最大の攻撃魔法の詠唱を始める。

《霧の雷竜》は近接戦闘職を揃え、大物を狩るのに特化したパーティだ。広大な範囲を攻撃できる魔導師《マギ》はいない。エイと、他の仲間の表情には決死の覚悟があった。

だが、関係ない。いつも通り打ち勝つだけだ。不幸にも巻き込まれたルーダ達に言う。

「守る余裕はない。自分の身は自分で守れ」

手に握った剣。アーノルド達がネブラヌベスで討伐した雷竜——その骨を使い生み出した金色の刃はまるでまだ竜の一部であった頃を覚えているかのように帯電していた。

優れた魔法の力を持つ魔物の素材で生み出した武具は時に生前の魔物の力を宿す。アーノルドの大剣——二つ名の由来でもある武器、『豪雷破閃《ごうらいはせん》』はその最たるものだ。竜殺しを達成した英雄にのみ振るうことが許された至高の一振りの前にオークの群れなど物の数ではない。

「……アーノルドさん。よく見てくだせえ、やつら、傷だらけだ。もしかしたら——あの男から逃げているのかもしれません」

エイがぶるりと肩を震わせると、引きつったような笑みを浮かべる。

オークは知恵を持つが、同時に蛮勇であることでも知られている。特に大規模な群れに発展したオークは多少の事で逃走を選んだりはしない。故に、オークの生み出した砦の攻略は難関だ。

だが、だからこそ、そのエイの言葉はある意味納得のいくものでもあった。

レベル8が常識で測れない事は、レベル7まで至ったアーノルドが一番良く知っている。そして、力あるハンターが街の難事に救いの手を差し伸べるのはままある事だ。

「ッ……何をやった——あの男」

どうやって砦から追い出したのか。そして、追い出したのならば何故殺し切らなかったのか。砦の攻略よりはまだマシだが、大量のオークの群れは旅人にとって災害である。

だが、考えるような時間はなかった。仲間の魔導師《マギ》から放たれた無数の炎の球がオークの群れのど真ん中に命中する。攻撃魔法は十体近く吹き飛ばすが、オークの群れは止まらない。

ふと、視界に割れたポーションの瓶が入る。かつてこの道を通った旅人が使ったものだろうか。

それに導かれるように、アーノルドは覚悟を決めた。貴重な物資だが、今は躊躇っている場合ではない。アーノルドにはリーダーとしてパーティの先頭に立ち道を切り開く責任がある。

腰のベルトから身体能力を強化するポーションを抜き、一息に煽る。

臓腑が震え、心臓を中心に熱い力が全身に巡る。強い高揚感が緊張を吹き飛ばす。オークの群れは、マナ・マテリアル吸収量で勝る圧倒的格上であるアーノルドを見て、しかし立ち止まる気配はない。

音が、振動が近づく。巻き上がった土煙が視界を隠す。瓶を地面に捨てると、アーノルドはパーティの先頭に立ち、雷鳴のような声で叫んだ。感情に呼応するように雷が迸る。

「いいだろうッ!!　恐れるべきは《千変万化《せんぺんばんか》》ではなくこの俺、《豪雷破閃》である事を教えてやろうッ！」

「――キサマカ……！」

「ッ!?」

――そして、不意に頭上に落ちてきた刃を、アーノルドは上段の構えで受け止めた。

強い獣の臭いが鼻につく。殺意に血走った金の瞳がアーノルドを至近距離から見下ろしている。豪雷破閃の纏った雷が、刃を伝って身体を焼くが、その肉体は微塵も揺るがない。

空から落ちてきたのは、全身を黒色の鎧で包んだ異様なオークだった。身の丈は通常のオークの一・五倍。漆黒の皮膚《ひふ》には無数の傷跡が残り、左目は潰れている。両手に握った巨大な剣は無骨だがよく磨かれており、豪雷破閃と打ち合って破壊されない以上、ただの武器ではないのは明らかだった。しかし何より通常のオークと異なるのは――その目に、強い知性の光がみえる点だ。

上位個体。種族の異端。生まれつき種を超越した魔物。一撃が重い。並大抵のハンターでは太刀打ちできない、オークを半ば超越した力量がそこからは伝わってきた。

間違いない。目の前の存在がこの群れのボスだ。レベル７のアーノルドを前に退かない胆力とそれを裏打ちする力量。明らかな強敵の気配に、アーノルドが力を込め、豪雷破閃を振るう。

この群れのボスを倒せば……止まるのか？　だが、明らかにこの群れは統制を失っている。

なだれ込んだオークを、交じった魔物を、仲間達が迎え撃つ。黒毛のオークは大きく後退すると、唾を吐き散らしながら叫んだ。片言だったが、その声には激流のような強い感情が込められている。

「コノニオイ。キョウフ、センイ、コノニオイ、トマラナイ。イマワシキケモノ、キミョウナクスリ、コレガ、ニンゲンノヤリカタカッ！」

……何の話だ？　疑問が脳裏を過るが、問い正すような状況ではない。相手は魔物だ、こうして出会った以上戦わないわけにはいかない。

不意に眼前に振り下ろされた黒い一撃を、アーノルドは剣で迎え撃つ。

二合、三合、打ち合う中でアーノルドは確信した。目の前のオークはオークとは思えぬ強さだが、自分の方が上だ。武器の力も、本体の能力も、マナ・マテリアルの吸収量もアーノルドの方が少しだけ勝っている。貴重なポーションで一時的に能力を向上させた状態で負けるわけがない。

黒きオークの表情が驚愕に歪む。これだけの強さだ、格上と戦った事などまずないだろう。

オークが飛び退る。すかさず追撃する。剣身に奔った電撃が黒のオークに向かって奔る。

次の瞬間、オークの王は雷を浴びる事も厭わず前に踏み出した。

「ッ!?」

それは、死を覚悟しての突撃だった。たとえ滅んでも相手を殺すという意志があった。低級の相手ならば十分殺しうる強力な雷が黒い体皮を、肉を焦がし、しかしその動きは止まらない。

完全に予想外の動きに行動が遅れる。オークが向かっていったのはアーノルドの方ではない。

まずい。慌ててオークに向かって駆ける。だが、明らかに速度が足りていない。

オークの刃の先には自ら前に立ち魔物共と切り結ぶクロエの姿があった。クロエがオークの突進に気づくが、黒のオークの腕力は高レベルハンターと比べても遜色ないものだ。防げるわけがない。

ダメだ。間に合わない。クロエの目が大きく見開かれる。

巨大な刃がクロエに振り下ろされる。その切っ先がクロエの頭蓋を砕こうとした瞬間――。

――天から落ちてきた炎によって、黒のオークの巨体が吹き飛んだ。

その様は、まるで天変地異のようだった。降ってきた炎は一つだけではない。雨と呼ぶにはあまりにも大きすぎる炎が魔物の軍勢に降り注ぎ、何もかも焼き尽くしていく。

それは明らかに自然現象ではなかった。炎が平原に燃え移り、辺り一帯が瞬く間に炎の海と化す。

その熱と黒煙に魔物達の慟哭《どうこく》が響き渡る。もちろん、アーノルド達とて無事ではない。

仲間が結界を張ったのか、少しだけ熱が遮断される。だが、最早戦っている場合ではない。

「なんだッ!?」

ふと、空を見上げる。夜の闇の中、青く輝く炎が浮かんでいた。


生きている事が奇跡だった。今思い出しても、昨晩の事は悪夢以外の何物でもない。

だが、一流のハンターには取るべきスタンスというものがある。

「いや、アーノルド殿にとっては不運かもしれませんが――この町にとっては最大の幸運と呼べましょう。まさか、レベル7認定ハンター殿が偶然来訪するとは……」

「…………」

明るい表情で話す太った市長に、アーノルドは内心を表に出さず、鷹揚に頷いた。

グラの町、中心部に存在する市庁舎の貴賓室。そこで、アーノルド達一行は町を救ったハンターとして歓迎を受けていた。

市長の表情も、周りのその部下達の表情も皆一様に明るい。アーノルド達とは真逆である。

二回連続の死地はさすがに堪《こた》えた。パーティメンバーの表情には隠しきれない疲労が滲んでいる。

《霧の雷竜《フォーリン・ミスト》》よりも未熟な《焔旋風》は大半が寝込み、クロエも席を外している。

高級そうなソファに身を預けるようにして腰をかけるアーノルドに、市長が手放しの称賛を贈る。

「そしてまさかそれだけの人数であの忌まわしいオークの群れを倒すとは、さすがはレベル7！　ネブラヌベスでは竜殺しを達成したと聞きましたが、まさしく貴方はこの都市にとっても英雄だ」

「市長、現れたのはオークの群れだけではないと」

「ああ、そうだったな——」

町についた時点では血まみれだった格好は既に清潔なものに変わり、負った傷も既に治療している。

だが、アーノルドの内心には未だ解放されない闘争心が、煮えたぎるような怒りがあった。

市長は気づいていないが、仲間はアーノルドの双眸の奥の今にも爆発しそうなエネルギーに気づいている。一流のハンターはあらゆる能力に優れる。その中には我慢強さも含まれる。

だが、それでも門での出来事を思い返すと、腸《はらわた》が煮えくり返りそうだった。

気を抜くと、何もかも放り出して追跡に入りたくなる。だが、仲間達は負傷しているし、クロエや《焔旋風》を放り出して追跡するわけにもいかない。

市長が目を見開き、まるで荒ぶる英雄を前にしたかのように身を震わせ言った。

「『炎の精霊《エレメント》』が——現れたそうですね」

そうだ。アーノルドは目を細めた。

目を瞑れば思い出す。天上に浮かぶ、太陽の如く輝く生きる炎。

オークやその他の魔物達と死闘を繰り広げるアーノルド達の前に現れたのは、事もあろうに先日戦った精霊と同格の存在だった。雷ではなく、炎の精だったが、そんな差異などどうでもいい。

これが偶然だとするのならば、恐らく今のアーノルドは人生で一番運が悪いのだろう。

幸いだったのはクロエが助かった事くらいだろうか。輝く炎の精は戯れのように燃え盛る炎を降らせ、オーク達の群れをアーノルド達ごと燃やし、そのままどこかへ飛び去っていった。

本気を出した上位精霊《ハイエレメント》の力は、超一流の魔導師《マギ》の攻撃魔法を超える。あのまま攻撃が続いていたら、アーノルド達も消し炭になっていただろう。仮にアーノルドは助かったとしても、何人かは燃え尽きていた可能性が極めて高い。街道を含んだ一帯が焼け野原になった。今、街道を歩くものがいれば、その惨状――焼けた大地を埋め尽くすような魔物の死体の山に驚嘆するはずだ。

戦いを思い出したのか、隣に立っていたエイがしかめっ面で文句を言う。

「……ったく。俺達はこの地には詳しくねえが……この地で『精霊』はその辺に生息してるもんなんですか？　こんな短い期間で二度も精霊と遭遇するのは俺達でも初めてだ」

「い、いやいや、そんなはずは――このゼブルディアでも、精霊は大自然の中ぐらいにしかいません。あるいは一流の魔導師《マギ》が使役するくらいで、こんな人の町の側に出てくる事など覚えが――」

「わかってる。わかってますよ、そんな精霊がしょっちゅう出てきたらこちとら商売あがったりだ。ねぇ、アーノルドさん？」

エイの言葉に、アーノルドは重々しく頷く。だが、アーノルドの意識は既に市長から離れていた。

今、アーノルドの脳裏にあるのは如何にしてあの《千変万化》に報復するかだ。

これまでの経緯。オークの言葉や状況から考え、《千変万化》がアーノルド達に魔物をなすりつけているのは明白だった。

結果的に大惨事にはなっていないが、ハンターの倫理に反した行為だ。いや、たとえそうでなかったとしても——このまま黙っていたら《豪雷破閃》の名が落ちる。

力の入れすぎで歯がみしりと軋《きし》む。市長が憎たらしくなるくらい満面の笑みで言った。

「何はともあれ、町を脅かしていたオークの群れがいなくなったのは確かだ。被害も最小限で済みました。些少ですが、町をあげて歓待させていただきます。もちろん報酬の方も——」

「……いや……すぐに出るぞ」

「!?」

アーノルドの言葉に、市長が目を見開く。

グラ程の規模の町が、町をあげて歓待するなど滅多にあることではない。ハンターとしての名声にも繋がる。アーノルドも平時ならば申し出をありがたく受け入れるところだが、あの《絶影《ぜつえい》》の煽りを受けては、歓待を受けても気が休まらないだろう。

何より、《千変万化》は満身創痍のアーノルド達を見ている。ハンターにとって体調を万全にするのは基本だ、如何な神算鬼謀でも、今ならば追跡を警戒していないだろう。それを人は油断と呼ぶ。

今最も優先すべきは、《霧の雷竜《フォーリン・ミスト》》を侮ったことを後悔させる事だ。

相手も徒歩ではないはず——今ならば追いつける。いや、逆に今すぐに行動しなければ追跡は難しくなるだろう。たとえ痕跡を消していなくても、追跡は時間が空けば空くほど困難になるものだ。

困惑している市長にもう一度力を込め、アーノルドは言う。

「悪いが……俺には、すべきことがある。長居はできない」

市長が目を見開き、しかめっ面を浮かべることでなんとか怒りを押し止めるアーノルドを見る。

「な、なるほど……レベル７ハンターたるもの、休んでいる時間はない、と。もしかして、依頼の途中でしたか？」

「ア……アーノルドさん、今のパーティの状況で深追いするのはまずいです。三人死にかけたんだ、身体を休めないと――消耗品もすっからかんだし、装備もボロボロだ。無事なメンバーも疲労が抜けてねえ。《焔旋風》やクロエも限界だ」

エイが声を潜めて報告してくる。

なんとか切り抜けたものの、魔物の群れや火精との戦いはエランでの疲労が抜けきれていないアーノルド達のパーティに甚大な被害を与えていた。帝都に来て購入したばかりの馬車は半壊し、引いていた馬も死んだ。武具もぼろぼろだし、強敵と戦うどころか、旅をすることさえ困難な状況だ。そして、それはクロエ達も同じだ。グラまで歩いて辿り着けたのは奇跡に近い。

アーノルド達の目的を勘違いしたのか、市長が真剣な表情で言う。

「こちらでも、できる限り協力させていただきましょう。必要な物があれば手配します」

消耗品の補充や馬車の用意はともかく、武具の修理が痛かった。完全なメンテナンスはこの規模の町では難しいだろうし、時間もかかる。エランの町で行ったようなごまかしはもう利かない。

仲間の命とプライド、被害状況、未来を天秤にかける。

アーノルドはしばらく沈黙していたが、大きく舌打ちして仲間達を振り返った。

「…………………くそっ。二日――いや、一日でなんとかする。エイ、今すぐに手配しろ。消耗品は多めに積め。馬車は大きめの物を用意――馬のランクを上げろ。次で決める」

どこに逃げたとしても、絶対に追い詰めこれまでのツケを払わせてやる。

目と目があったにも拘らず、まるで興味がないとでも言うかのように後ろを向いた《千変万化》。

衆目の中、疲れ切っていたアーノルド達に対して侮辱の言葉を放った《絶影》。

己の仇敵の姿を想起し、アーノルドは歯をぎりぎりと噛み締めた。


「……撒《ま》いたみたい……です。追っ手の気配はない、です。こっちも街道沿いに走ってますし、後から追いつかれる可能性はあると思い、ますが……」

見張り台から、ぼそぼそと報告が聞こえる。敬語に慣れていないのだろう、かなり話しづらそうだがそれはともかく、僕はその言葉にようやく一息ついた。

隣ではリィズが脚を組み、心底おかしそうに笑っている。

「くすくすくす、見たぁ？　クライちゃん。顔真っ赤にして怒ってたよ？　たかが田舎のレベル7の分際で、身の程をわきまえろって感じ！」

勘弁してほしい。喧嘩を売るのは勝手だが、なぜか責任は全部こちらに来るのだ。

相手はレベル7である。レベル7だ！　リィズよりも上のレベル7！　実質的な能力がレベル1未満（ハンターのレベルに0はないけど）の僕ではどうあがいても太刀打ちできない相手だ。

「煽るのやめなよ。百歩譲って彼らがオークの群れと戦う羽目になったのが僕のせいならばともかく、僕のせいじゃないんだから」

「仰る通りです。クライさんのおかげ、ですよね！」

「……」

シトリーがにこにことトンチンカンなフォローを入れてくれる。僕のせいでもおかげでもないよ。

彼らの運の悪さは彼らの責任だ。僕の運の悪さが――僕だけの責任であるように。

この場に僕の味方はいなかった。強いて言うなら消耗しているティノだけは僕の味方だろうか。

「追ってくると思う？」

「追ってくるでしょうね。そうでなければ、ハンターとして致命的な何かが欠けている事になります」

だよね。優秀なハンターというのは優秀な猟犬に似ている。一度対象を見つけたらどこまでも追いかけ、たとえ一度見失ったとしても決して諦める事はない。

厄介な連中に目をつけられた。あーるんは彼らとどういう決着のつけかたをしたのだろうか。

下手をしたら――例えばリィズやシトリー達が頑張って、叩きのめしたとしても追跡を諦めない可能性すらある。そこまでいくともう殺してしまうのが手っ取り早い解決手段になってしまうのだが、その手だけは絶対に使うわけにはいかない。ハンターとしてとかではなく、人間として終わってる。

なぜか状況を理解していながらも、シトリーは笑みを崩す気配はない。考えを放棄し、安心したくなるような穏やかな声で言う。

「まぁ、しかし、相手も消耗していました。すぐに追いかけてくる可能性は低いかと思います」

確かに、彼らがすぐに追跡してきたら、僕達は馬車と合流する前に捕まっていただろう。

僕は冷静さを少しだけ取り戻した。外では相変わらずキルキル君とノミモノが走っている。ハンターたるもの、常に行動には万全な準備を要するものだ。仲間も負傷していたようだし、そんな状態でリィズを相手にしようとは思わないだろう。そして更に――アーノルド達は僕達の目的地を知らないはずだ。僕の目的を知るのはここにいるメンバーだけだし、偽の（本物の）身分証で正体も隠している。……『踊る光影《ミラージュ・フォーム》』で顔も隠して行動すればよかったかなあ。

馬車を使っているので轍《わだち》はつくが、ここは街道だ。轍の跡なんていくらでもある。

リィズが脚を伸ばし、ばたばたばたつかせながら唇を尖らせている。

「つまんなーい。鬼ごっこしたーい」

その鬼は本物の鬼だよ……あの時のアーノルドの顔……僕の頭を林檎みたいに潰したそうにしていた。間違いない。ティノが頭をゆらゆら揺らしながら、腫れた眼で僕を見ている。もう限界だった。

僕は覚悟を決めた。万が一にも追いつかれる事はないだろうが、念には念を入れよう。

地図を開く。僕は最初、【万魔の城《ナイト・パレス》】まで、幾つもの町を経由して安全な街道を行くつもりだった。急ぎの用でもなかったし、僕の中で優先すべきは安全だったからだ。だが、追手があるとなれば、変えねばならない。追跡が困難とはいえ、バカ正直に街道を進んでいたら追いつかれる可能性がある。

道を外れ、ショートカットする。街道を外れる以上魔物に遭遇される可能性は高くなるが、こちらにはリィズやシトリーもいるし、ノミモノやシトリーが雇ったクロさん達もいる。

レベル7の怒れるハンターに追い回されるよりはマシだ。

「……クソッ、アークを連れてくれればよかった……あのイケメン、必要な時にいないんだよね。もしかして嫌われてる？」

何のための帝都最強なのか。

独りごちる僕に、アークのライバルを自称しているリィズがぷくーっと頬を膨らませる。

ふてくされたリィズは普段以上に子どもっぽい。

「なにぃ？　クライちゃん、もしかして私に不満があるの？　あるなら言って？　私はクライちゃんの事、大好きだし」

「いや、別にないけどさ……うん、十分だ。リィズは十分強いよ。よし、そろそろルートを変えよう。街道を行くのはもうやめだ！」

リィズの眼の色が変わり、満面の笑みでこちらに身を乗り出してくる。

さぁ、アーノルド。僕は何が何でもバカンスを楽しむ。

僕のレベル8たる所以（かもしれない）、逃走スキルを見せてやろうじゃないか。


本気かよ……。

御者台に座っていたクロは出されたその指示に、一瞬何を言われたかわからず呆然としてしまった。

これまで受けた指示は平和的なものだった。特に強力な魔物と遭遇する事もなく初日の嵐を除けば天気もいい。ノミモノ逃走事件は手を焼いたが、結局、夜が明けた辺りで（返り血で全身血まみれだったが）戻ってきた。奴隷の首輪をつけられた時に想像した待遇と比べればずっとマシだ。

街道は魔物も間引きされており、基本的に安全だ。並走する恐ろしいキメラの存在もあり、たまに見かける魔物も近寄ってこなかった。だが、街道から外れるとなれば、危険度は桁違いに上がる。

「だ、だが、あのガレスト山脈には強力な魔物が——あんたらのキメラは確かに強いが、この少人数で立ち入るなんて、危険すぎる」

「だからなんですか？」

小窓を開け、顔を出した少女が笑う。傷一つない白い肌と整った容貌は、状況によってはクロ達の獲物になりそうなくらいに美しかったが、今のクロにはその笑顔が悪魔にしか見えなかった。

ガレスト山脈は帝国の北方に連なる山脈である。

地形はそこまで険しくないが、地脈が通っている事もあり、現れる魔物の強さは宝物殿を除けばゼブルディアでも屈指だ。麓《ふもと》一帯に森が広がっている事もあり、中には固有の魔物もいるという。

「一応道はありますし、ガレスト山脈なんて私達が踏破した宝物殿と比較すれば大した難所ではありません。魔物を蹴散らせばショートカットになります。……私達も行きは通り抜けましたし」

「ショート……カット？」

ありえない。持たされた地図を開き、目を皿のようにして見る。

確かに、ショートカットにはなる。街道を離れ山脈とその裾野に広がる森を抜ければ、安全な道を行くよりも一日から二日程度、時間の短縮になるだろう。だが、逆に言うのならばたったの二日だ。

旅人はガレスト山脈を抜けるルートをまず選ばない。踏破できるだけの実力を持つハンターもそれを避ける。あまりにも危険で、あまりにも無意味だからだ。クロ達三人も腕っぷしには自信がある。ガレスト山脈を抜ける事は決して不可能ではないが、普段ならば絶対に選ばない程度には危険だった。

「も、目的地は……最終的な目的地は、どこなんだ？」

そもそも、クロ達は目的地を知らない。

これまでもただ、街道を真っ直ぐ進むように指示され、時折町の名前を言われるだけだ。

愕然としつつも、確認するクロに、シトリー・スマートは意味深な笑みを浮かべた。

「知る必要がありますか？　行ってください。これは、クライさんの、《千変万化》の決定です」

「…………来て、いない……？」

「はい。名簿を全て確認しましたが、そのような名前は……」

クロエ・ヴェルターは入都管理官の予想外の言葉に瞠目した。

ゼブルディアの都市の出入りは全て名簿で管理されている。都市に出入りしたのならば名前があって然るべきだし、実際にアーノルドがその姿を見ているのだ。ないわけがない。

「そもそも、そのような高レベルハンターが入ってきたら声をかけているはずです。非常事態に話もせずにただ通すはずがない」

「……わかりました」

都市の門に詰めた兵士の役割の一つは、高い戦闘能力を持つ者を見定める事だ。一流ハンターが通りかかれば気づくはずだった。クライ・アンドリヒは確かに平時から一般人のような偽装をしているが、他のメンバーは違うはずだ。それが引っかからなかったということは、《千変万化》が意図して身分を隠しているという事を意味していた。おまけに、身分証まで偽装しているらしい。

一体何を考えてるんですか……クライさん。

身分証の偽装は帝国法に抵触している。レベル8にもなれば特権があるので理由があればお咎めなしになる可能性が高いが、それでも褒められた行為ではない。

《千変万化》に同行して指名依頼のサポートをする。あわよくばその音に聞く仕事ぶりを確認するはずだったのに、どうしてこんな事になっているのだろうか。クロエは深々とため息をついた。

まるで地獄のような戦場だった。ハンターを志しつつ、結局ハンターにならずに探索者協会の職員になったクロエにとってはもちろん初めて体験する類のものである。

本来、守られる立場だったはずだが、そんな事を言っている場合ではなかった。お守り代わりに持ってきた剣を使い、無我夢中で戦った。何体もの魔物を屠《ほふ》った。

だが、あの時クロエは死んでいた。クロエに襲いかかった漆黒のオークはただの上位種ではなかった。気がついたら迫っていた刃に、クロエ・ヴェルターは確かに死を錯覚したのだ。

今思い出しても、肝が冷える。そして、その程度で済んだのは奇跡だった。

アーノルドの救援は間に合わなかった。あの時、炎の精霊が現れなければクロエは死んでいた。

火精。それも、青い火精はかなり格の高い存在である。エランで見た雷精同様、滅多に現れる存在ではないし、使役できる者についても、おそらく帝都ゼブルディアでもほとんどいない。

クロエの知る術者だと、帝都でたった三人しかいないレベル8ハンター、《魔杖》《ヒドゥン・カース》のクランマスターである《深淵火滅》《しんえんかめつ》くらいだろうか。だが、《深淵火滅》は帝都にいるはずだし、そもそも術者らしき影はあの場では近くにいなかった。

死者は出なかった。アーノルドはそれを奇跡だと言ったが、クロエはそうは思わない。

あの時、クロエは見ていた。火精はオークを含めた魔物の群れを《霧の雷竜》《フォーリン・ミスト》ごと焼いた。だが、クロエや《焔旋風》はほとんど攻撃のターゲットになっていなかった。ただの偶然の可能性もあるが、クロエ達が大怪我をしなかったのはそのおかげだ。

理由も、目的もわからない。そしてもちろん――証拠もない。

オークを砦から追い出した証拠も、それらをアーノルドに追い立てた証拠も、炎の精霊を差し向けた証拠も、何もない。あるのは意味不明な事実だけだ。

もう《千変万化》を擁護すればいいのか、《豪雷破閃》に加勢すればいいのかもわからない。

宿では、《焔旋風》がぐったりしていた。どうやら本当の死地を抜けた後というのはそういう風になるものらしい。ギルベルトとルーダはまだマシだが、その表情には色濃い疲労が残っている。

「まさか、マジで毎回こんな経験を繰り広げているのか……ティノは」

「【白狼の巣】《はくろう》も酷かったけど……はぁ」

最早恨み言を言う元気すらないらしい。だが、無理もない。あの戦場は中堅ハンターの手に負えるものではなかった。クロエがまだ動けるのは、護衛対象故、クロエの負担が軽めだったからだ。

だが、ここで解散するわけにはいかない。アーノルドはまだクライを追うつもりだ。クロエの目的も達成できていない。もう少し付き合ってもらう必要がありそうである。

クロエは少し考えると、無理やり笑みを浮かべ部屋の中に立ち入った。

トレジャーハンターというのは本当に大変だ。


この世界にはなるべく立ち入りを慎むべき危険な場所というものが存在する。

好奇心が強くどこにでも行くトレジャーハンターは忘れがちだが、ごく一般的な旅人にとって、国の管理下に置かれていない山や森はその筆頭だ。特にマナ・マテリアルの通り道である地脈の通る場所には高値で取引される貴重な資源が豊富に存在するが、同時に強力な魔物や幻影《ファントム》も生息している。

そこで取れるアイテムが高値で売買されているのには、理由があるのだ。

帝国の北部に連なるガレスト山脈もそういう人の手の入っていない危険地帯の一つだった。

かろうじて存在する道は遥か昔に作られたもので長く管理されておらず、馬車一台がやっと通れるくらいの幅しかない。地面も凸凹しており、馬車の中でじっとしているだけでこの道が悪路と呼ばれる類のものである事がわかる。きっとほとんど使用されていないのだろう。

僕は激しい振動の中、この道もいずれなくなってしまうのだろうなあと現実逃避気味に考えた。

馬車の外では怒号が飛び交っていた。カーテンを閉めているので外の光景はわからないが、奇怪な魔物の鳴き声と悲鳴が聞こえ、馬車が大きく揺れる。馬が嘶き、金属音がそれに重なる。ノミモノの遠吠えとキルキル君の興奮したような声が続く。リィズがだらしなく仰向けに転がり、剥き出しになったお腹を擦りながら緊張感のない笑みを浮かべた。

「ねぇねぇ、クライちゃん。あいつらに次、なんて言ってやろう？　いい挑発ないかなぁ？　すぐにでも飛んできたくなるようなやつ！　一緒に考えよ？」

「そういえばクライさん、ガレスト山脈にはあの『迷い巨鬼《ポテ・ドラゴス》』が生息するらしいですよ。遭遇して生き延びた者がほとんどいないので噂の域を出ないいんですが……そのせいで通行者がいないとか」

……ちなみに、トレジャーハンターが森や山の危険性を忘れがちなのは、山や森よりも更に危険――この世で最も危険な場所の一つがいつも探索している宝物殿だからである。ほぼ無限に現れ、ほとんどの場合倒しても何も残さない幻影《ファントム》と比べれば、倒せば確定で血肉を残し金になりやすい魔物はマシなのだろう。理屈はわかるが、まだマシとかではなくどちらも警戒すべきだと思う。

僕は、話が通じそうにないリィズから、恐ろしい話をするシトリーに視線を向け、話を変えた。

「あのさ……これ、外大丈夫？」

「大丈夫、だと思います。まだ浅い場所ですから。何か不安材料でも？」

「……へえ。いや、それならいいんだけどさ……」

「それに、ノミモノの戦闘訓練にもなります！　いつやろうかと迷っていたんですが……クランでは対人訓練は行えますが対魔物の訓練は困難なので……オークは臆病すぎて訓練にならなかったでしょうし、ガレスト山脈の魔物は好戦的なので格好です！」

「……ああ、あの血、オーク達の血だったのか」

「はい！　ノミモノはオーク肉が大好物なんですよ！　お腹いっぱいでご機嫌みたいです！」

シトリーが手を合わせめちゃくちゃ機嫌良さそうに言う。

どうやら合流したノミモノ達が血まみれだったのはオークを食らった後だったかららしい。もしかしたら砦を放棄したオークの群れを襲ったのかもしれない。良く無事だったな……。

しかしこれまで魔物に遭遇しなかった事が嘘のような襲撃率だ。別に訓練を止めるつもりはないんだけど、さすがに魔物出すぎじゃない？

唯一、僕の気持ちがわかるであろうティノは、膝を抱え顔を伏せている。今では馬車の振動に合わせて身を震わせるのみで、こちらを見てもくれない。絶え間なく響く戦闘音と叫び声はお世辞にも精神衛生上よいとは言えない。僕は平気な振りをするだけで精一杯だった。

ガレスト山脈は僕の想像以上に魔物が沢山生息しているようだった。それも、巨大に成長したノミモノを見ても獲物としか判断しないような凶悪な魔物だ。シトリーちゃんがにこにこして言う。

「しかし想定より魔物の数が多いですね……もしかしたら、大物出現の前触れかもしれません！」

めちゃくちゃ嬉しそうだね……。

馬車は度々急停止し、外で聞こえる悲鳴からは、護衛の数が足りていない事が伝わってくる。

だが、魔物の出現は想定内だ。少し数が多いようだが、まぁその可能性だって少しは考えていた。

僕にとって一番の予想外は――。

ごろごろ転がり、僕の膝に甘えるように頬をくっつけてくるリィズを見る。

目を輝かせるシトリーを見る。膝を抱え自分の世界に入り込んでいるティノを見る。

「……ねぇ、なんで君達、戦わないの？」

僕がアーノルドよりも山道を取ったのは、シトリーの雇った護衛達やノミモノの力もあるが、何よりリィズ達がいれば魔物は大きな問題にはならないと思ったからだ。

いつものリィズならば、馬車の外がこれだけ騒がしいのにじっとしているなんてありえない。いつ参戦するんだろうと思っていたら、指摘するタイミングを失ってしまった。

再び大きく馬車が揺れ、外から微かに罵声のような叫び声と咆哮が聞こえる。いくら雇い主と言っても、クロさん達を酷使しすぎであった。クロだけにブラック雇い主なのだろうか？

少しだけ躊躇うが、覚悟を決めて、シトリーに確認する。

「……ねぇ、シトリー。外の様子なんだけどさ……」

「はい。ノミモノの戦闘訓練と食事、三人の性能テストも一緒にできて、とても効率的だと思います！キルキル君とノミモノの相性も見ようと思っていたんです。さすがクライさんです！」

照れたような笑みを浮かべ、シトリーがずれた返答をする。もしかしたらその姿勢は錬金術師《アルケミスト》にとって正しいのかもしれないし、効率を追い求める姿勢には頭が下がるが、あんまりだと思う。

ノミモノ達は良くてもクロさん達が耐えきれないだろう。

「…………キルキル君はともかく、クロさん達が死んだらどうするのさ？」

「？　えっと…………」

そりゃハンターはいつだって死と隣り合わせだが、この状況はちょっとない。

シトリーは困惑したように数秒考えると、唇に指を当て首を傾げた。

「次を…………探す？」

「どうやら僕の言いたい事がわかってないようだな……」

「え……？　ご、ごめんなさい。あの……もしかして、他に使い道がありましたか？」

「……」

独特の感性を見せるシトリーから視線を外し、ごろごろと転がっているリィズを見る。

濁りのない薄いピンク色の虹彩が不思議そうにこちらを見上げていた。格好はいつもの戦闘装束で、投げ出されている両足にはいつも装備している『天に至る起源《ハイエスト・ルーツ》』が鈍く輝いている。

「何？　そんなに私の事見て…………あ、私のお腹、撫でる？　ほらぁ」

リィズが大きく露出した日に焼けた肌を指先でなぞってみせるが……撫でないよ。

僕は単刀直入に尋ねた。

「……リィズさ、戦いたくない？」

「んー…………そりゃもちろん戦いたいよ？　こうしてると身体がなまっちゃう感じ」

じゃあなんで――。リィズは横になったまま頭を少し上げると、僕の膝の上に乗せて笑った。

「でも……我慢する。暴力禁止、だもんね？　えらい？　ねぇ、私、えらい？　えらくない？」

……なるほど。僕は今更自分が数日前に言ったことを思い出した。

いや、確かに暴力や特訓は禁止したさ。でもさ、それはバカンスを楽しむためであって――僕がリィズ達を誘ったのは一緒に旅行したかったからという事もあるが、半分くらいは護衛なのだ。

少し躊躇いはあるが、このままではクロさん達が倒れてしまう。言わねばならない。

「……いや、魔物を相手にする場合は例外だから」

「……え？」

僕が決定した暴力禁止の暴力とは、人間を相手にした場合の暴力だ。

というか、僕が禁止したかったのは簡単に言えば――喧嘩なのである。一般市民やハンターや弟子に喧嘩をふっかけるなと、そう言ったのである。そりゃ気持ち的には危ない事はなるべくして欲しくないが、沢山の魔物に襲われ（恐らくは）劣勢の状態にあるのに、少人数の雇われ護衛にまかせてのんびり馬車にいるというのはどう考えても趣旨に反している。

そもそも君、アーノルド達の事煽ったよね？　あれ言葉の暴力だから。

リィズが目を丸くする。珍しい事にシトリーまできょとんとした表情で僕を見ている。いや、そりゃ僕も言葉が足りなかったかもしれないけど常識的に考えてさ……ん？　もしかしてリィズは、魔物に襲われても抵抗するなと言われたとでも思っていたのか？　そんなわけがない。どんな性癖だよ。

ティノが頭を上げ、じっと僕を見る。僕は自分の瑕疵《かし》を棚上げしてハードボイルドに言った。

「魔物の討伐は暴力じゃない。駆除だ。そうだろ？」

まるで僕の言葉の正しさを示すかのように、馬車が一際大きく揺れる。リィズの目が輝いた。

「!!　クライちゃん、大好き！　行ってきまーす！」

よほど我慢していたのか、いつものようにティノを連れるのも忘れ、即座に飛び出す。移動だけで馬車が大きく軋み、続いて外から今までの罵声にも負けず劣らずガラの悪い声が響き渡った。

「おら、このクソ雑魚ッ！　ちんたらやってんじゃねえ、下がってろッ！　馬だけ守ってろッ！」

「……クライさん、ごめんなさい。お姉ちゃんが…………鬱憤が溜まっていたみたいで」

外から聞こえてくる音が先程とは比べ物にならないくらい激しくなる。クロさん達の悲鳴も大きくなる。きっとリィズが思い切り暴れているのだろう。

シトリーは少し恥ずかしそうだ。まぁ、僕も変な指示出しちゃったからな……。

「その……私も、外の様子を見てきていいですか？　ノミモノの成長を確認したり……それに、素材が取れるかもしれませんし……クライさんがいないと滅多に出てこない素材もありますから」

「……ああ、もちろんいいよ。行ってきなよ」

シトリーはぺこりと頭を下げると、姉に勝るとも劣らない高いテンションで飛び出していった。

僕がいないと滅多に出てこない素材って一体、何なのだろうか……。

まぁ、これで外もすぐに静かになるだろう。欠伸をすると、青ざめたティノと目が合う。

「ますたぁ、もしかして……ここからが本番なのですか？」

「？　いや、本番とかないけど……そうだな、ティノは参戦せず、少し眠った方がいいな。何かあった時に大変だしね」

「!?　……………はい……」

震えるような声をあげ、ティノが膝を抱えたまま目を瞑る。それで疲れが取れるのだろうか？

戦闘は熾烈を極めた。もっとも、攻撃は中までは届かない。クロさん達の声が減り、リィズの咆哮とシトリーの命令が増える。馬車の速度が心なしか速くなった気がする。

次に止まったのは、分かれ道に辿り着いた時だった。

左右に続く道は、一本はかろうじて道として判断できる程度に荒れ果てており、もう一本は雑草が毟《むし》られある程度整備されている。ずっと外に出ていたシトリーが僕に伺いを立ててきた。

「……クライさん……どちらにしましょう？」

決定するのはいつも僕の仕事だ。僕は頭だけ出すと道を確認し、比較的綺麗な方を指した。

当然である。荒れた方を選ぶ理由がない。そちらは倒木まであるので通るには木を片付ける必要がある。シトリーは僕の決定に陰のない笑みを浮かべ、クロさん達に指示を出した。

人っ子一人いない山道を進んでいく。生い茂る木々や自然の匂いは魔物さえいなければ僕の都会に荒《すさ》んだ精神を癒やしてくれそうだった。危ないので窓から頭を出せないのが残念である。結界指《セーフ・リング》はあるが、無防備に攻撃されるような趣味はない。

珍しく正解の道を選んだのか、分岐路から先は魔物の出現は目に見えて下がっていた。もしかしたらリィズに怖れをなしたのかもしれないが、どちらでもいいことだ。

外に出ていたシトリーが馬車の中に戻ってくる。興奮したように頬を染め、肉片と血のこびりついた三十センチ程の黒い牙を、まるで宝物を披露するかのように掲げてきた。

「見てください、クライさん！　将軍級トロールの牙です！　この広大なガレスト山脈でも滅多に手に入らない貴重品ですよ！　とても手に負えない暴れん坊で、ハンターでも手こずるので、滅多に市場に出回らないんです！　普段は森の奥にいるはずなのに、いくら古いとはいえ道を歩いていて襲ってくるなんて！　煮てよし、焼いてよし、削ってよしの高級品です！」

トロールとはオークやゴブリンに並ぶ亜人種の魔物である。並外れた巨体と膂力、タフネス、再生能力を誇り、亜人系ではかなり手強い区分に入る。ガレスト山脈に出るとは知らなかったが、生息域は森の中だったはずなので、遭遇してもおかしくはない。道理で他に旅人の姿がないはずだ。

シトリーは牙を革袋に丁寧に入れると、僕に身を寄せてくる。テンションの高いシトリーにドン引きしている。

目を薄っすら開けたティノがその牙……というか、テンションの高いシトリーにドン引きしている。

「それで、クライさん。この道の先には何がいるんでしょう？」

「……え？」

「いえ、ある程度は予想が付いています！　道を偽装して罠を張る知恵があるくらいだから、相当高位の魔物ですよね！　魔物の数も減ってますし、かなりの大物の縄張りの予感が――」

……え？　ええ？　なにそれ？　初耳だ。偽装？　この道、偽装なの？　言ってよ。

旅人がいないにしては随分立派な道だとは思っていたが――。

「しかし倒木と多少散らかした程度で偽装とは、知能レベルは大した事はないと思います。こちらの道も随分綺麗でしたし、ゴブリン以下ですね。私達が【万魔の城《ナイト・パレス》】に向かう途中に通った時にはなかったので、多分通り過ぎた後に慌てて作ったんでしょうが――」

ゴブリン以下!?　ならばそれに騙され、何の疑問も抱かずこちらの道を選んだ僕は一体何なのか。

というか、前回通った時になかったならそう言うべきだ。変なところで気が利かない。

シトリーの笑顔には陰がなく、どうやら僕を馬鹿にしているわけでもないらしい。どうせなら馬鹿にされた方がマシであった。僕はハードボイルドな笑みを浮かべ言った。

「よし……そろそろ反転してもう一つの道を行こう」

「……承知しました。クロさん、バックしてください！　馬車にバックなんてない？　反転も難しい？　なんとかしてください、それが貴女《あなた》の価値です」

シトリーは嫌な顔一つせず、御者台のクロさんに無茶振りをする。

僕にできることは笑みを浮かべる事だけだった。

なじるなり何なりしてください。僕を……信じないで。


馬車が止まり、外から呼び声が聞こえるのを待って、数時間ぶりに地面に降り立つ。

日は落ちかけ、雲一つない朱色の空にはくっきりと明るい月が輝いていた。

近くから川の流れる音がした。どうやら、今日はここで休憩らしい。

急いで戻ったのがよかったのだろう、シトリーの言う大物と遭遇する事はなかった。だが、道を戻ったせいで予定よりかなり手前で野営することになってしまった。

日暮れ後の山越えは自殺行為だ。シトリーもさすがにそれを強いたりはしないようだ。

恐らく、かつての旅人もここを中継点としてガレスト山脈を越えたのだろう。

木々が伐採され拓《ひら》けた空間には、馬車が止められるだけでなくパーティ三つがキャンプできるくらいのスペースがあった。ノミモノがふんふん地面の匂いを嗅いでいる。

シトリーが荷物を下ろし、行軍中はただ座っていただけの僕に花開くような笑みを向ける。

傍らでは、リィズが満足げに両腕を上げ、背筋を伸ばしている。

「お疲れ様でした、クライさん。とても有意義な時間でした」

「ん……はぁ…………あぁ……たくさん、我慢したかいがあったぁッ！　行きはほとんど魔物なんて出てこなかったのに、やっぱりクライちゃん、さいっこうッ！」

「……ほら……行きはお兄ちゃんがいたし」

「アンセム兄、目立つからねぇ。ま、魔物が出てきてもルークちゃんと取り合いになっちゃうし」

ずっと戦っていたのに、リィズは元気いっぱいだ。

一方、少し離れた所では、シトリーが雇った三人が半死半生の体で地面に座り込んでいた。うつむいているので表情はわからないが、鎧や外套にはべったりと血が付着し、その鍛えられた肉体からは力が抜けている。幼馴染二人とのギャップが酷い。

リィズ達もハンターになりたての頃はアクシデント（強敵の出現や自然災害などなど）に遭遇する度にぐったりしていたものだが、全く気にしなくなったのは果たしていつからだっただろうか。

そして僕は、逞しく育った幼馴染を頼もしく思うべきだろうか、あるいは寂しく思うべきだろうか。

「そういえば……お姉ちゃん、暴れすぎ。あんまり撒き散らかさないでッ！　後から来る人に迷惑かかるでしょ？」

「んなの知らない！　後から来る連中って、どうせアーノルドでしょ？　別にいーんじゃない？　ここで戦闘を解禁したって事は、クライちゃんもそのつもりでしょ？　ね？」

「いや、そんなつもりじゃないけど……」

そもそも、アーノルド達が追跡に成功する可能性は低いだろう。むしろ、帝都で待ち伏せされている可能性の方が高いような気がする。やはりルーク達をなんとかして連れ戻さないと……。

軽い会話を交わしながらも、シトリーの手は止まらない。火を熾《おこ》し、歩き通しだった馬に餌をやり、野宿の準備をする。淀みのない動きは、彼女が普段から同じ事をやっていることを示していた。

だが、決してリィズの方も遊んでいるわけではない。口笛を吹きながら周囲を警戒しているし、そもそもシトリーは自分の仕事に手を出されるのがあまり好きではないのだ。パーティで活動していた時はシトリーとルシアが野宿の準備を行い、ルークとリィズ、アンセムが狩りや周囲への警戒を担当していた。僕は皆の調子を確認する役割だった。……何もしていないとも言う。

「クライさん、ティーちゃんは……」

「寝てるよ。ずいぶん疲れていたみたいだ。少し寝かせてあげよう」

もう限界だったのだろう。ちょこちょこ意識が飛んでいたようだし、護衛も足りているから、今の内にしっかり休んでおいた方がいい。うなされていたのは……僕にはどうしようもないが。

「ふーん。ま、クライちゃんがそう言うならいいけど……」

どうやらリィズにも情けはあったようだ。

シトリーは携帯用の鍋と大ぶりのナイフを取り出すと、ニッコリと笑う。

「では……クライさんがいるのも久しぶりですし、精のつく物を作りますね。素材が沢山手に入ったんです」

「確かに……少し懐かしいな……」

エリザが新規に加入するまで、うちのメンバーで料理ができるのはシトリーだけだった。

シトリーの料理は絶品である。最初はそこまでもなかったはずだが、すぐにメキメキ腕を上げていった。調味料は市販の物だし、材料もその場で狩った動物や摘んだ山菜などを使うのだが……なんというか、やたらと僕の舌に合うのだ。最近食べる機会がなかったが、それをご馳走になれるだけでもこうして帝都の外に出たかいはあったのかもしれない。

なんだか感慨深くなり、目を細めため息をつく。

まだクランを立てる前――パーティリーダーとして共に冒険をしていた頃、襲いかかってくる魔物や幻影《ファントム》、過酷な環境や宝物殿に挑むストレスで僕はいつも死にそうだった。

だがそれでも、その当時の僕に悪い思い出しかないかというと、それは違う。仮面にダメ出しされるくらい才能のない僕だが、あの時、確かにクライ・アンドリヒは――ハンターだったのだ。

こうしていると、かつて共に冒険していた頃の事がまるで昨日の事であるかのように思い出せる。

僕はしばらく郷愁に浸っていたが、シトリーに見られている事に気づき、頬を掻《か》いて言った。

「…………ただ立ってるのもなんだ。水でも汲んでくるよ」

「…………はい。お願いします」

「あ、クライちゃん。私も行く！　魚がいるかもしれないでしょ？」

リィズがしれっと僕の腕に腕を絡める。

シトリーは昔から何も変わらない姉に、諦めたようにため息をついた。

水の匂いに向かって歩くこと数分、視界が開け大きな川が現れる。

水場は人にとっても動物にとっても、そして魔物にとっても重要なものだ。

水なくしてあらゆる生き物は生きられない。例外は過去の幻である『幻影《ファントム》』くらいである。

「やったぁ！　綺麗……やっぱりハンターはこうじゃなきゃねえ」

リィズが目を見開き、嬉しそうに川辺を見回す。時間帯が良かったのか、魔物の姿などはない。

ずいぶん緩やかな川だった。日も落ち、黒い水面が濃い月を映しきらきら光っている。

「水は大丈夫そう？」

「うん！　魚もいっぱいいるみたい！」

綺麗に見えても飲用に適しているとは限らない。マナ・マテリアルを十分吸ったハンターはそう簡単にお腹を壊したりしないが、僕は違う。

僕の問いに、リィズは目を輝かせて元気よく答えると、何の躊躇いもなく水の中に一歩踏み込んだ。

水温は低いはずだが、ハンターはその程度の事では動じない。

リィズは水の中で機嫌良さげに腕を伸ばすと、

「つめた～い……ちょっと血もついちゃったし、水浴びしよっと！」

僕の眼の前で、服を脱ぎ始めた。腕部を保護している籠手《こて》を川辺に放り投げ、躊躇いなく手を背中に回す。もともと胸部くらいしか覆っていなかった上着を剥ぎ取り、ベルトを外し、脚を上げ短いズボンを放り投げる。月明かりのもと、（僕からは背中だけしか見えないが）磨き上げられたリィズの肌が露わになる。残ったのは背中の面積に対して限りなく狭い黒い下着だけだ。あまりにも潔い脱ぎっ

ぷりだ。いくらハンターだなどといっても、女の子なのだからもうちょっと慎みを持ってほしい。その指先が躊躇いなく、背中――まだ残っている黒の下着のホックに触れ、ぴたりと止まった。

我に返り、慌てて注意する。

「……リィズ、はしたない」

「……えー、いいじゃん。クライちゃんと私の仲でしょ？」

確かに僕はリィズを幼い頃からよく知っているが、親しき仲にも礼儀ありとも言う。血を洗い流すだけならそのままでもいいはずだ。僕はリィズのストリップを見に来たわけではない。

どう止めるべきか迷っていると、ふとリィズは顔だけこちらに向けて笑った。

「でも……今日はやめとこっかなぁ。見られながら脱ぐのもちょっと恥ずかしいし、久しぶりに一緒の冒険、だもんね」

照れているような、どこか艶のある表情で、手を上に動かし、止めていた髪を解く。

ピンクブロンドの髪が背中に広がる。そのまま、僕が何か言う間もなく川に飛び込んだ。どうやら水深はそこまで高くなかったらしい、胸の少し下まで水に浸かりながら、リィズがくるりと回る。

「クライちゃんも、一緒に入ろ？」

「……いや、水を汲まないと……」

「そっか……残念……魚、取ってくるね！」

リィズが勢いよく水中に潜る。こんな時でも脱がなかった『天に至る起源《ハイエスト・ルーツ》』に包まれた脚が一瞬だけ空を掻く。

……リィズも昔と比べたら少しは大人になったのかな。

何とも言えない気分になりながら、僕はシトリーから受け取った水筒を水に浸けた。


僕には負い目があった。

パーティ単位で活動し、一人のミスが全員の生死を左右するハンターにおいて、無能である事は罪で、僕は無能を形にしたような男だった。だが、リィズ達は一切僕を責めなかった。僕が冒険から抜けた後、その事を真剣に問い詰めてきた事もなかった。今も僕が当時の思い出をぎりぎり楽しかった出来事として思い出せるのはそのおかげだ。一見無配慮に見えるリィズも僕の事を考えてくれている。

僕はリィズにいくら感謝してもし足りない。

「やっぱり、クライちゃんがいると楽しいなぁ……来てよかったぁ……」

穏やかな時間が流れていた。川辺に腰を下ろし、水を吸ったリィズの豊かな髪を手で梳く。

右手で触れる濡れた髪は奇妙な重さがあったが、日頃激戦を繰り広げているとは思えないくらい傷みがない。指先が頭皮に触れるとその度に、お腹まで水に浸かったリィズの身体が小さく震える。

「うん、大丈夫。汚れはないよ。血も落ちたみたい」

「ありがと。変な匂いがするといざという時にミスするかもしれないから……」

とてもリラックスしたような声。目的は達成したが、すぐに戻るのが少しもったいない。僕はリィズの恋人でもなんでもないが――リィズも帰ろうと言い出さないし、たまにはこういうのもいいだろう。

沈黙も辛くはなかった。長く人の手の入っていない自然はずっと眺めていても飽きないくらい美しい。水面を眺めていると、ふと、突然リィズが真剣な声で言う。

「クライちゃん…………私ね、強いハンターになるよ」

「…………ああ、わかってるよ」

もう十分強いハンターだと思うのだが、その言葉には強い意志があった。

強く、慢心せず、研鑽を怠らず、そして美しい。リィズは帝都で恐れられているが、同時に何人ものファンを持っている。彼女には人の心を掴むだけの何かが、突出した何かがあるのだ。

そしてそれは英雄ならば誰しもが持っているもので、僕では到底手に入れられないものでもある。

もう僕は自分のハンターとしての適性のなさを理解している。だが、それでも真っ直ぐに己の信念を貫くリィズの強さが少しだけ羨ましい。

「ティノの事もね、絶対に強いハンターにする。クライちゃんが預けてくれたんだもん……だから、ちゃんと見ててね」

「……ああ、信じてるよ。僕も全面的に協力する」

もちろん僕にできることなどほとんどないのだが――リィズも成長したのだろうか。

リィズが立ち上がり、こちらを振り返る。胸部と下半身を最低限隠した黒のレースの下着姿が目の前に露わになる。思わず視線を向けてしまうが、リィズはその事に対して何も言わずに笑った。

「戻ろっか。ありがと、クライちゃん。久しぶりに二人っきりで話せて……とっても楽しかった」

時折リィズは穏やかな時間を望む。もしかしたらそれは、ハンターになった事で失ってしまった何かを取り戻そうとしているのかもしれない。

「クライちゃん……ずっと一緒にいてくれる？」

もちろんだ。

僕には負い目がある。リィズ達が今のように急激に強くなった一因は間違いなく僕だった。もしも僕にリィズ達と同じように才能があったとしたら、彼女達はもう少し『正しく』強くなれただろう。

だが、僕がリィズ達の誘いをなるべく受けるようにしているのは、パーティに同行しなくなった後も共にいるのは、負い目だけが理由ではない。たとえ帝都中で恐れられていたとしても、たとえ才能に天と地ほどの差があったとしても、彼女達はいつまで経っても大切な友達なのだ。

照れたようなリィズに、いつもの笑顔で答えようとしたその時――。


――野営の準備をしていた方向から、爆発のような音が聞こえた。


森が震える。眼の前で輝いていた表情が曇る。

「あー、もうッ！　タイミング悪いッ！　せっかくいい雰囲気だったのに！」

「……え？」

「人数の多い方に行った、かぁ……気配がほんっとうに読みにくくて……鍛え直さないと……」

何事か戸惑う僕に、リィズが小さくため息を吐きながら濡れた髪を絞り、篭手を装着し、上着とズボンを身に着ける。ベルトを固定し、髪を縛る。僅か数秒で、どこか艶のある表情をしていた女の子は帝都で恐れられたトレジャーハンターに変わっていた。

リィズが笑いかける。その表情はいつも通り自信満々で、輝きに満ちていた。


リィズに手を引かれ、闇の中を走る。

リィズは夜目が利くし、僕も宝具の指輪――『梟の眼《オウルズ・アイ》』を発動しているので暗闇は問題なかったが、それでも夜の森は不気味だ。リィズがぎゅっと手を握ってくれなかったら弱腰になっていただろう。

「まーシトも気づいていたしッ！　大丈夫だと思うけどッ！　シトは錬金術師《アルケミスト》だからねえッ！」

どうやら気づいていたらしい。何かに追跡されていたのか。

リィズは先程『気配を読みにくい』と言った。盗賊《シーフ》として高い気配察知を誇る彼女が言うのだから、相当な大物なのだろう。

どうでもいいが、僕は割と色々な者に追われる事が多い。今回だってアーノルドに追われている。

「モテる男は辛いぜ」

「きゃー！　クライちゃん、かっこいーッ！」

現実逃避の一環でハードボイルドに決める僕に、リィズが黄色い声をあげる。

その格好良いクライちゃんは君に引っ張られ今にも転んでしまいそうなのだが、もしそんな格好悪いところを見せてもリィズは見捨てずにいてくれるだろうか。

風のような速度で野営地に辿り着く。

――そこでは、怪獣大戦争が繰り広げられていた。

「お姉ちゃんッ！　遅いッ！」

キルキル君が樹木を引っこ抜き、槍投げのような速度で放り投げる。

ノミモノが唸り声をあげ飛びかかる。

相対していたのは今まで見たことのない生き物だった。

濃い緑色をした体表に、異常に長い手足。身体のあちこちに角が生え、粗末な布切れで局部を隠している。顔だちは異なるが、ゴブリンの一種のようにも見えた。

見た目も不気味だが、恐ろしいのはその動きが風のように速く、影のように静かだという点だ。

キルキル君は強い。純粋な耐久と筋力に秀でたパワーファイターで、レベルにすれば最低でも5はあるだろう。ノミモノだってその図体から考えて、決して弱くはない。

にも拘らず、その二匹の攻撃は奇妙な魔物に掠りもしていなかった。

滑るような奇妙な動きで投げられた樹を回避し、長い腕でノミモノの体当たりをいなすその仕草からは魔物らしからぬ洗練された技術が見える。

シトリーの雇った三人は馬車の近くで縮こまっていた。眠っていたはずのティノは既に戦闘態勢に入り構えていたが、攻撃する隙を見いだせないようだ。

魔物の動きは僕の眼ではまともに追えなかった。あまりにも速すぎる。宝具で暗視できなかったら数秒で見失っていただろう。リィズが目を見開く。

「!?　何、あれ？」

「迷い巨鬼《ポテ・ドラゴス》」

……なるほど、あれがこの間シトリーが言っていた『迷い巨鬼《ポテ・ドラゴス》』かぁ……また僕の遭遇した希少な魔物リストに新たな一ページが加えられてしまった。

シトリーは視線を外す事なく、続ける。

「どうやら、あの偽装された道はこの魔物が作った罠みたいですね。縄張りに踏み込んだので、追跡してきたのでしょう。クライさんの計算通りです」

僕の計算、間違いすぎであった。

キルキル君が咆哮し、拳を握り突進する。しかし、あまりにもリーチの差が違った。既にキルキル君の灰色の肉体には無数の大きな痣《あざ》ができている。

『迷い巨鬼』の両の眼が僕達を確認する。ほぼ同時に、その長い腕が揺れる。

投擲《とうてき》だ。石を投げたのだ。そう気づいた時には、真っ赤に燃える石がすぐ目の前まで迫っていた。

だが、流星のように輝いていたそれは、僕に当たる前に止まる。

『結界指《セーフ・リング》』によって、ではない。目の前に見えるのはしなやかなリィズの腕だ。僕よりも一回り小さい手の平が摩擦で真っ赤に燃えた石を受け止め――。

「死ね」

魔物の投擲と遜色ない速度で石が投げ帰される。まさか反撃されると思わなかったのか、真っ直ぐ光の線を描いて跳んだ石は『迷い巨鬼』に突き刺さった。緑の鬼が木々を巻き込みそれでも止まらず、盛大に吹き飛ばされる。相変わらず盗賊《シーフ》なのに馬鹿げた力だ。

静寂が戻る。キルキル君が警戒したように周りを見回し、ノミモノが唸り声をあげる。

反撃がくる気配はない。リィズがぱんぱんと手を払うと、不機嫌そうな声で言った。

「チッ…………ほとんどダメージがない。物理に耐性があるみたい。シト、説明」

「情報はあまりないけど……慎重で、かなり執念深い魔物だと聞いています。諦めたわけではないはずです。おそらく、闇に乗じて奇襲をかけるつもりかと」

どこからともなく、葉が擦れ合う不気味な音が聞こえる。それが風のせいなのかそれともあの不気味な鬼が虎視眈々とこちらを狙っているのかはわからない。

僕を騙すような魔物だ。知能はかなり高いと見ていい。おまけにあの速度で奇襲をかけてくるとなると、おちおちキャンプもしていられない。シトリーがキルキル君の打撲の跡を確認して言う。

「キルキル君の攻撃もほとんど通じませんでした。多分、物理攻撃が効きづらい幽鬼系の魔物ですね」

「あー……アンセム兄とルシアちゃんいないからねえ。めんどくさ……」

ハンターには得手不得手がある。パーティならばカバーできるようになっているが、今ここには物理攻撃に耐性のある魔物を得意とする魔導師《マギ》がいない。弾指《ショット・リング》ならあるが、通じるわけがない。

シトリーが、リィズが、そしてティノが僕を見る。決断を待っている。僕は躊躇《ちゅうちょ》なく言った。

「とりあえず撃退はできた、この隙に逃げよう」

「少し残念ですが……面倒な魔物です。妥当な判断かと」

「…………うーん。しょうがない、か……。倒せない事もないと思うけど、あの隠密性だと奇襲を受けたら今のティーじゃやばいかもしれないし……ティーを一人前にするってクライちゃんに約束したし。ね？」

「そんな……お姉さま、私は……」

依頼でやってきたわけではないのだ、苦手な魔物を相手にする事はない。

しかも今回は珍しい事に――包囲されているわけではないのだ。ティノが呆然としているが、今回は相手が悪すぎた。あの魔物はどう見てもティノの許容を超えている。もちろん、一番のハンデとなっているのが僕自身である事は言うまでもない。

先程の水辺でのやり取りが残っているのか、リィズも珍しく素直だ。

こういう時はさっさと逃げるに限る。夜の山登りは危険だが、背に腹は替えられない。


強い。

鬱蒼と茂る大樹の枝の上で、『迷い巨鬼《ポテ・ドラゴス》』と呼ばれる魔物は思わぬ侵入者の力にじっと考えていた。

投げ返された石が突き刺さった身体がひりひり痛む。

命に別状はないが、痛みなど久しく感じていなかった。人間もガレスト山脈を住処とする魔物も、これまで迷い巨鬼の敵ではなかった。物理攻撃全般に対する高い耐性と、長い手足を巧みに使い生み出される速度には誰もついてこられなかった。あの暴れん坊のトロールでさえ、縄張りには近づかない。だが、あの人間の群れは一味違うようだ。

警戒して事に当たらねばならない。たとえ強敵でも、見逃すという選択肢はない。それは迷い巨鬼の縄張りに立ち入ったからではない。目についたからだ。目についた獲物を攫い、なぶり殺すのはその魔物にとって本能だった。そして、策謀を巡らせ目的を達するのは悦びでもある。

正面から戦いを挑むのは下策だ。正面から挑んでも負けるつもりはないが、それはその魔物のやり方ではない。弱者から狙うのは当然として、あの群れには強者と呼べる存在が何人かいる。石を投げたが容易く掴まれ、あまつさえ投げ返された。その速度は迷い巨鬼の得意とする投擲と遜色ない。

しばらく隙を窺う他ないだろう。ガレスト山脈は広い。襲撃のチャンスは確実に来るはずだ。

山脈は庭のようなものだ。道も知り尽くしている。木を伝って追跡すれば気づかれる事もないだろう。

迷い巨鬼はしばらくの間、まるで影のように木の上に身を潜めていたが、やがてターゲットが馬車に乗って移動するのを確認すると、微かなざわめきを残し姿を消した。

強い振動が馬車を揺らしている。その中で、ティノは膝を抱えていた。

あまりにも惨めだった。自分が未熟な事は自覚している。お姉さまとの実力の差が大きい事も理解している。だが、それでも自分の未熟が原因で魔物の前から逃走するというのはティノの考える許容を超えていた。

膝を抱えるティノに誰も声をかけない。ますたぁも警戒したように窓の外を覗いている。おそらく気を遣われているのだろうと、ティノは更に情けない気分になった。障害には誰かの助言で突破できるものと、自分一人でしか乗り越えられないものとがある。今回の試練はおそらく、後者なのだろう。あの魔物は確かに強かった。シトリーお姉さま自慢のキルキル君で苦戦するような相手だ、おそらくティノ一人で敵う相手ではないだろう。相性が悪すぎる。

だが、きっとそれとは別に――ティノは死力を尽くして戦うべきだったのだ。

思い返せば、このバカンスが始まってからティノは甘えっぱなしだった。まともに戦う事もなく、やったことは嵐の中、雷に撃たれながら走らされたくらいで、いつもよりずっと負担が軽かった。そして、ティノはいつ襲いかかってくるかわからない脅威に警戒しすぎてその意味に気づかなかった。

トレジャーハンターに停滞は許されない。ハンターとして大成するためには常に前に進み続けなければならない。現に、《嘆きの亡霊《ストレンジ・グリーフ》》はそうやって帝国でトップクラスのパーティになったのだ。

ますたぁは撤退を選択した。お姉さまもその言葉に追従した。本来ならばありえない事だ。

全ては、ティノのせいだ。心の弱さを、抱いた恐れを見透かされている。

上位のハンターであるお姉さま達が、そして、最強無敵の《千変万化》がいるから、自分が戦う必要はない。そんな事を無意識の内に考えていた。

本来ならば弱者であるが故に前に出て一つでも多くを学ばなくてはならなかったのに――。

「ティノ、どうしたの？　もしかして攻撃でも受けた？」

ますたぁが膝を抱えるティノに心配そうに声をかけてくる。怪我などするわけがない。ティノは戦っているつもりで、ただ構えていただけなのだから。完全に追い打ちである。思わず文句を言いたくなり、しかしティノはぎゅっと唇を結び首を横に振った。

もしかしたら、バカンス中で言われた『まだまだこれからなんだから』というますたぁの言葉も、高度な皮肉だったのかもしれない。ますたぁ……もっとわかりやすい言葉で叱咤してください。

「仕方ないよ。今回は相手が悪かった」

「知恵のある魔物はマナ・マテリアルを正確に見極め弱者から狙いますからね……」

慰めの言葉が心を抉る。ますたぁ達はそんなつもりはないだろう。特にシトリーお姉さまはそういうのははっきりと言うタイプだ。だが、今のティノには全てが自分を責めているように感じた。

戦わなければならない。お姉さまはバカンスが始まったばかりの頃、名誉挽回の機会と言った。

次は絶対に前に出なくてはならない。たとえ腕の一本や二本を失っても、ティノが《嘆きの亡霊》の一員になり得るという事を示さなくてはならない。まだティノが……期待されている内に。

馬車の上から元気ハツラツとしたお姉さまの声が聞こえる。

「まだ追ってきてるみたいッ！　どこにいるかわからないけどッ！」

「……困りましたね。エクスプロージョン・ポーションでも追い払えないとは」

「……うんうん、そうだね」

『迷い巨鬼《ポテ・ドラゴス》』は恐ろしい執念をもっていた。お姉さまと対面したのにまだ襲いかかってくるなんて信じられない。シトリーお姉さまが馬車から投げたエクスプロージョン・ポーションは森林を巻き込み大爆発を起こしたが、それでも追っ払えないと言う。おまけに、姿も見せない。

「こういう時にルシアちゃんがいないと面倒ですね。どうしても勝手が違って――」

「逃げられる？」

「そうですね………真っ当な手段とリスクの高い手段があります」

そして、シトリーお姉さまは手を打って言った。

「囮《おとり》を使います。『迷い巨鬼《ポテ・ドラゴス》』は……執念深く残忍ですが獲物をいたぶる癖があるらしいので……囮を出せば逃げ出すのは簡単なはずです。『迷い巨鬼』の生息域の近くの村では、決まって生贄を求める妖精のおとぎ話があるくらいで――」

「!?」

シトリーお姉さまの言葉はティノの想像を遥かに超えていた。完全に捨て石である。相手の強さはティノより数段上なのだ。死力を尽くしても倒すのは難しい。勝てるビジョンが浮かばない。いくら前に出る覚悟をしたとしても、覚悟だけではどうにもならない現実というものがある。

ますたぁ、それはさすがに……無理です。死んじゃいます。

「……ちなみに、真っ当な方法は？」

「？　クライさんったら……今のが真っ当な方法です」

シトリーお姉さまがくすくす笑う。それに釣られるようにますたぁが笑う。おそらく高レベルハンターにしかわからないジョークなのだろう。ティノにはとても笑えない。

「少し人を減らした方が一石二鳥ですし……囮候補もいます。ねぇ、ティーちゃん？」

シトリーお姉さまがすべてを見透かすような目でティノを見る。目の奥の光がティノに死ねと言っていた。グラでますたぁとデートした事がまだ尾を引いているのかもしれない。

追い詰められたティノに、ますたぁが助け舟を出してくれる。

「ちなみにリスクの高い方法は何？」

「えっと……人の代わりに魔物を呼び寄せて囮に使います。人間程目は引けないと思いますし運が絡むのでおすすめできませんが……」

「よし、そっちにしよう。ダメだよ、命は大事にしないと」

「クロさん達の命にはまだ使い道がある、と、そういう事ですね。わかりました……」

私じゃなかった!?　……でも、シトリーお姉さま……それも良くないと思います。

シトリーお姉さまは至極残念そうにもう一度ティノを見ると、慎重な手付きで以前も見た魔物寄せの力があるというポーション『デンジャラス・ファクト』を取り出した。


日が昇る。市長や町の者達に見送られ、アーノルド一行はグラを出た。

肉体にはまだ疲労が残っていたが、憔悴の方が強かった。

新たに用意された馬車はこれまでアーノルド達が使用していたものよりも一回り大きく、大柄なアーノルドでも余裕を持って乗れるだけのスペースがあった。馬も大きく鍛えられており、これまで使っていた馬車よりも一段階グレードが上がっている。だが、これでも追いつけるかはかなり怪しい。

ギルベルトが感心したように言う。若さのためか、その表情に強い疲労は見られない。

「レベル7ともなれば待遇が違うんだな」

「町の危機を救ったんだから、これくらい当然だ。時間があれば追加報酬も手に入ったんだがな……」

エイが口惜しそうに言うが、ハンターというのはそういうものだ。

ハンターはあまり立派な馬車を使わない。値段を上げれば上げるほど乗り心地は良くなるが、とかく破損の機会が多く、高額な馬車を買い替えるのは費用面で負担が大きいためだ。ポーションや武器などで大金が飛んでいくハンターにとって馬車の値段は頭が痛い部分でもあった。

馬車は大きいが、たった一日で用意できたのは一台だけだ、全員が乗れるスペースはない。護衛対象で依頼主のクロエを歩かせるわけにはいかないから、前衛は交替で歩く事になる。

特に疲労が抜けきれないのは《焔旋風》だ。ギルベルト以外のメンバーは一晩では動けるレベルまで回復しなかったのか、馬車でぐったりとしていた。

本来なら別パーティである。優先的に馬車に乗せる必要はないが、激戦を共にくぐり抜けた事で《霧の雷竜《フォーリン・ミスト》》も情が移ったらしい。パーティメンバーから不満の声も上がらなかった。

まぁ、歩くのは慣れている。後の問題は追いつけるかどうかだ。

これまでの事があるので少し警戒していたが、道中に異常は見られなかった。《千変万化》は先に行ったのだろう。雨は降っていないので、よく見ると轍がまだ残っている。

早足で道を歩いていく。行動を共にしてからすっかり緊張の抜けたギルベルトが尋ねてくる。

「ところでおっさん、竜殺しなんだろ？　竜ってどのくらいやばいんだ？」

「ちょ、ギルベルト！　ご、ごめんなさい、悪気はないんです……」

砕けた話し方をするギルベルトに、慌てたようにルーダが止めに入る。

だが、恐れ知らずで元気のいい若手など何度も見てきている。《千変万化》の煽りと比べればギルベルトの言葉など可愛いものだ。言葉が多少乱暴だったくらいで威嚇するほど、アーノルドは狭量でも暇でもない。

すかさず、周囲を警戒しながら先頭を歩いていたエイが割って入った。

「ああ。ただの竜でもかなりの強敵だが――俺達が戦ったのはただの竜じゃなかった。ネブラヌベスの雷竜は千人規模の軍団を退けた大物だ。エランの雷精もあのオークの大群も、あの雷竜と比べれば大したことはねえな」

若手パーティで雷精やあの規模の大群を相手にするのは初めてだったのだろう。

それ以上と断言され、ギルベルトの表情が変わる。

「……竜はやっぱり違うんだな。竜殺し……俺も、いつか絶対になってみせる。この剣に誓ってッ！」

「剣だけで竜は倒せねえよ。空を飛ばない地竜ならまだ可能性はあるが……まず引きずり降ろさないと、戦いにもならねえ」

「そうなのか……いや、だけど、剣が届かないなら、届く位置までジャンプすればいいんだろ？」

「そりゃ、跳べば届くかもしれねえが……空中でどうやってブレスを回避するつもりだよ……」

雷竜の討伐。それは、《霧の雷竜》の自信の源でもあり、誇りでもある。

竜の咆哮。迸る閃光に、怒号。身体を震わせる熱い滾《たぎ》りに、ついに竜が伏した時の光景まで、今でもごく最近のことのように思い出せる。

雷精もオークの大群も、確かに強敵だった。だが、どれほどの強敵が現れようと、国を滅ぼす竜を落としたアーノルドが退くことはない。

たとえそれが自分より格上のハンターだったとしても――誇りは時に命よりも優先される。


悪人ではない。いつも自信たっぷりで、これまで様々な修羅場をくぐり抜けてきた、優秀なハンターだ。それが、クロエから見た《霧の雷竜》《フォーリン・ミスト》の評価だった。

初対面の印象はだいぶ物騒だったが、その行動は確かで、町の者に対しても許容を超えた横柄な態度は見せなかった。クロエがいるからかもしれないが、ルーダ達への対応も先輩ハンターが後輩ハンターに接するようなものだ。人間は見た目には拠《よ》らないという事か。

だが、だからこそ、《嘆きの亡霊》《ストレンジ・グリーフ》と敵対してしまったのが惜しかった。もしも共闘できていたら、探索者協会で塩漬けになっている高難度の依頼を幾つクリアできたか……。

だが、既に賽は投げられている。あれほど酷い目に遭ってもまだ追跡をやめないのだ。彼ら自身の考える決着がつくまでアーノルド達は止まらないだろう。

いざという時は、クロエが身体を張ってでも止めなくてはならない。

道なりに進む事数時間、木がまばらに生えた平原のど真ん中で、馬車が停止した。

窓から頭を出すと、アーノルド達が馬車を止めた地面に残る轍を確認している。

「？　あの……どうかしましたか？」

「この跡は……道を………外れているぞ。エイ」

「………間違いないですね。奴らの仕業だ」

引きつった表情で、エイが轍の続く方向を見る。

クロエは馬車を飛び降り、アーノルド達の見ている地面を確認した。

轍の近くに残された跡。それは――矢印だった。

明らかに意図的につけられた矢印とハートマークが、街道から外れた場所を差している。そして実際に、ごく最近ついた車輪の跡がそちらに続いていた。

グラディスを目指すのならば安全な街道を進めばいいはずだ。それが普通の感性だしクロエもそうするつもりだった。そしてだからこそ、道を外れた轍は目立つ。印などなくても気づいただろう。柔らかい草を踏み潰した車輪の跡は些細だが、ハンターの眼はそれでごまかせるほど甘くはない。

轍の続く先を確認し、脳内のマップと照らし合わせる。

「ガレスト山脈……多数の魔物が蔓延《はびこ》る、高レベルハンターも忌避する帝国屈指の危険地帯です。中には賞金がかけられた魔物もいます」

「奴ら……俺達を、誘っているのかッ!?」

アーノルドが身を震わし、馬鹿にしたような丸っこいハートマークを睨みつける。

「山を越える……よほど急いでいるのか……？　いや――」

目的地がグラディス領だとすると、山越えをしても大したショートカットにはならない。魔物と戦う時間を考慮すれば、よほど戦闘能力に自信がなければ入らない選択肢だ。

別れ際の《絶影》の挑発を考えると、結論は一つだ。その印はアーノルド達に対する挑戦状だった。轍だけでなく手間をかけて印を残す辺り、完全にアーノルド達をおちょくっている。

アーノルドは歯をぎりぎりと食いしばり、轍の先を睨みつけた。

「臆病者でないなら来てみろとッ！　追ってこいとッ！　そう言ってるのか……《千変万化》ッ！」

「……どうしますか？　罠の可能性もまぁゼロではないと思いますが……」

エイがアーノルドに言う。確かにこれまでの経緯を考えると、その可能性もなくはないように思えるが、エイの目は自分でそう言いつつ、その言葉を信じていなかった。

「…………おい、ギルベルト。一つ聞く、あの男は――魔物の群れを恐れるか？」

絞り出すような声で、アーノルドが確認する。

唐突に振られたギルベルトは一瞬思案げな表情をしたが、すぐに大きな声で言った。

「恐れない。レベル8の男が、幻影《ファントム》を前に武器を抜きすらしなかったあの男が、恐れるわけがないだろうッ！　おっさんは恐れるのか？」

止める気にもならない。止められるわけがない。

もとより、ギルベルトの答えとは無関係に、アーノルドの決意は決まっていただろう。

「…………行くぞ。山越えだ」

勇猛果敢で命知らず。クロエの知るハンターとはそういうものだった。

ガレスト山脈に続く古い道は、新調した馬車のサイズを考えるとギリギリだった。

左右に鬱蒼と茂る木々により視界は狭く、時折どこからともなく魔物の鳴き声が聞こえる。

だが何よりクロエを驚かせたのは――打ち捨てられた魔物の死骸の量だった。

種類を問わず撒き散らかされた死骸は明らかに最近生み出されたものであり、獣や魔物に食われた物もあることを考えると、あまりにも数が多すぎた。クロエはもちろん、歴戦のはずのエイやアーノルドまでも、その光景に顔を顰めている。

「これ、全部《千変万化》達がやったのか……」

「……確かに山は魔物が多いものだが、いくらなんでも多すぎる。何かあったのか……？」

魔物の死骸は売れる。これだけ数があれば一財産になるはずだが、一切持ち帰られた気配がないのは、手間を惜しんだせいか。

更におかしいのは、クロエ達の乗る馬車に襲いかかってくる魔物がほとんどいないことだった。

これだけ血肉が撒き散らかされていれば餌を求めた魔物が集まってきてもおかしくはないはずだが、まるで全員どこかに逃げてしまったかのように姿が見えない。これまでとは真逆である。

山には知性の低い魔物も多いはずだ……全員が《千変万化》から逃げ出したのか？　実力を感じ取ったのか？　状況が理解できない。ただ、嫌な予感がした。

まるで見せつけているかのようだった。もちろん、《豪雷破閃》でも同じ光景を作り出す事はできるだろう。だが、それには前提条件として大量の魔物に襲われなくてはならない。

オークの群れに襲われた時の事が、フラッシュバックするように脳裏に浮かぶ。

さすがのアーノルドにとってもこの光景は予想外だったようで、冷静な表情で呟く。

「何をやった……《千変万化》。何をするつもりだ……？」

「アーノルドさん……戻りますか？」

エイが小さな声で尋ねる。アーノルドは死骸の続く道を見上げ、無言で首を横に振った。

道中は安全そのものだった。襲ってくる魔物は不気味な程いなかった。

死骸で彩られた道を想定した以上の速度で進んでいく。

ふと、馬車の横を守っていた《霧の雷竜》《フォーリン・ミスト》の一員が確認してくる。

「ところで、ガレスト山脈に生息する賞金首って何なんだ？」

賞金首には二種類存在する。国が危険と判断してかけた物と、個人がかけた物だ。そして、高い武力を持つハンターを多数擁する探索者協会はその管理を委任されていた。

例えば、調査には時間が必要なのでまだ確定はしていないが、グラで戦った漆黒のオークもおそらくどこかの賞金首だろう。ガレスト山脈の賞金首も同様に魔物である。他国で多数被害を出した強力な魔物がハンターに追われ山に逃げ込むというのは珍しい話ではない。

クロエはかつて確認した資料を思い出しながら言う。

「何体かいます……例えば——村を一つ潰して逃走した将軍トロールとか……もちろん、まだここにいる保障はありませんが。ガレスト山脈を攻略できるハンターは普通宝物殿に潜りますからね」

「ゼブルディアもネブラヌベスと一緒か」

「魔物の賞金首は……実入りの割には難易度が高いので……」

賞金首になるような魔物はほとんどが高い知性を持っているし、その時は弱くてもマナ・マテリアルを吸って手に負えなくなっている可能性もあるので、仕方のない面もある。

今回の指名依頼、バレル大盗賊団の討伐は魔物でこそないが、似たような事情から来ているのだろう。そういう意味では、アーノルドが恐ろしい力を持った黒いオークを倒してくれたのは探協にとって僥倖《ぎょうこう》と言えた。もちろん、口には出さないが……。

おそらく、ガレスト山脈をこれまで通った者の中では、最速の進行速度だろう。

障害はなかった。途中で記憶にない分かれ道にぶつかったが、見え透いた罠だった。恐らく、高い知性を持つ魔物がいるのだろう。

そして、クロエ達は明らかに手の入った開けた場所に辿り着いた。

へし折れた木々と消えた焚き火を確認し、エイが言う。

「戦闘跡に焚き火の跡……そんなに時間は経っていねえ、数時間といったところでしょう」

「ふん……ようやく、追いついた、か……」

追いついてしまった。もう日はほとんど暮れているが、今日は極めて順調だ、体力は十分に残っている。足を止めたりはしないだろう。

クロエの予想通り、アーノルドが獰猛な笑みを浮かべる。

「一時間だけ、休憩を取る。先に進むぞ、奴らはもう目と鼻の先だ」

ガレスト山脈なんて来るつもりはなかった。本当に、どうしてこうなったのだろうか。

クロエは、疲労とストレスのせいか久しぶりに痛む頭を押さえ、ため息をついた。

馬車の動きが収まり、ようやく地面が平坦になる。僕はそこでようやく身体の力を抜いた。

まさに人生で最低の夜だった。シトリーの投げたデンジャラス・ファクトはガレスト山脈の魔物達を発狂させ、山の魔物と追跡者が織りなす狂乱の宴は必死に下山する僕達の馬車をも飲み込んだ。

誤算は、風向きだ。途中で風向きが変わり広範囲に拡散したポーションは運が悪いことに、シトリーの想定よりもだいぶ優秀な結果を叩き出したらしい。

僕達は前後左右から魔物に囲まれた。僕以外が頑張って道を切り開いてくれなかったら僕達の命は誰も知らないガレスト山脈でひっそりと潰《つい》えていたはずだ。

だが、生きてる……僕は生きているぞ。

僕はハンター時代にこういう死地を何度も抜けているのでまだ落ち着いているが、こういう経験の浅いティノが馬車の隅っこで蒼白の表情で震えていた。頭からは奇妙な粘液を浴び、服はぐっしょりと緑の返り血で濡れている。リィズに捕まえられ、戦闘に強制参加させられたのだ。

戦闘中は必死だったからまだ大丈夫だったようだが、死地を切り抜けた事で気が抜けてしまったらしい。トラウマにならないか心配である。

途中で迷い巨鬼《ポテ・ドラゴス》の気配は消えたようだが……ねぇ、迷い巨鬼と戦った方がマシじゃなかった？

「魔物、怖い、影、怖い、たすけて、ますたぁ、ますたぁ……」

「いやぁ、楽しかったねぇ、クライちゃん！　またやろーね！」

一方で、同じように戦っていた師匠のリィズは全く堪えた様子がなかった。

ティノ同様、返り血を浴びて水浴びしたばかりの身体がまた汚れてしまったのに、その事を気にする事もなく笑っている。僕は反論する元気もなかったので力のない声で答えた。

「…………うんうん、そうだね」

「一度水辺で服と身体を洗った方がいいですね……どのくらい休憩を取るかは私達はともかく、クロさん達が限界です」

シトリーがまるでいい雇い主のような言葉を出す。

色々言いたい事はあるが、とりあえず休憩が必要な事は間違いない。

ついでに一度シトリーとクロさん達の酷使について話し合うべきだろう。

「そうだな、【万魔の城《ナイト・パレス》】もまだ距離があるし……」

と、そこで僕は気づいた。

一刻も早くこの呪われた山から出たいが……今、離れるのはまずいのではないだろうか？

シトリーのポーションの力は絶大だった。もはや魔物寄せと呼べるのかどうか怪しいレベルである。

完全に理性を失った魔物達はリィズが何体倒しても怯える事なく向かってきた。狂乱した魔物達が下山し、村を襲えば大変な惨事が起こってしまう。

ガレスト山脈が人里から離れている事は知っているし、放っておいても他の人に被害が出る可能性は低いのもわかっているが、この状態で放り出すのはあまりにも無責任ではないだろうか？

せめてポーションの効果が消えて魔物達が落ち着きを取り戻すまでは近くで様子を見たい。見てどうするという感じもするが——。

「…………シトリー、ポーションの効果はいつまで続く？」

「個体差はありますが……だいたい、一日くらいですね」

一日くらいならいいか。幸い、『迷い巨鬼《ポテ・ドラゴス》』も諦めてくれたらしいし……。

地図を見ると、山脈の麓に小さな湖があった。昨晩リィズが水浴びした川とつながっている湖だ。ここならば水も手に入るし、キャンプにもうってつけだ。現在地からも近い。

まだ日が明けたばかりだが、馬も限界だろう。

パーティの状況と周囲の状況、両方が考慮に入った完璧な策だ。今日の僕は——冴えてる。

「そうだな……この湖の近くで一休みしよう。大まかでもいいから山の様子がわかる場所ね」

「なるほど……休憩して少し待つんですね。いい考えだと思います」

シトリーがすかさず僕の意図を読み取ってくれる。そうそう、そうだよ。ポーションの効果が切れるまで待つんだよ。いつもそれくらい察しがよかったらいいのに。

「さすがシトリー、わかってるね。心配性かもしれないけど、少し待ちだ」

「心配性だなんて……先方の実力も考えれば妥当かと！　だいぶ疲労もあるでしょうし……」

先方って、シトリーは誰の目線で会話しているのだろうか？

会話を黙って聞いていたリィズが目を輝かせて指を鳴らす。

「そうだ、クライちゃん！　久しぶりにキャンプファイヤー、しよ？　山の上から見えるようにがんがん火を焚いて――私とティーがお肉狩ってくるからそれを焼いたりして……どう？　いい考えだと思わない？　ねぇ？」

やれやれ、リィズは元気だな。だが、キャンプファイヤーか……悪くないな。

昔、まだパーティの一員として一緒に冒険していた頃はよくやったものだ。いつも気を張り詰めていたらいざという時に疲れてしまう。休める時に休むのが一流のハンターなのだ。

動物や魔物の中には火を恐れる者も少なくないので、理に適っている。

とりあえずリィズとティノは浴びた汚れを落としてきた方がいいと思う。

「決まりだな……逃げる準備だけ怠らないようにして、思いっきり楽しもう」

「水……水だ。俺達、生きてる。生きてるぞ……ッ！」

シロさんが今にも倒れそうな足取りで湖に向かう。残りの二人も、湖畔についた瞬間に座り込んでしまった。今回一番大変だったのは彼ら三人だろう。ずっと馬車の運転に見張り、お疲れ様です……シトリーを説得するのでもう少しだけ我慢してください。

湖畔はとても美しかった。湖も冷たく透き通っていて、キャンプにぴったりだ。おそらく人里近くにあったら人気のスポットになっていただろう。周囲に他に人影はなく、この光景を独り占めしていると思うと、とても贅沢な気分になる。ノミモノも興味津々なのか、湖面に映る自分の姿を見ていた。

遠くでは大小問わず、動物が水を飲んでいるのが見える。魔物も動物も争う事なく、そこには小さな平和があった。どうやら魔物寄せもここまでは届かなかったようだ。昨日の騒動が嘘のようである。

仰げば、昨日下りてきたばかりのガレスト山脈がよく見えた。距離があるので迷い巨鬼《ポテ・ドラゴス》と魔物達の戦いがどうなったかまではわからないが、もしも狂った魔物達がこちらに向かってきたらすぐにわかるはずだ。リィズが歓声を上げ、荷物を放り投げて脱ぎ始める。

陽の光の下で健康的に輝くリィズの肢体はまるで一枚の絵を見ているかのようだ。

「やったぁ、見て見て、クライちゃん、とってもキレー！　水浴びしてくるねッ！　ほら、ティーも行くよッ！」

「!?　お、お姉さま!?　そんな、ますたぁの前でッ！」

我に返った弟子が赤面し慌てて師匠を止めようとするが、努力虚しくリィズは一瞬で下着姿になると、大きな飛沫を上げ湖に飛び込んでいく。準備運動しないと危ないよ……。

ティノがこちらに視線を向けてきたので、小さく頷いてみせる。

リィズは少し恥じらいがなさすぎるが、パーティメンバーの下着姿くらいで動揺していたらハンターは務まらない。僕も最初は割と動揺していたのだが、いつの間にか慣れていた。

ティノはしばらく逡巡していたが、顔を真っ赤にしながら首元のボタンに触れ、

「やっぱりますたぁ、私には無理ですうううううううッ！」

そのまま湖に勢いよく飛び込んだ。……せめて靴とベルトくらい外せばいいのに。

シトリーが声を殺して笑っている。

「ティーちゃんらしいというかなんというか……盗賊《シーフ》の装備って身軽さ重視で身体の線が直に出るのに、恥じらいが残ってるんですね」

そう言われてみると、リィズといいティノといい、盗賊《シーフ》の格好はいつも分厚いローブ姿の錬金術師《アルケミスト》とは正反対である。おそらくぎりぎりで攻撃を回避するためなのだろう。

どうやって着ているのかは永遠の謎である。

そして、ティノにはずっと恥じらいを忘れないでいただきたい。

シトリーがいつも通り機敏な動作でてきぱきとキャンプの準備をする。馬を休ませ餌をやり、火を熾す。そして、湖畔に腰を下ろしていた僕の所にくると、枝を使って地面に小さな絵を描いた。

「そうだ、クライさん。キャンプファイヤーですが、こんな形はどうでしょう？　山の方にこちらを向ける形で――」

「……これは……？」

変わった形だ。形のみならず、三つに分かれている。

点、点、曲線で――顔？

シトリーが手を合わせてにこにこと言う。

「笑顔です！　少し手間ですが……如何でしょうか？」

キャンプファイヤーの準備はけっこう大変だ。この形に作るとなると手間は三倍では利かない。

遊び心が凄い……顔を作って誰が見るんだろう。まぁ、強く断る理由もないんだけど……。

「うんうん、いいんじゃないかな。楽しそうで」

「今夜が山場だと思うので……腕によりをかけてご馳走を作りますね。ガレスト山脈に聞こえるくらい賑やかにやりましょう」

山場って何の山場だろうか？　一番の山場は昨晩、越えたと思うんだが……。

確認しようと口を開きかけたその時、湖からリィズの歓声があがった。

「クライちゃん！　ワニ！　美味しそうなワニを捕まえちゃった！　見て見て、凄くない？」

ワニ？　美味しそうなワニって、ワニを食べるの？　この辺、もっと美味しそうな動物、生息してそうじゃない!?

振り返ると、全長五メートルはありそうな恐竜みたいな巨大ワニに跨り、暴れるワニを制御するリィズの姿があった。野生児すぎる。

ティノが目を見開き大声をあげて止めようとしている。クロさん達がぎょっとしている。

僕は混乱と恐怖のあまり、面白みのないコメントをした。

「この湖ってワニがいるんだな」

自然は危険がいっぱいだ。

……不用心に飛び込まなくてよかった。いくらなんでもワニはないだろ、ワニは。


ぱちぱちというよりは轟々と景気のいい音を立てて、炎が上がっている。

夜も更け空には大きい月が輝いていたが、湖畔はまるで昼間のように明るかった。

（クロさん達が）拾ってきた薪《たきぎ》を元に組まれた簡易的なキャンプファイヤーはシトリーがポーションを注ぎ込んだことで火勢が増し、強い風が吹いても安定して燃え続けている。

配置はシトリーの提案通り笑顔を形作るように並べられており、近くで見てもわからないが、ガレスト山脈から見下ろせばとても目立つことだろう。既に夜行性の魔物の活動時間だが、魔物達が現れる気配はなかった。おそらく、リィズが夕御飯のために張り切って大物を狙いまくったせいだ。

うちの野生児はこの湖畔付近の生態系に放り込んでも、トップクラスだったらしい。

キャンプファイヤーから少し離れた場所にはリィズの狩った大物がごろごろ転がっていた。血抜きの血が飛び散っていることもあり、異様な空間となっている。シトリーがせっせと可食部を切り分けて運んでくるが、明らかにこの人数で食べきれる量ではないし、肉が多すぎる。

これまで僕が体験してきたキャンプファイヤーの中でも、ぶっちぎりで『奇妙』なキャンプファイヤーだった。いつまで経っても尽きる気配のない炎に、この少人数のパーティでは過剰とも言える数と配置。串に刺され炙られた血の滴る肉塊に、ぐつぐつと音を立てて煮込まれる鍋。

そして何より、疲労困憊で地面に大の字で横たわるクロさん達と、緊張したような表情のティノが異様な雰囲気に拍車をかけていた。見る人が見ればおかしな儀式を行っているようにも見えるかもしれない。それも、表に出せないような怪しげな魔宴《サバト》だ。

もちろん、実態は楽しい楽しいキャンプファイヤーなのだが、三人が疲労困憊で仰向けに横たわりティノにも笑顔がないとなるとさすがの僕でも楽しめきれない。

シトリーとリィズだけがいつも通り自然体だった。

シトリーは平然と料理をしているし、リィズは夜の湖で遊んでいる。

「どうでしょう、クライさん。ばっちりです……！　これなら間違いなく山の上からでもにこにこしているように見えます」

シトリーがどこか自慢げに胸を張り、キャンプファイヤーを示す。

僕もそういう遊び心は嫌いではないが、今は別の事が気になっていた。

沢山のキャンプファイヤーを作るために大量の薪拾いをやらされ、今にも死にそうな護衛三人衆の事である。さすがに強行軍の直後の薪集めはきつかったらしい（ちなみに、元気に狩りをやっていた子もいるのだがそれを普通だと思ってはいけない）。

気づいたら止めていたのだが、水浴びするティノ達を眺めている間にシトリーが指示を出したらしく、僕の意識が大騒ぎしながら水浴びしている二人から離れた時には既に事は終わっていた。

小さな事に楽しみを見つけるのはいいことだ。僕だって場合によってはにこにこキャンプファイヤーを作りたくなる事もあるだろう。だが、僕は前提として周りに極力迷惑をかけないようにしている。たとえシトリーの指示が雇い主として当然の権利だったとしても——楽しいからという理由で疲れ切ったクロさん達をこき使うのはあまりにも人情がない。

シトリーがにこにこしながら僕のためにワニの串焼きを焼いている。全く悪気のない、心の底から楽しそうな表情。僕は小さくため息をつくと、憂鬱な気分で声を潜めて進言した。

「シトリー、クロさん達だけどさ……こき使いすぎじゃない？」

「え？　そうですか……？」

シトリーが目を見開く。

彼女が悪意があってクロさん達をこき使っているのではないことは初めからわかっていた。

おそらく、シトリーにはクロさん達の状況が切迫しているように見えていなかったのだ。僕達の冒険はいつも命がけだった。それに比べれば死闘後の薪拾いくらいなんでもないと、そう思っているのだろう。ハンターのやりすぎで頭がハンターになっているのである。

久しぶりの同行だ。短い期間だが、きっと僕が元の常識人なシトリーに戻してみせる。

息巻く僕に、シトリーが困ったように言う。

「でも…………彼らは……その……犯罪者、ですけど？」

予想外の言葉だった。犯罪者……犯罪者、なのか。そう言われてみれば、クロさん達は見た目からして明らかに一般人ではない。が、そもそもハンターには犯罪者っぽい見た目の者が多いので、そのパターンは全く想定していなかった。

しかし、ならばどうして犯罪者を雇っているのか？　もしかしたら更生の一環か何かで国から依頼を受けているのだろうか？　シトリーの人脈はよく知らないので何とも言えないが、クロさん達を酷使していたのも刑務作業の一環か？　それにしても酷いと思うが……そうなると逆に僕が口を挟むのも問題だ。額に皺を寄せると、シトリーがまるで心配ないとでも言うかのように笑った。

「ですが、クライさんがそう言うのならば……酷使するのはやめましょう」

「……え？　罰じゃなかったの？」

「もちろん、ある意味では罰と言えます。ですが……彼らの性能はおかげで大体わかりましたから」

やはり部品を取り替える程ではないですし、固執する程でもないようです、とシトリーが照れたような笑顔で首を傾ける。

……よくわからないが、ここ数日で彼らの献身は良くわかったからもう罰は終わりでいいという事だろうか？　もしかしたらそこまで重い罪ではないのかもしれない。道中もシトリーの言うことをちゃんと聞いていたみたいだし……。

「そうだな……もしも解放するとなると、まずいかな？」

犯罪者だと知り、及び腰になりながらも初志貫徹し、確認する。

僕はこれまで散々犯罪者に狙われてきた。罪人は全員、一人残らず獄にぶちこむべきだと思っているが、これまでの道中のクロさん達の苦労を見ていれば憐れみも抱く。殺人レベルならば話は別だが、軽犯罪くらいならばもう許してやってもいいような気もする。

僕が許すとか許さないとかそういう立場にないのは言うまでもない事だが――。

シトリーは一瞬思案げな表情を作ったが、次の瞬間、ポケットから何かを取り出すと、僕の手をぎゅっと握りしめた。

「いえ……大した罪ではありませんし、クライさんの自由にして構いません。彼らもクライさんに深く感謝するでしょう」

たっぷり数秒僕の手を握りしめ、そっと離す。僕の手の中に残されたのは小さな金色の鍵だった。

「彼らの首輪の鍵です。首輪が外れれば、クロさん達は自由です」

シトリーの表情に嘘を言っている様子はない。何度も見た心が温かくなるような笑顔だ。

ずいぶん簡単なんだな……鍵をつまみ上げる。しかし犯罪者、か。うーん………クロさん達の疲労困憊具合を考えるとすぐにでも解放してあげたいところだが――犯罪者、かぁ。

まぁ、今解放しても、疲労困憊のクロさん達では町まで辿り着く事はできないかもしれない。いくらなんでもこんな所で放り出すのはあまりにも酷い。まだ……考える時間はある。

「……タイミングを見計らわないとな」

シトリーが僕の言葉に、目をキラキラ輝かせ、頻りに頷いている。

もしかしたら、僕が指摘するまでもなくシトリーも同じ事を考えていたのだろうか？　あるいは、僕がいつまで経っても言い出さないからクロさん達を解放できなかったのだろうか？

シトリーもリィズも（というか僕の周りは皆割とそんな感じなんだけど）、お飾りリーダーな僕の意見を尊重しすぎているところがある。ありえない話ではない。

「ともかく、クロさん達の事は任されたよ。少し疲れているようだから休ませようと思う。いいよね？」

「わかりました。お姉ちゃんにも――クロさん達の事はクライさんに預けたと伝えておきます」

シトリーが頬を染めると、いつも以上に熱の篭もった声で答えた。

さて、クロさん達にはなんて伝えたらいいものか……。

『迷い巨鬼《ポテ・ドラゴス》』が新たな人間達の来訪に気づいたのは、最初の人間達の想定外の戦術に新たな作戦の必要を感じていた、そんな時だった。
ガレスト山脈では全てが味方だ。風も、音も、全てが山の中の事を教えてくれる。
遠目に確認するだけで、力量はすぐにわかった。その一行はかなりの力を有していた。特に先頭に立つ大男の力は迷い巨鬼に石をぶつけたあの女に匹敵している。

滅多に人の立ち入らない山脈に二組連続で客が現れたのが偶然でない事は明らかだった。

双方とも確実に仕留めねばならない。だが、手が足りていない。ならば、どうするか？

考えるまでもなかった。簡単な話だ。強者には強者をぶつければいい。

迷い巨鬼《ポテ・ドラゴス》には知性がある。相手の弱点を見極めるだけの知性が。人語を解するだけの知性が。

山頂付近。闇の中、山道を行く大きな馬車を確認しながら、小さな目を細める。

その緑色の身体がグニャリと歪み、皮膚の色がじんわりと変色する。肉がごきごきと音を立てて隆起し、髪が生える。変化にかかった時間は数秒だった。

そして、鬼は静かに獰猛な笑みを浮かべると、長い手足を使い、山を凄まじい速さで下っていった。


こんな目に遭うなら、犯罪者《レッド》ハンターとして捕縛された方がマシだ。

枷を嵌められた瞬間は怒りがあった。バカンスに御者代わりに連れて行かれると知った時は隙あらば首輪を解除し反抗しようと考えていた。だが、今あるのは深い絶望と諦観だけだ。

シロもクロもハイイロも、犯罪者ハンターとして長いことハンターや騎士団を相手に生きてきた。殺した人数は覚えていないし、泣き叫び許しを乞う者の頭を笑いながらかち割った事だってある。

だが、そんな立場から見ても、悪名高い《嘆きの亡霊《ストレンジ・グリーフ》》は頭がイカれていた。既に抵抗の気力はない。今ならば自分達が容易く捕縛された理由が理解できる。くぐってきた修羅場の数が違うのだ。

奴隷のように扱われた日々がまるで天国のように思える、まさしく地獄のような夜だった。

絶え間なく襲いかかってくる魔物との命がけの戦いに、既に心身ともに限界だ。剣は血と脂に塗れ、切れ味を失いただの鈍器と化している、着ていた外套はぐっしょりと血に濡れ、おそらく洗っても臭いと色は取れないだろう。次に同じような状況に陥ったのならば、間違いなく誰かが死ぬ。いや――三人とも死んだとしてもおかしくはない。

そして、クロ達三人が死んでも、この馬車は何事もなかったかのように先に進んでいくのだろう。そんな確信があった。それがなぜか無性に恐ろしい。

《千変万化》がレベル8のハンターで、数々の大事件を解決しているというのは知っていた。

クロ達が巻き込まれた『バカンス』はそれを裏付けるかのような、強力な魔物やトラブルを突破していく修羅の旅だった。雷精。砦を作るほど集まった大量のオーク。明らかに異常な数の魔物が襲ってきたガレスト山脈の道中に、その魔物を無差別に襲う最悪の魔物――『迷い巨鬼』。どれか一つを取ってみても、普段のクロ達ならば即座に逃走を選ぶ案件である。

だが、《千変万化》は、そして同じパーティメンバーである《絶影》達は、それをバカンスと断じた。

時にトラブルを回避し、時に他のハンターに押し付け、そして時に強行突破した。クロ達が決死の覚悟で切り開いた道を笑って突き進み、迷い巨鬼に追跡された時は危うく囮にされるところだった。

その行動から、クロは強い『慣れ』を感じ取っていた。

《絶影》達はこの修羅場に、死地に慣れている。いや、おそらくそれ以上の状況を経験している。

故に笑い、故に止まらない。《絶影》の認定レベルは6だったはずだが、その経験や実力がその数字に収まらないのは明らかだった。敵うわけがない。力も経験も覚悟も、そして——悪意さえ、その見た目からは想像がつかないほど隔絶している。

何度想像しても敵うイメージが湧かない。この絶望から抜け出す道がない。

唯一の光明は——自ら死をもって終わらせる事だけだ。

だが果たして、クロ達に首輪をつけたあの女が、いつも微笑みを浮かべ、クロ達以上に罪悪感の欠片も見えないあの女が、そのような救いを許すだろうか？　膝を抱え、現実から逃げるかのようにぶつぶつと反芻《はんすう》する。その時、ふとクロの背後から声がかかった。

「あのー……大丈夫？」

「ッ!?」

朦朧としていた意識が一気に覚醒し、思わず小さく悲鳴をあげる。それまで死んだように倒れていたシロも意識があるのかもわからなかったハイイロも、まるで死神に呼ばれたかのように飛び上がる。

力のない声。威厳のない声。この声が、一番恐ろしい。

クライ・アンドリヒ。《千変万化》。《嘆きの亡霊《ストレンジ・グリーフ》》のリーダーにして、《絶影》や《最低最悪《ディープ・ブラック》》が全面的に従っている男。バカンスの旅の間、唯一その強さが見えなかった男でもある。

相変わらず、見た目からはその力は窺えない。肉体は貧弱でハンターには見えず、マナ・マテリアルを大量に吸収した者特有の覇気も纏っていない。武器も防具も持たず、その佇まいからは隙しか見えない。町で見かければ荒事を生業にしていないただの一般市民だと断じていただろう。

だが、だからこそ恐ろしい。その黒の目は深く穏やかで、《絶影》のように怒りの声を上げず、《最低最悪》のように事あるごとに笑みを浮かべず、キルキル君のように明らかに異常でもない。道中、ずっと窺っていた。観察していた。特に何をするわけでもない。仲間を慮《おもんぱか》り、魔物の群れの前に飛び出す事もなく、目立った行動や感情の変化もない。そんな、凡庸な男。

だが、このバカンスの目的地を定めたのは間違いなくその男だった。

間違いない。《絶影》や《最低最悪》はその男の情婦だ。向ける表情には艶があり、行動の節々に嫌われまいとする心情が見えた。そしてそんな男が正気なわけがなかった。

最初に何もしていないのに処分されかけた事を思い出す。あの二人の親玉なのだ、逆らえばどうなるか、考えるべくもない。簡単に終わらせたりはしてくれないだろう。

「な、なんでしょう……《千変万化》様」

出発前。あれほど横柄な態度を取っていたハイイロが卑屈な声をあげ、その前で這いつくばる。気持ちはわかる。本当に恐ろしいのはすぐに怒りの感情を爆発させるような者ではない。

クロもハイイロに倣《なら》い、同じように頭を少しだけ下げる。

少しでもその意識から逃れるように。その眼を見なくて――済むように。

「…………そんな態度を取らなくても――単刀直入に言うよ。僕はクロさん達を――解放することにした。シトリーから許可は貰っている」

「!?」

予想外の言葉に頭をあげる。シロもハイイロも、目を見開き呆然と《千変万化》を見上げている。

解放？　今こいつは――解放すると言ったのか？

《千変万化》は一瞬ぴくりと眉を動かし、目を細めた。手の中に小さな鍵がある。クロ達を縛っている首輪の鍵だ。隙だらけだった。ハイイロの位置からならば、一呼吸の間に強奪できるだろう。だが、ハイイロはぴくりとも動こうとしない。

「もちろん、今すぐ解放するわけじゃない。ここは危険だし――聞いたよ、クロさん達は……犯罪者らしいじゃないか。そう簡単に解放されたら罪を償えない、そうだろ？」

どの口が言っているんだ……。思わず出しかけた言葉を飲み込む。

確かに、クロ達は犯罪者だ。もしも罪がすべて明るみに出ればただでは済まない。

だが、明らかにリィズやシトリーはその上を行っている。

そこで、《千変万化》が僅かに笑みを浮かべた。とても演技には見えない――自然な微笑み。小さな鍵を持ち上げ、まるで見せつけるように目の前で揺らす。

「でも、知っている。君達の罪は大したものじゃない。ここ数日、クロさん達はシトリーの指示によく従ってくれた。僕はそれでクロさん達は十分罪を償ったと、そう思う。安全な場所まで大人しくしていたら――その首輪を外し、解放しよう」

表面だけで捉えるのならばあまりにも人がいい言葉だ。だが、クロの位置からは、シロの頬が恐怖に強張ったのが見えた。クロ達は犯罪者ハンターだ。あらゆる罪を犯し、ぎりぎりで生きてきた。人を何人も殺している。重い罪を犯している自覚もある。

それを――大したものじゃないと言い切る、とは。

クロ達の沈黙をどう受け取ったのか、《千変万化》が慌てたように手を振る。

「ああ、大丈夫。ここから先は比較的安全だし、戦闘もないと思う。御者はやってもらわないといけないけど、急ぎでもないしのんびりやって欲しい……バカンスだからね。わかった？」

バカンス。忌まわしい言葉に、思わず身体を震わす。甘い言葉だ。あからさまに希望を煽る言葉だ。

だが、もとよりクロ達に選択肢などない。忠実な兵士のようにただ頷くだけだ。

シロもハイイロも、こくこくと無言で頷く。クロもそれに倣う。

《千変万化》がクロ達の表情を見て、安心したように肩の力を抜く。

それを見計らったかのように――ガレスト山脈の方で光が瞬いた。


「どうぞ。久しぶりにシチューにしてみました。調味料やポーションが限られているのでいつもよりは落ちると思いますが――」

「ああ、ありがとう。……うん、凄く美味しいよ」

「よかったぁ。お姉ちゃんが変なお肉ばかり取ってくるから、調合に苦労して――」

一体先程の光は何だったのだろうか。首を傾げながらも、シトリーの絶品シチューに舌鼓を打つ。

キャンプファイヤーの側では、胡座《あぐら》をかいたリィズが何の肉かわからない骨付き肉をかじっていた。

隣に座ったお行儀のいいティノとは対照的である。

光は一瞬で消えた。その後も何も起こっていない事を考えると気にしすぎなのかもしれないが、どうにも腑に落ちない。自然現象だろうか？　シトリーもリィズも気にしていないようだ。

物知りなシトリーならあの光の正体も予想できるだろうか。

隣に腰を下ろすと、シトリーはきょとんとした表情を作り、なぜか嬉しそうに肩が触れ合うくらい身を寄せてきた。よく手入れされた髪から、甘い匂いが漂ってくる。どこか落ち着く匂いだ。

「…………シトリー、あの光なんだけどさ――」

「え？　……ああ、いつものですね」

!?　……そっか……いつもの……いつもの、かぁ。

……外は危険がいっぱいだ。バカンスだったはずなのに、エランにグラ、ガレスト山脈で既に三回も危険とニアミスしている。行商人とかやっている人は皆どうやって安全に移動しているのだろうか。コツを教えて頂きたい。

しかし、いつものにしては静かだが、いつものならば逃げた方がいいのかな？

「逃げる？」

「え……と……動くにしても、まだ、少し早いと思いますが……食事も済んでませんし」

臆病な僕とは違い、シトリーは落ち着いている。旅に慣れているのだ。

焚き火には串に刺した肉の塊が幾つも設置され、こんがりと炙られている。シチューもあるし、魚もある。馬車に全て積むわけにはいかない。

僕達はここで一泊する予定だったのだ。この場を放棄する事は、また夜間行軍をしなくてはならないことを示していた。クロさん達に酷使しないと言ったばかりなのに――。

どうすべきかしかめっ面を作りながらシチューを口に運ぶ僕に、シトリーが提案してきた。

こんな状況なのに随分楽しそうだ。

「あの位置ならここに辿り着くまでもう少しかかるでしょう。そうだ！　少しですが……お酒もあるんです。出しましょうか？」

そうか。ここに辿り着くまでもう少しかかるのかぁ……って、なんでここに向かっているのが大前提なのだろうか？　ただの自然現象かもしれないじゃん？　ていうか、あれって結局何なの？

僕は恥を忍んで、全てを看破している様子のシトリーに確認した。

「ちなみに、シトリーはあれ、何だと思う？」

シトリーが綺麗な瓶とグラスを出し、お酒を注ぎながらにっこり笑う。

「アーノルドさん達です」

僕は笑みを浮かべた。流されるままにそれを受け取り、一舐めする。よほど強い酒なのか、火を入れたような熱が舌先から広がった。シトリーが目を細め、頬を染めて夜空を見上げている。

え？　ええ？　なんでアーノルド？　ちょっと意味がわからない。

アーノルドがあそこにいる意味もわからないし、僅かな光でそれを看破できた理由もわからないし、百歩譲ってそれはいいとして、その上で笑って座っているのもさっぱりわからない。

微笑みながら頭の中をはてなマークでいっぱいにする僕に、シトリーが言う。

「おそらく、あの雷竜の武器の力ですね。竜クラスの魔獣となると素材としては一級です。一説によると、ああいった幻獣クラスの獣は、討伐された後も肉体自体が死に気づいていなくて、それ故に生前の力が残っているんだとか。クライさん、とってもロマンチックな話だと思いませんか？」

シトリーがうっとりしたような艶のある声で言うが、僕には全くその気持ちがわからなかった。

どうやら僕とシトリーでは感性が違うらしい。僕が雷竜について知っているのは、それが竜の中でも特に強い事で知られている事と、シトリーの手で照り焼きにするととても美味しい事だけだ。

ちょっと待って？　雷竜の超強い武器を持ったアーノルドが、こっちに来るってこと？　地獄かよ。

その時、肉を貪っていたリィズがこちらを見て、大きな炙りワニ肉の刺さった串を振り回し叫んだ。

「!?　シト!!　こら、クライちゃんに近づきすぎ！　ほら、離れて離れて……油断も隙もないんだからぁッ！」

「ごめんなさい、クライさん。…………続きは、また後で」

「あぁ？　何が続きだ、人の物に手を出そうとするんじゃねぇッ！　常識ないのか、こらぁッ！　クライちゃんも、デレデレしないぃッ！　さっきずっと一緒にいるって約束したばかりでしょぉ!?」

リィズは何を言っているのか。僕にシトリーにデレデレしている余裕なんてない。

アーノルドにブルブルしてるんだよ、僕はッ！

僕の内心も知らず、リィズがシトリーを押しのけてくっついてくるが、さっきまで湖の中に入っていたせいか妙にひんやりしている。ブルブルにひんやりが足され更にブルブルする。

ちょっと待って。どうしていいかわからない。

「……リィズ、服冷たいから乾かしてからきなよ。風邪引くよ」

「えぇ!?　冷たいわけないでしょ!?　私、服脱いで水浴びしたんだからぁッ！　何？　邪魔だったの？　わかった、脱げばいいの？　もお！」

「!!　お姉さま、駄目ですッ！　そんなふしだらなッ！」

躊躇なく服を脱ぎかけるリィズに、果敢にもティノが後ろから飛びつく。ティノが即座にひっくり返されるが、それでも即座に起き上がり体当たりをかける。せっかく湖で身を清めたばかりなのによくもまあやるものだ。混乱しながら姉妹喧嘩のようなその光景を見ていたその時――。

――木陰から何かが飛び出してきた。

それは、金髪をしていた。筋肉の盛り上がった身体は二メートル近く、眼は金に輝いている。手足も発達しているが妙にひょろ長い。だが僕の頭が一瞬真っ白になったのは、その人間（？）が全裸だったからだ。唯一、局部を粗末な布で隠しているのが唯一の良心なのだろうか。

シトリーが、リィズが目を丸くしている。ティノも完全に硬直していた。

反射的に笑みを浮かべ尋ねる。笑顔は僕の自衛の一種なのだ。

「……誰？」

金髪謎マッチョが目を細め、どこか自信満々に言う。

「アーノルドダ。ヒサシブリダナ」

あーあーあー……アーノルド!?　僕は思わず立ち上がった。

「………随分変わったなぁ。そう言われてみれば、後ろに流した長めの金髪はアーノルドのような気がする。目の色もアーノルドそのものだ。だが、にもかかわらず、ちょっと見ただけではアーノルドに気づかないくらい違う。何かが違う。

僕はじろじろとアーノルドを観察し、ぽんと手を打った。

「もしかして痩せた？」

「クライちゃん、最初に聞くことがそれなの？」

「剣はどうしたの？」

「……ステタ。アンナモノナンジャクダ」

どうやら雷竜の素材で作られた超強い剣は捨てたらしい。立ち直ったシトリーが口を挟む。

「その前に、服ですよね」

「シトリーお姉さま!?」

どうしよう。ずっと警戒していたのに……あまりにも予想外の姿でどうしたらいいのかわからない。

アーノルドに一体何が起こったのだろうか？　じろじろとその身体を確認するが、僕にはどうしても目の前の存在がアーノルドに見えなかった。もしかしたら……疲れているのかもしれない。

落ち着くんだ、クライ・アンドリヒ。アーノルドじゃない奴がアーノルドと名乗るわけがないし、そもそも変装するのならばもうちょっとマシな姿になるはずである。

つまり……目の前の男はアーノルドだ。

「とりあえず……シチューでも、食べる？　肉でもいいけど」

「私、クライちゃんのそういうところ、だーいすき！」

「私も、学ばないとって思います」

「ますたぁは神……ますたぁは神……」

「きるきる……」

「にゃあ？」

食事風景を絶対に見せないキルキル君がどこからともなく現れ追従する。ノミモノが鳴く。

アーノルドはずんずんと進んでくると、焚き火の中で炙られている肉をその異様に長い足で蹴り飛ばし、シチューの鍋をひっくり返した。僕を指差し獣のような笑みを浮かべる。

「オマエヲコロス」


あー……これは間違いなくアーノルドだわ。


「コロスコロスコロスッ！　ミナゴロシダッ！」

「アーノルド、落ち着いてッ！　何かやったなら謝る、謝るからッ！」

アーノルドが両腕を振り回しちょっと見ない大暴れっぷりを見せ始める。

並べられた瓶が割れ、食器が地面を転がる。僕は必死に謝罪をするが、全く聞いていない。その腕がせっかく組み上げたキャンプファイヤーに突き刺さり、盛大に宙に舞い上げた。

……本当に人間か？

「タタカエ。オレトタタカエ」

「落ち着いて、アーノルド！　これまでの事全部、わざとじゃないんだ！　一体どうしてそんなに不機嫌なのさ！　悪かったよ。僕が全部悪かった。謝るから許してよッ！」

「ウルサイ。シネ！」

凄い速度でアーノルドが腕を振り回すが、僕には当たらない。当たらないように配慮しているように見える。道具はめちゃくちゃにされているが、そこにはアーノルドの良心が垣間見えた。

身体をくねらせ人外の動きで暴れるアーノルドを必死に説得する。

なんという力だ、僕がかつて見たアーノルドの威容とはまた別の意味で凄まじい。これが霧の国のレベル7の本気なのか。

「アーノルドッ！　物にあたってもなんにもならないよッ！　悩みがあるなら僕で良ければ聞くッ！　聞くからッ！　僕達は同じ帝都に住む仲間じゃないかッ！　土下座か？　土下座すればいいのか？　するとも、だからその気持ちの悪い動きをやめてくれ、アーノルドッ！」

僕は平和主義なんだ。何事も平和に解決したいのだ。そのためならば地べたに土下座も辞さない。

両手を前に差し出し、膝を下り、速やかな動きで土下座の姿勢に入る。誠心誠意心を込めて謝る。

なんで謝るのかは不明だが、謝る時に理由なんていらない。

「アーノルド様、今までの事、本当に申し訳ございませんでしたッ！」

「……ッ……な、な、な…………何を、やっているッ！」

ふと、聞き覚えのある声がした。ふつふつと煮えたぎるような怒りを感じさせる声だ。

慌てて頭を上げる。僕の視界に入ってきたのは――。

「アー…………ノル、ド？」

記憶そのままのアーノルドと、その仲間達だった。アーノルドの顔が真っ赤に引きつっているが、僕の知るアーノルドは常にそんな感じだったので見間違えるわけがない。その右手に握られているのは身の丈程もある金色に輝く剣だ。雷竜の素材から作られた超強い剣である。

だが、僕に恐怖はなかった。僕にあったのは驚きだった。慌てて土下座していた相手に向き直る。

全裸のアーノルドは長い腕を組み、堂々と立っている。

何だ？　一体これはどういう状況だ？

「え？　このアーノルドは？」

新たに現れたアーノルドの形相は鬼のようだった。その鍛え上げられた肉体は震え、湯気が立ち上がっている。後ろに連れた仲間達も似たようなものだ。

唯一、クロエ達だけが離れた場所で青ざめ、動向を見守っていた。

「ッ……どど、どこ、どこまで、俺を――なめ、なめッ」

「…………なめなめ？」

「な、舐めるなッ！　死ねえええええええええッ！」

感情の全てを込めたような咆哮をあげ、アーノルドが襲いかかってきた。

僕の存在なんてそれだけでかき消されそうな、凄まじい威圧感だった。視界いっぱいに光が輝き、金色の刃が僕の頭蓋に振り下ろされる。ばちばちと紫電の弾ける音が聞こえた。

結界指《セーフ・リング》がそれを防ぐ。僕は混乱のあまりぐにゃぐにゃしたアーノルドに助けを求めた。

「助けて、アーノルドッ！」

「まだ、俺を馬鹿にするかッ!!」

僕は雷鳴のような怒鳴り声に、本能的に理解した。

こっちが本物だわ。暴力指数が違う。

キルキル君がこちらに駆けてくる。だが、キルキル君とシトリーの前に見覚えのあるハンター達が立ちはだかる。エーだったかエイだったか、アーノルドの片腕は灰色マッチョを前にしてにやりと笑った。素早く散開し、陣を組む。

「おっと、てめえの相手は俺達だ」

どうして僕達はすぐに襲われるのだろうか？

「落ち着いて、本物のアーノルド、話せばわかるッ！」

「わ、か、る、かああああああああッ！」

凄い殺意だ。クロエの顔が引きつっている。

アーノルドの蹴りが腹に突き刺さる。結界指のおかげで僕にダメージはないが、レベル7の攻撃は尽《ことごと》くが僕にとって致死だった。これまでの経験上、レベル3ハンター辺りから、僕はその攻撃に全く対応できなくなる。一対一で相手が僕のみを狙っている場合、横に飛ぼうが後ろに飛ぼうが前に進もうがどうあがこうが僕にはその攻撃を回避できないし、反撃など夢のまた夢だ。

だから、僕はその攻撃をそのままに受ける。回避する事を迷う時間で結界指《セーフ・リング》を起動する。

刃が、電撃が、僕の身体すれすれに張られた結界に強く弾かれる。どうやらアーノルドの戦闘手法は手数ではなく一撃の重さで戦うタイプらしいが、それでも僕には一秒で何回刃が振り下ろされたのか全く把握できなかった。だが、それでいいのだ。ハンターとは、そういうものなのだ。

何撃放たれようが、その刃が結界指の性能を知り尽くした僕を傷つける事はない。

クロエ達が嵐のような猛攻に硬直している。だが、嵐のような猛撃も無限に続くわけではない。

怒りのままに振り下ろされた攻撃が止まりアーノルドが一歩距離を取る。その研がれた刃のように細められた双眸には先程までとは異なり、怒りだけではなく強い警戒が見えた。

ようやく『交渉』に入れそうだ。確かにアーノルドは強いが、今回、僕にはリィズとシトリーがいる。ノミモノとキルキル君もいる。おかげでいつもより強気に出られる。

「……気が済んだ？」

「……何故……立って、いられる？　ありえん」

何故？　何故立っていられるかって？　僕は笑みを浮かべた。

アーノルドの攻撃は威力も速度も凄まじかった。トレジャーハンターの中には名声ばかり高く実力が不足している者もいる（というか、それが僕だ）が、アーノルドは違う。

だが、それでも無駄だ。無駄なのだ。アーノルドはわかっていないようだが、彼が戦っているのは、突破しようとしているのは、僕ではない。

彼が突破しようとしているのは――『結界指』の歴史なのだ！　古今東西、あらゆる防御手段の中で最強の一つとされている『結界指』の歴史そのものなのだ！

結界指の力は絶対だ。この宝具には無敵の概念が含まれている。これまで僕の知る限り破られた事はない。金属をチーズのように切り裂くルークの本気の斬撃すら耐えられるのだ。

僕はちっぽけな存在だが、目が飛び出るような値段で取引される『結界指』を十七個も装備している。まぁ十個は使用済みなので残りは七つなんだが、それは七回しか攻撃を防げないという事であり、七回までならどんな攻撃でも防げるという事でもある。

僕は今まで怖い顔をした連中に数えきれない程襲われ、その尽くを吐きそうになりながら切り抜けてきた。それは自慢できるような事ではないが、僕のような凡人が地獄を生き延びてきたのだから、ささやかな誇りを抱いてもいいだろう。思わず自慢げに言ってしまう。

「アーノルド、落ち着いて。これは……経験の差だ。僕はこれまで散々襲われてきたが――今まで僕を傷つけられた者はいない」

「ッ……」

アーノルドがそれだけで殺せそうな目つきで僕を睨む。凄く怖い。

だが、七撃も防げば誰かしらが助けてくれるのである。

それまで黙って見ていたリィズがぱんぱんと手を払い、アーノルドに負けず劣らずの酷薄な笑みを浮かべた。力不足だろうが、ティノも近くにいる。二対一だ。

「格の違い、わかった？　どうしてわざわざあんな矢印までつけて、あんたを案内したと思うの？

レベル7のてめえにクライちゃんが倒せるわけがねえからに決まっててんだろーがッ！」

「あの、フザケた印を書いたのは、貴様かッ！」

「書いてあげないとお、気づかないかもしれないでしょ？　リィズちゃん、やっさしぃッ！」

ちょっと待って……印って何？

よくわかっていない僕の前で、リィズが拳を強く握る。いつの間にか篭手がつけられていた。

「でも、これで終わり。効かないからって、クライちゃんを攻撃されるのはぁ、リィズちゃんにとっても、不快なわけッ！　クライちゃんから手を抜けって言われてるけどぉ、抜かないから」

完全に頭に血が上っている。その類は引きつり、瞼が痙攣している。

暴力禁止って手を抜けって意味じゃないよ……。

だが、リィズが構えるアーノルドに歩みを進めようとした時、その身体が大きく弾き飛ばされた。

やったのはアーノルド――ニセ・アーノルドだった。

だが、先程までアーノルドだったはずの肌は緑に変色し、髪の毛が消えている。

そこにいたのは、散々山道で追いかけ回してくれた迷い巨鬼《ポテ・ドラゴス》だった。

迷い巨鬼が駆ける――いや、消える。その先にいたのは、リィズだ。

鞭のようにしなる腕を、リィズが腕で防御し、蹴り返す。高速の蹴りを、迷い巨鬼は器用に身体を捻じ曲げ、回避した。

馬鹿な……変装能力を持っていたのか。騙されていた。人を騙す魔物は決して珍しくないが、あそこまで高度な変装能力と知性を持っているのは初めてだ。僕は努めて冷静な声で言った。

「アーノルド、剣を納めてくれッ！　僕達は――魔物に騙されていたみたいだ」

帰ってきたのは蹴りだった。結界指《セーフ・リング》がそれを防ぐ。

「!?　落ち着いて、これ以上の戦闘に意味はないッ！」

「ふざ、ふざけるなッ！　あんなのに騙される奴がいるかあああッ!!」

いるよ。ここにいるよ！　土下座するから許してくれッ！

てか、騙された僕は悪くなくない？　それにニセのアーノルドを虐げたわけでもない。

アーノルドが激高する。まるでそれに呼応するかのように、剣の雷が増大する。

それは、天然の雷に勝るとも劣らない膨大なエネルギーだった。

増援はこない。まぁ、それでも結界指があるので僕は問題ないのだが――数メートル横でティノがそのあまりのエネルギーに唖然としていた。余波に巻き込まれる距離だ。とっさに地面を蹴った。

動けたのは、僕がそういう行為に慣れていたからである。ティノをしっかり抱きしめると同時に、結界指を任意起動する。

アーノルドの雷が僕達を焼く。轟音の中心にいるというのは、何度味わっても慣れる事はない。

衝撃は刹那の瞬間だった。雷が収まる。もちろん、僕は無事だ。ティノも無事である。

アーノルドが瞠目する。

自慢じゃないが、僕は結界指の扱いだけは誰にも負けていない自信がある。というか、強力なハンターが跋扈《ばっこ》するこの時代でも、この緊急事態用の回避手段を僕ほど酷使した者はいないだろう。

一般的に結界指は致命的な攻撃に対して自動で無敵の結界を張る宝具だと考えられているが、正確に言えばそれは少しだけ違う。

あまり知られていないが、結界指《セーフ・リング》には幾つかの機能がある。その内の一つが、本来自動で発動する結界指を自分の意思で起動する『任意起動』だった。そしてこの起動方法だと普通はコントロールできない結界の広さを少しだけ変更できるのだ。

つまりそれは、うまくやれば、自分と一緒に誰かを守れるという事を意味している。僕は久しぶりに誰かを守れた事に細やかな自己満足を感じつつ、少し冷静さを取り戻したアーノルドに提案した。

「満足した？　やめよう。この戦いに理由はないはずだ」

「ッ……」

アーノルドの剣からは光が消えていた。だが、その戦意は微塵も衰えていないようだ。

あの量のエネルギー放出を宝具でもない武器が何度も連続でできるとは思わない。

だが、結界指がなくなれば何を受けても死ぬ。少しでも時間を稼がなくては……。

「剣を抜け、《千変万化》ッ！」

「剣なんて持ってないよ」

アーノルドの意図はわかっていたが、あえて外す。

平和主義のハンターは存在しない。ハンターは拳で語り合わねばならない職だ。技を見せなければ舐められる。僕がもしも本当にレベル8相当の能力があって、それを見せることができたのならばアーノルドもとっくに大人しくなっていただろう。

それは僕がハンターをやめたい理由の一つでもある。

「あれほどの力を持ちながらッ！　何故そこまでッ！　貴様は攻撃しないッ！」

しないんじゃなくてできないんだ。僕は微笑んだ。

「信じてるからさ」

「ッ……！」

適当に良さげな事を言ってみたのに、アーノルドが斬りかかってくる。情緒がなさすぎる。

どうせ逃げても無駄だ。ティノを離し、前に出る。経験上、後ろに下がれば斬られる。だが、前に進めば相手が警戒して攻撃してこない可能性がある。それは、紛れもなく僕の生存戦略だった。

アーノルドの眼に警戒が宿り、しかし前に出る。それこそが一流ハンターの資質だった。一流ハンターは如何なる時でも自分の力を信じるのだ。

刃が突きの構えを取っている。その刃が僕の身体に勢いよく突き立とうとしたその時、アーノルドが盛大につんのめった。

「させないッ！」

震える声が響き渡る。つんのめった勢いで刃が僕の身体にぶつかり、結界指が一個減った。

アーノルドが舌打ちする。剣を戻し素早く後ろに下がる。

僕を守るように、ティノが立っていた。剥き出しになった華奢な肩。使い込まれぼろぼろになったリボン。武者震いか、その身体は震えているが、二本の足はしっかり地面を踏みつけている。

アーノルドが乱入者を睨みつける。

「ッ……邪魔だ。お前に、用はないッ……」

「私は……ある」

「ふん。二度目は通じんぞ」

大地を払う動作。どうやら、ティノは足払いをかけたようだ。まぁ結局刃は当たったので無意味だったのだが、よくもまああのタイミングで結界指《セーフ・リング》もないのに、そんな事できるものである。

「マスターには……もう手を出させない。守られていてばかりだったけど、もう、逃げない。お姉さまがいないなら……私が、マスターの剣」

……格好良く宣言しているところ悪いが、ティノじゃ頼りないな。ティノ一人でアーノルドに敵わない事は先日、実証されている。相手が悪すぎる。時間稼ぎも厳しそうだ。

「いい度胸だが、お前じゃ俺には勝てん。そもそも、その男に守る価値があるのか？」

「もちろん、ある。でも……教えてあげない」

ティノの言葉には迷いない。ティノの背に垣間見えた強さに思わず瞠目する。

だが、感情だけでは力量差は埋められない。それはティノも知っているはずだ。

「確かに、今の私では、勝てない……だから――」

ティノが手を持ち上げる。

そこにあったのは――ずっと懐に入れていたはずの『進化する鬼面《オーバー・グリード》』だった。

ティノの表情は見えない。その手は震え、しかし躊躇いなく仮面を持ち上げる。

「力を、貸してください。ますたぁ――」

そして、ティノが一気に仮面を顔に押し付けた。

『我が力を望むか、勇敢な戦士よ』

声が聞こえる。気味の悪い張り付くような感触が顔全体を覆い、ティノの中に浸透する。得体の知れない力が湧き上がってくる。前回は抵抗したその全能感を受け入れながら、ティノ・シェイドは敬愛する『ますたぁ』のことを考えていた。

もう恐れはない。ますたぁはスパルタだが、ティノの事を全面的に考えてくれている。ならばティノもそれに応えるだけだ。そんな簡単な事にこれまで気づかなかったのは、ティノの未熟さ故である。

今のティノは全てを理解していた。

バカンスが始まった時から――いや、仮面が帝都に持ち込まれた時から、全ては始まっていた。

雷に撃たれたのは、アーノルドと戦うためだった。訓練縛りは、ティノの精神を鍛え仮面を被る覚悟を決めさせるためだった。そしてアーノルドを呼び寄せたのは――ティノの成長のためだ。

アーノルドを呼び寄せ、英雄の称号を持つ男を馬鹿げた演技で怒らせ全力を出させた。その行為は言葉で言うのならば簡単だが、果たしてどれだけの人間がそのような事をできるだろうか。

お姉さまとシトリーお姉さまを遠ざけたのもおそらく、お姉さま達がいるとティノがそれに甘えたくなってしまうからだ。随分と遠回りさせてしまった。ティノがようやく決意を固めたのは、ますたぁが身を挺して雷撃からティノを守ってくれたその後だった。

庇われた瞬間、ティノに奔ったのは落雷に撃たれた時よりも激しい衝撃だった。

ますたぁはティノを信じて、抵抗しなかった。これ以上は甘えられない。

『恐れを捨て、力を抜け。混沌に身を委ねよ』

おどろおどろしい声だ。前回仮面を被った時の事を思い出す。

『ますたぁ、さっきの私は、私じゃないんですッ！　声が私に無理やりそうさせたんですッ！』

声を枯らしあまりに見苦しい様を見せるティノに、ますたぁは全てを見透かす笑みを浮かべ言った。

『大丈夫、落ち着いて。わかってるよ。さっきのティノはただのティノじゃない。えっと……そう。狂《きょう》ティノだ』

なんだ狂ティノって、と、その時のティノは思った。だが、今ならばその言葉の意味がわかる。

ティノから仮面を取り上げた後、お姉さまはその仮面を事も無げに被り、すぐに脱ぎ捨てて言った。

『使えな……規定以上の能力になるから、セキュリティの都合上、出せないって言われたぁ』

この仮面は――ただの宝具だ。極めて異質で危険だが、ただの道具に過ぎない。

あの時のティノが衝動を抑えきれなかったのはティノの未熟故だ。あの時のティノはあまりに未知の感覚に抗えず、正しく狂っていた。今は違う。

必要なのは――確固たる意志だ。

己の意志で、この道具を使うのだ。脳内に聞こえる声に応える。

『委ねない。貴方はただの道具。私が使う』

『ほう。然り。しかし、安全上の観点から初心者にはオートモードをお勧めしております』

『……ノー。私が使う』

『良かろう。マニュアルモードに切り替えます。慣れない内は使用後に身体上の問題が発生する事があります。ご了承ください』


炎のような熱い力が全身に漲り、強い全能感が魂を揺さぶる。だが、ティノは冷静だった。

視界がいつもより高い。身体のそこかしこが窮屈な事から、身体が成長している事がわかる。

アーノルドが唖然としている。後ろを見ると、短かったはずの髪が伸びていた、先端が雪のように白いのは仮面の力で伸びたからだろうか。顔に触れると、まるで自前の肌のような質感があった。唯一変わっている点としては、右瞼の上に角が生えている事くらいだろうか。

前回仮面を被った時は、顔のみが覆われただけだった。だが、今は違う。

頭脳は明晰だった。身体の使い方がわかる。身体が力の行使を待っている。

これこそが仮面の本来の使い方なのだ。この仮面は潜在能力を引き出す物だという。ならば、力を増すだけでは足りない。

これなら……勝てる。いや、勝つ。

親愛なるますたぁが変わってしまったティノを見て、さも予定調和であるかのように呟く。

「超《スーパー》ティノ」

やっぱりますたぁの言っている事はわからないな。とっさに浮かんだ考えになぜか強い満足感を覚え、ティノは大地を蹴り、目の前の試練に向かって加速した。

心地のよい風が吹いていた。見渡す限り続く平原には、僕達を除いて他の影はない。

馬車の走るすぐ隣では、ノミモノに乗ったキルキル君が気持ちよさそうに並走していた。なんかこう、彼らがもう少し穏便な姿形をしていたらとてものどかな光景になっていただろう。

大きく欠伸をしながら、手慰みに膝の上のティノの頭を撫でる。さらさらした髪の毛は触れているとそれだけで心が安らいでくる。すると、膝の上のティノが小さな声を漏らした。

「ん……」

「ああ、おはよう、ティノ」

ティノがゆっくりと瞼を開く。

ぐっすり眠れたのか、目の下に張り付いていた隈はしっかり消えていた。

ティノはしばらくぼんやりとした目つきで僕を見上げていたが、状況が理解できたのか慌てて起き上がろうとして、

「ッつぅ……」

起き上がれずに、その場で身悶えした。

「い、いたひ、です、ますたぁ……」

「本来なら動けないレベルで筋肉がずたずただったから……動かない方がいいと思うけど？　ティーちゃん」

「へ？　どういう、事、ですか？」

状況を理解できないのか、ティノが涙目で僕を見る。その様相から、超ティノの時の勇ましさは見えない。だが、これでいいのだ。過ぎたる力は身を滅ぼす。

「ここは……あ……ッ……あーにょるど、は？」

ティノが再び身を痙攣させながら、聞いてくる。どうやら記憶が残っていないらしい。

どう答えるべきか迷ったが、僕が穏便な方法を考えている間にリィズが呆れた様子で言う。

「笑えるくらい、あんたのボロ負け。動けたら扱《しご》いてやるのに」

「お姉ちゃん、そんな言い方しなくても……」

ショックだったのか、ティノが凍りついている。僕はその頭をもう一度撫で、笑いかけた。

「あーにょるどはレベル7だし、勝てないのはわかっていた事だ。でも、とても格好良かったよ」

「ますたぁ……ますたぁは、私に、もっと優しくしてください」

結論から言うと、ティノは負けた。

超ティノは超強かったが、アーノルドは超超強かった。簡単にまとめるとそういう事だ。

超ティノの繰り出した神速の攻撃はリィズと見紛うばかりに速かったが、アーノルドはその尽くを捌き、受けきってみせた。

リィズ曰く、超ティノの敗因は技術不足らしい。仮面の力で身体能力は解放されても、その力に技がついていけなかったようだ。そして、超ティノの動きは超速かったが、アーノルドの超雷程ではなかった。それでも、雷撃を受けてほとんど傷も残らなかったのだから、ティノの潜在能力は超凄い。

惜敗とは言えないが、正真正銘のレベル7相手に善戦したと言えるだろう。

そして、ティノは負けたが、時間は稼げた。

つまり、ティノは負けたが、リィズとシトリーは勝ったのである。リィズは迷い巨鬼《ポテ・ドラゴス》をばらばらにして、シトリーは怪しい薬でアーノルドの仲間達を尽く戦闘不能にした。

リィズがばらばらにした迷い巨鬼の部品をアーノルドに投げつけ、僕達は気絶したティノを連れて、馬車に乗って逃げ出した。追手は今のところない。

僕が最後に見たのは、再生し倒れ伏したアーノルドの仲間達に襲いかかる迷い巨鬼と、それに対応するアーノルドの姿だ。大変な状態で少し可哀想だったが、突然命を狙ってきたのはアーノルドの方だし、ルーダ達もいたようだからなんとかするだろう。クロエが最後に何か叫んでいたが、僕は聞こえない振りをしてやった。指名依頼とか、バカンス中に言われても困るよ。

そして今、僕達は当初の目的通り、ガレスト山脈を抜けてルーク達がいるはずの【万魔の城《ナイト・パレス》】に向かっている。

僕の説明を聞いたティノはしばらく沈黙していたが、ポツリと言った。

「ごめんなさい、ますたぁ……負けちゃいました」

「気にする事はない、ティノ。敗北なくして成長はない。《嘆きの亡霊《ストレンジ・グリーフ》》だってずっと勝ち続けたわけじゃない。リィズだって散々負けて強くなったんだ」

「お姉さまが……ですか!?」

リィズが、ちょっとやめてとばかりに僕の肩を突き、照れたように笑う。

僕の幼馴染達は才能に溢れていた。だが、決して最強ではなかった。

僕は才能がなかったのであまり自分の努力はしてこなかったが、リィズ達の努力も、敗北も、そして勝利も、全てを知っている。

弛まぬ努力と鋼の意志が人を強くする。

リィズ達の歩んできた道はきっと、ティノが現在歩んでいる道だ。

「ティノは今回、とても強くなった。勝敗は重要じゃない。いつかきっと、ティノなら立派なハンターになれるよ」

特に、ティノが引き出した『進化する鬼面《オーバー・グリード》』の力は予想外だった。あそこまで強力な宝具は僕のコレクションの中にもほとんどない。

だが、きっと仮面があそこまで力を発揮したのは使用者がティノだからだろう。

宝具には相性がある。『進化する鬼面』はティノ行きだな。性能テストをやりたいからまた被ってくれないだろうか……。

そんな事を考えていると、ティノが身じろぎ一つせずに言った。

「いつか、《嘆きの亡霊》に入れてくれますか？」

「もちろんだよ」

頭を撫でてやる。答える事に躊躇いはない。リィズもシトリーも各々、笑みを浮かべている。

ティノがきっとそれを望み続けるのならば、きっといつか願いは叶うはずだ。優れたハンターというのはそういうものなのだから。

ティノは少しだけ頬を染めたが、まるで照れたのを隠すかのように話を変えた。

「そういえば、ますたぁも負けた事はあるんですか？」

僕は穏やかな笑みを浮かべて言った。

「ないよ」


クロエ・ヴェルターが見ていた風景はにわかに信じがたいもので、同時にこれまでの噂が真実だと裏付けるものだった。

《千変万化《せんぺんばんか》》は人を育てる。その智謀を以て人の適性を見定め、未来を操るような手管を以て人に試練を与える。《始まりの足跡《ファースト・ステップ》》と《嘆きの亡霊《ストレンジ・グリーフ》》はその結果だ、と。

人を育てるのは難しい。人間には個体差があり、性格がある。そしてそれ以上に、持って生まれた才能というものがある。大半が目に見えない要素を全て考慮し、適切な道を示すなど馬鹿げた話だ。

だが、レベル4ハンター……ティノ・シェイドの成長はその噂を信じさせる類のものだった。

最終的に負けたとはいえ、竜殺しの称号を持つ二つ名持ちのレベル7にレベル4が抵抗するなど不可能だ。技術云々より先に、マナ・マテリアルの吸収量が違いすぎる。

だが、《千変万化》はそれをやった。もちろんあの変わった仮面の力もあるだろうし、ティノ本人の才能もあるだろうが、それを考慮してもその手管は神算鬼謀の名に相応しい。

全てが計算尽くだった。全てが成長のためだった。

そして冷静に考えれば、全てがうまく転がっている。

本来、そうそうに遭遇しない大きな戦いを二つも経て経験を積んだ。この経験は特に《焔旋風《ほむらせんぷう》》やルーダ・ルンベックにとって、そしてクロエにとっても、大きな財産になるだろう。

町を救い、賞金首になるような魔物を狩った。迷い巨鬼《ポテ・ドラゴス》も大物だ。ガレスト山脈を通る者はそうそう増えないだろうが、この名誉は帝都に来たばかりの《霧の雷竜《フォーリン・ミスト》》にとって大きな後押しとなる。

そして、《千変万化》にとってのメリットは何なのか。言うまでもなく、ティノ・シェイドの成長だ。

彼女は未来の《嘆きの亡霊《ストレンジ・グリーフ》》の候補の一人だと言う。その成長のために、《霧の雷竜》を使ったのだ。

完全に手の平の上で動かされている。あまりにも力づくで、あらゆるルールを無視している。その上、酷く独善的だ。しかしそれに気づいても、抗う術はないし何よりそうする理由がない。

これが……帝都で三人しか存在しないレベル8。

何という手管だろうか。今更ながら、あのよく浮かべている情けない笑みが恐ろしいものに感じる。

雷により消し炭にされた迷い巨鬼の側で、アーノルドとエイが話し合っている。

「すいません、アーノルドさん……」

「ふん……構わん。また追いつけばいい」

アーノルドの怒りは交戦を経て、全く収まっていなかった。

まだアーノルドは負けていないのだから当然だ。《千変万化》の力の一端を見れば納得もできたのかもしれないが、それも見ていない。

ならば、英雄は、英雄なればこそ、多少の疑問を抱いても進まねばならない。

このレベルのハンター同士がぶつかりあい、ここまで互いに被害が出ないのは稀である。死者が出ないよう配慮するのは当然だが、重傷者すら出ていない。シトリーの薬でやられた者も無傷だ。

そしてそれは、《千変万化》の『バカンス』がまだ終わっていない事を意味していた。

「くそッ、馬車を壊しやがって……」

エイが破壊された馬車を確認して、小さく舌打ちをする。

馬車を壊したのはリィズに投げられた迷い巨鬼だ。馬も殺された。どうやら、逃げ道を塞ぐつもりだったらしい。

酷い『不運』だが、ルーダ達がなぶり殺されなかったのは『幸運』とも言える。

「一晩休憩を入れ、徒歩で町を目指す。馬車を仕入れたら奴らを追う。問題ないな、クロエ・ヴェルター？」

クライ・アンドリヒは最後に一言、何気ない声でお土産を置いていった。

――悪いけど、これ以上かまっている暇はないんだ。ルーク達を迎えに行かなくちゃならなくてね

……

「【万魔の城《ナイト・パレス》】に向かう」

「はい。構いません。中に入るのは問題ですが、私の目的はあくまで依頼表を届ける事なので……」

アーノルドが眉を顰め、クロエを見る。

果たして《豪雷破閃《ごうらいはせん》》が《千変万化》の意図に気づいたらどうなるだろうか……そんな事を考えかけ、クロエは内心で首を横に振った。

アーノルド・ヘイルはプライドが高いが、接した限りでは決して考えなしではない。今の状況の不自然さに気づいているはずだ。そして、気づいていながらも前に進むしかない。

既に《千変万化》の術中に嵌っている。

抜け出すには、アーノルドはハンターとして大切なものを捨てる必要があるだろう。それは英雄だからこそ困難な事だ。

アーノルドが号令をかけ、各々野営の準備を始める。かつてハンターとして憧れを抱いた光景に目を細めながら、クロエは探索者協会の一員として、ただ皆の幸運を祈るのだった。


叩きつけるような大雨の中【万魔の城】に向けて双眼鏡を覗いていたシトリーが、僕を見て困ったように言う。

「あー……もういないみたいですね。入れ違いみたいです。馬車がありません」

「マジか…………」

もともと、ルーク達が【万魔の城】に留まったのはルークの修行のためだという。修行内容——ボスを一対一で倒せるようになったら即座に帰る事を選択するだろう。ルークはそういった情熱とストイックさを併せ持っていた。

しかし、レベル８の宝物殿のボスをこの短時間で倒せるようになったのか……やるなぁ。

少し残念ではあるが、まぁこういうのはタイミングなので仕方がない。せっかく嵐やら騒動やらアーノルドやらを回避しながら何日もかけてここまでやってきたのに、現実は非情である。

「仕方ない、予定通り温泉でも寄ってのんびり時間潰してから帰ろうか」

僕は大きくため息をつくと、クロさん達に話をするべく立ち上がった。

Interlude バカンス

始まりは大陸の果て。貧しい国に巣食うたった二人の小さな盗賊団だった。

武器もなく、資金もなく、食料すらない。

唯一持つものは力と知恵。一人は強く、一人は賢い。そしてそれは、千金に値する。

盗賊団は別の盗賊団を吸収し、パトロンを得て、瞬く間に勢力を拡大していった。

果ての国を脱出し、国を渡った。どの国でも略奪を繰り返し、しかし一度も負けなかったのは強さ故で、一度も捕まらなかったのは賢さ故だ。

盗賊団のシンボルは酒樽だ。それは、最初に盗賊団が手に入れた物でもある。

『バレル大盗賊団』。

いつしか、二人っきりから始まった盗賊団は各国から恐れられるようになっていた。

バレル大盗賊団のモットー。鉄の掟は三つ。

勝負しない事。

当然に勝つ事。

質を保つ事。

故に、グラディスに忍びこませた間者からその情報が入った時、盗賊団の頭領、ジェフロワ・バレルがその決断を下すのは当然だった。

「潮時だな。レベル8ハンターと勝負するなど、無意味だ」

その盗賊団は、強者とは戦わない。故に、負けない。

その盗賊団は、常に準備を怠らない。故に、焦らない。

その盗賊団は、移動する際に地脈をなぞり、常に訓練を怠らない。故に、強い。

頭領の決定に、配下達が一糸乱れぬ動きで行動を開始する。

自信に満ちたそれは、まるで一つの軍のようだった。

嘆きの亡霊は引退したい
~最弱ハンターによる最強パーティ育成術~

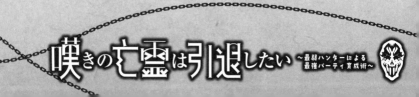

外伝　ティノ・シェイドの足跡

ティノ・シェイドは《嘆きの亡霊《ストレンジ・グリーフ》》にとって少しだけ特別な存在だ。

僕達が帝都にやってきてトレジャーハンターになったのは十五歳の頃である。なぜ十五歳まで待ったかというと、十五歳で成人だからだ。それはハンターを志した頃に決めた区切りだった。

だが、実はトレジャーハンターの聖地である帝都ゼブルディアには未成人のハンターが沢山いる。

これは、文化の違いだ。彼らは僕達がハンターを志す前からずっとハンターになるべく育てられていて――僕達は故郷の町で少しばかり訓練してから帝都にやってきたが、それでも訪れた当初は上も下も敵だらけだった。

当時の僕達は他を気にする余裕はなかった。リィズ達は力を高めるのに必死だったし、僕は僕で慣れない命の危機にそれまで以上に死にそうだった。

ティノはそんな僕達にできた、初めての後輩だった。

最初の出会いは良く覚えていない。だが、絡まれていたところを助けた、とかだろうか。当時のリィズ達は血の気が多く常時ぴりぴりしていたので、それは僕達にとって日常の一部だった。

当時、ティノはたまに顔を合わせる知り合い程度の扱いだった。冒険の後などに運が良ければ顔を合わせ、たまに冒険譚を話してあげる、その程度の存在。だから、そんなティノが急にハンターになりたいと言い出した時には、かなり驚いたのを覚えている。

止めた。かなり止めた。彼女は僕にとって日常の象徴のようなものだった。

だが、ティノの意志は強かった。そして、ティノは僕に優れたハンターの心得を聞いた。

正直に言おう。僕はティノが優秀なハンターになるなどとは全く思っていなかった。だが、僕には責任があった。僕達が故郷の町でハンターから冒険譚を聞いてハンターを志したように。ティノがハンターに惹かれてしまったのは間違いなく僕達の『せい』だった。

僕がティノをリィズの弟子にしたのは、ティノを強くするためであり、荒んでいたリィズの社交性を高めるためであり、そして——ティノが死ぬ前に諦めさせるためでもある。才能がない者がハンターを志す事程辛いものはないのだ。

リィズは明らかに指導に向いていない人間だった。常に誰よりもぼろぼろになりながら先頭を走っていた彼女は強くなる方法をそれしか知らない。

冷たいかもしれないが、僕はティノがすぐに音を上げると思っていたのである。

だが、ティノはリィズの過酷な指導を耐え抜いた。僕なんてすぐに追い抜き、ソロのハンターとして活動できる程になった。いつしか、僕はティノを説得するのを諦めた。僕のような能無しがまだハンターをやっているのに、それより優秀なティノに警告するのもおかしな話だ。

思えば随分時間が経ったものだ。ハンターになってからの五年は僕にとってリィズの投げる石の如く早く過ぎ、しかし思い返せば随分昔のようにも思える。

馬車の中。安らかな表情で寝入る後輩を見ながら、僕はしみじみと言った。

「しかし、ティノも本当に強くなったよなぁ。昔は小ティノだったのに」

今回、ティノがアーノルドと戦えたのは確かに仮面の力だが、あれを被っても僕では戦えないのだからティノの力には違いない。

だが、僕の感慨深げな言葉に、シトリーが予想外の事を言う。

「そうですね……ですが、まぁ、あれだけクライさんに鍛えられて強くならなかったらハンターをやめた方がマシだと思いますが……」

「……え？」

目を丸くする僕の膝の上で、ティノがびくんと身を震わせた。


シトリーお姉さまの言う通りです、ますたぁ。

憧れのますたぁの膝の上で狸寝入りを決めながら、ティノは身を震わせる。

——それは、思い出したくもない最初の記憶だ。ティノがまだ小ティノだった頃の記憶だ。

「え？　ティノを鍛えるの？　私が？　でもクライちゃん、私……手加減とかできないけど……？」

ティノはますたぁ（その時はまだぎりぎりクランを立てていなかったので、ますたぁではなかったが）が大好きだ。何度も助けられたし、憧れのハンターを聞かれたら躊躇いなくその名を上げる。機会があればその名を上げるし、できれば毎日会いたいと思う。

だが、それはそれとして——ますたぁは鬼だった。神だが、鬼だった。つまり鬼神である。

その時のお姉さまは気が進まなそうだった。その時のティノは新たな世界への期待と緊張で身を固くしていた。ますたぁはいつも通り悪気のない笑顔で言った。

「手加減しなくていいよ。ティノの意志は本物だ。死なないようにだけ注意してくれれば」

「私も人に教えているような立場じゃないんだけど？」

「人に教える事で得られるものもあると思う」

「ええ……でも、手加減しないと死んじゃうと思うよお？　だって、ティノはまだマナ・マテリアルを吸収していないし……」

ティノのイメージしているハンターは厳しくも楽しい、そんなものだった。それまで会ってきたハンターも大体そんな感じだった。だが、ますたぁはたった一日でそんな甘い期待を木っ端微塵にした。

ますたぁはぽんと手を打つと、まるで名案でも思いついたように言ったのだ。

「そうだ。宝物殿で訓練すればいいんじゃない？　マナ・マテリアルも吸えるし」

「…………クライちゃん、あったまいい……」

今思えば、確かにその時、お姉さまはドン引きしていたのだ。

そして、それはティノの苦難と喜びに満ちた日々の始まりでしかなかった。

ますたぁは人間ではない。神だ。そして、神に人間の心はわからない。

ティノはお姉さまに師事をしてから、いつも死にそうなくらいにぼろぼろだった。一般人とハンターでは身体のできが違う。後々に知った事だが、その訓練方法はちょっと頭のネジが外れていた。

今でもティノがソロでやっていけているのは誰よりも厳しい訓練を受けた自信があるからだ。

考える余裕も恨む余裕も後悔する余裕もなかった。組手も入り交じり行われたその訓練を生き抜くことができたのは奇跡のようなものだ。アンセムお兄様という卓越した回復魔法の使い手がいる《嘆きの亡霊《ストレンジ・グリーフ》》にとって、身体はいくらいじめ抜いても治せるものだった。むしろ、壊れれば壊れるほど回復魔法の訓練ができて都合がいいと思っていた節まである。

そして、半死半生のティノに、毎日ますたぁは優しい声で言うのだ。

「ハンターは良いことばかりじゃない。ティノには他にももっと安全で楽しい未来がある。やめたくなったらいつでもやめていい」

きっと、それはますたぁの慈悲だった。もしもその時、ティノが誘惑に負けて頷いていたら、今頃ティノはハンターを穏便にやめられていただろう。

だが、それを含めて、今のティノはこう思うのだ。

ますたぁ……もっと優しくしてください。


ぎゅっと目を瞑っていると、ますたぁとシトリーお姉さまの言葉が聞こえてくる。

「え？　僕なんかやったっけ？」

「…………」

「いやいや、訓練したのはリィズだろ。僕は何もやってないよッ！」

――お姉さまの訓練は苛烈だった。だが、それでもお姉さまはなんだかんだティノが死なないように調整してくれていたように思える。

楽ではなかった。決して楽ではなく、いつまで経っても楽にはならなかったが、ティノはこれまでお姉さまに感謝しても恨んだことは一度もない。ない、と思う。

お姉さまとの訓練はただの一般人であまり活発な方ではなかったティノの身体を変えた。吸収したマナ・マテリアルと、盗賊《シーフ》用の訓練はティノの肉体を盗賊《シーフ》に適したものに改造した。知識についてもみっちり叩き込まれた。何かミスしたら実戦訓練でぼこぼこにされた。朝も夜も、その時のティノの人生はまさしくハンターになるためにあった。お姉さまがいない日もあったが、そんな日は自主訓練をやらされた。サボることなど考えられなかった。

そんな生活に変化があったのは半年程経った頃の事だ。

訓練終わりにいつもの言葉をかけに来たますたぁが言った。

「え？　ティノ、休みないの？　それは良くないよ。緩急は大切だ。週に一度は休みを取るべきだ」

何を言っているんだ、このますたぁは、と、思ったのをティノははっきり覚えている。休みなんて取ったら、立派なハンターになれないではないか、と。

今思えばあの時のティノは終わりの見えない訓練で壊れかけていた。そして、そこまで追い込んだ事でティノはますたぁに自分の確固たる意志を示すことができたのだ。

そしてしかしそれは、新たなステージの幕開けに過ぎなかった。

ティノの生活に実戦が交じり始めた。それまで度々やってきた実戦『訓練』ではなく、実戦である。

最初のティノが小ティノならば、ここから先は中ティノである。

訓練の時間がほんの少しだけ減った。だが、それは楽になるという事を意味していなかった。おそらくますたぁはこれ以上がむしゃらに訓練を続けても効率が悪いと思ったのだろう。

緩急は大切だ、と、ますたぁは言った。その言葉の通り、ますたぁはティノの訓練で灰色に染まった生活に彩りを添えた。そう、彩りである。それは間違いなくティノのためを思ったものだったが、一般的に考えたら完全に嫌がらせだった。

希望があるから絶望がより深くなるのだ。弛緩があるから緊張が際立つのだ。彩りはティノの身体や精神を回復させると同時に、ティノにハンターとして必要なものを教えた。

ますたぁは上げて落とすのが大好きである。多分、それが人を成長させるからだろう。ティノは上げて上げて更に上げてくれても全然構わないのだが、神はそんな事はしない。

忘れもしない最初の休日。久しぶりの休みで何をしたらいいのかわからないティノを、ますたぁは甘い物を食べに行こうと誘った。そして、夢心地でそれについていったティノは――犯罪者《レッド》ハンターの人さらいに攫われた。

後から知った事だが、当時帝都を騒がせていた事件の犯人だったらしい。敵は強敵だった。いくら訓練したといっても、たった半年で、まだ成人もしていないティノがプロに勝てるわけがない。もしもシトリーお姉さまがこっそり後をつけていなかったら、酷い目にあっていただろう。

確かに油断していたティノが悪かった。油断していたティノが悪かったのだが、デートで攫われるような目に遭うなんてあんまりである。だが、それは序章に過ぎなかった。

油断大敵。中ティノが学んだのはそれである。

お姉さまとの訓練でも口を酸っぱくして言われていたが、やはり実戦を経験すると抱いた危機感が段違いだ。ティノは大いに攫われた。奇襲を受け、毒を入れられた。そしてしかしもちろん、何も起こらなかった事もある。ますたぁの緩急の付け方は今のティノが思い返しても完璧だった。

思い出は量ではない。質である。大抵のトラウマは消える。何故ならば次から次へとくるので消えないと死んでしまうからだ。だが、楽しかった記憶は消えない。何故ならば、何かある度にそれを反芻しそれを糧に乗り越えるためである。

だから、今でもティノはますたぁから誘いを受けると、大体ついていってしまうのである。それが楽しい思い出になる事に一縷の望みをかけて。

そしてちなみに、お姉さま曰く、慣れると辛い思い出も楽しくなってくるらしい。ならなくていい。


「ティノは優等生だったし、素直だし、教える事もあまりなかったし……」

「……確かに仰る通りだと思います。クライさん」

シトリーお姉さまが呆れるのを諦めてますたぁに迎合を始めている。媚《こび》を売っている。

お姉さまがいれば何か言ってくれたかもしれないが、見張りでいないらしい。

だが、確かによく考えるとますたぁの言葉はある意味正しかった。

ティノはますたぁから何かを教わった記憶があまりない。

ますたぁは言葉で教えるタイプではなく、行動で示すタイプだからだ。


――地獄のような訓練と悪辣な実戦はティノを当たり前に強くした。《嘆きの亡霊《ストレンジ・グリーフ》》は既に名が広まっており、それに師事しているという理由で同年代に絡まれる事もあったが、負けなかった。いつの間にか、同年代でティノに勝てる者はいなくなっていた。今思えば、神に鍛えられた者などほとんどいないのだから、道理である。

そして、ティノは少しだけ調子に乗った。訓練ばかりやらされていたティノにとって力の行使は快感だった。それも才能ではなくそれまでの積み重ねによるものだったのだから、天狗《てんぐ》になるのも仕方ないだろう。ますたぁやお姉さまは遠すぎるので比較対象にならない。

ますたぁがティノを呼び出したのはそんな時だった。

「次の宝物殿、一緒に来て？」

初めての要請だった。その頃、ますたぁの攻略する宝物殿のレベルは加速度的に上がっていた。完全に及び腰で理由を聞くティノに、ますたぁは甘言を弄《ろう》した。

「ティノも強くなったし、そろそろいいかなって」

ティノはそれに乗った。いや、そもそも選択肢などなかった。

そして、予定通り地獄を見た。

向かった宝物殿は当時の《嘆きの亡霊《ストレンジ・グリーフ》》にとっても結構きつめの場所だった。ティノにできることなど何もなく、お姉さま達も攻略するのに必死でティノを守る予定などなく、ゴキブリのように逃げ回り生き延びるのが精一杯だった。ティノはその経験を経て、自分の力がいかにちっぽけなものなのかを知った。そして、自分以下のハンターと比べる事の無意味さを実感したのだ。

だが、さすがのティノも、その時ばかりはついつい文句を言ってしまった。ティノの文句に、ますたぁは凄く申し訳なさそうに言ったのだ。

「ごめん、本当にティノならいけると思ったんだけど……僕の計算違いだったみたいだ」

ますたぁは鬼神だった。

ますたぁが感慨深げに言う。なぜか少しだけくすぐったい思いだった。

「でも、本当に見違えたよ。まだ小さいイメージだったけど、もう立派なハンターだ」

「……まぁ、もう成人しましたしね。でも、手を出しちゃダメですよ。私の物なので」

いつの間にかシトリーお姉さまの物にされていて、ティノは思わず声をあげかけ、ギリギリで我慢した。

シトリーお姉さまの興味の中心にあるのはティノではなく、ますたぁである。つまり、ティノを取られる事を危惧しているのではなく、ますたぁを取られる事を危惧しているのだ。まぁ、逆でもシトリーお姉さまにとっては同じなのだろうが……。

シトリーお姉さまはティノを警戒している。絶対に敵に回してはならない。

様々な事があった。宝物殿に潜るようになってからそれは更に顕著になった。毒も飲まされたし、雷にも撃たれた。炎にも焼かれたし、腕が吹っ飛んだ事もある。ティノはそれを通して、人間の頑丈さを知り、痛みへの耐性と恐怖との戦い方を学んだ。

つまり、大ティノである。ますたぁから見たらまだ中ティノかもしれないし、もしかしたら小ティノに見えている可能性も僅かながら残っているが、大ティノだと思いたい。

訓練は未だに厳しいし試練も度々死にそうな目に遭うが、今のティノはそれだけでは足りていない事を知っている。

《嘆きの亡霊》に入れてもらうには、課された訓練をこなすだけではなく、前に進まねばならない。自ら死地に飛び込まねばならない。きっと、リィズお姉さまとティノの差異は、ティノに足りていないのは、くぐり抜けてきた修羅場の数だ。

ティノは神たるますたぁによって散々試練を与えられたが、お姉さま達は神たるますたぁと共に歩んでいたのだ。

考えなければならない。進化する鬼面《オーバー・グリード》はティノに一時的な力を与えるだけではなく、ティノの可能性を示してくれた。

超ティノはティノの身体に眠っている未来だ。成長の先だ。

つまり、それはまだここまでやってもティノの努力や意志が足りていない事を示している。

ああ、トレジャー・ハンターとは何という奥深い世界なのだろうか。

当初、ティノがハンターを志した時に抱いていたのはただの淡い憧れだった。だが、散々な目にあった今もまだその憧れは消えていない。

いつか最強のハンターになる。そして、憧れのますたぁ達と肩を並べるのだ。

そのためならばなんだってやる。挫《くじ》けている暇などあるわけがない。

……ところで超ティノとか小ティノとか一体何なのだろうか。


密かに決意を固めながら狸寝入りをするティノの髪に手が触れる。

その慈しむような手付きにどきどきしていると、ふとますたぁがとんでもない事を言った。

「そうだ。そろそろ、『絶影《ぜつえい》』とか教えてもいいんじゃない？　あれが使えてたらアーノルドに勝ててたかもしれないし……」

!?　思わず、身体を固める。

『絶影』とは、とある名高い盗賊《シーフ》の生み出した盗賊《シーフ》の戦闘術の名前である。習得すれば影すら残さぬ神速を発揮するその技は、その有用性とは裏腹に、難易度とリスクが高すぎて隠してもいないのに使い手がほとんどいない。お姉さまが同じ二つ名を持っているのは皆伝したからだ。つまりそれは、覚えただけで二つ名を得られるほどの技術という事を意味していた。

そして――『絶影』は習得に失敗すると心臓が破裂して死ぬ。使いすぎても死ぬ。

シトリーお姉さまがしばらくの沈黙の末、静かに言う。

「……死にますよ？」

「そんな大げさな……ティノならば多分大丈夫だよ。またこんな事があったら危険だし……アンセムが待機していたらなんとかなるんじゃない？」

そんな馬鹿な……いくら回復魔法に長けたアンセムお兄様でも、心臓が破裂したらどうにもならないだろう。ますたぁ……無理です。

密かに戦慄するティノを他所に、シトリーお姉さまがぱんと手を打って言う。

「わかりました。クライさんが言うなら……試してみますか。大丈夫です、もったいないですが……ティーちゃんの死は無駄にしません。任せてください」

シトリーお姉さま……もっと頑張ってください。

ティノは観念すると、目を開けゆっくり身を起こすのだった。

あとがき

この度は拙作を手にとって頂き、本当にありがとうございます。

四巻でもお会いできて嬉しいです。作者の槻影です。

四巻にもなるとあとがきのネタも尽きてきます。なんかページが割と余ったので、後半にＳＳを書きました。あとがきのページも増やせてＳＳも書けるという一石二鳥の策でございます。

今日の僕は……冴えてる？


さて、やはり内容が内容なだけになかなか伝えづらいのですが、今巻はバカンス編の前半に当たります。楽しそうなクライとリィズとシトリー、頑張るけど死にかけるティノに、躍動感のあるキルキル君とノミモノ、怒り狂うアーノルドさん方を堪能できるスペシャルセットとなっております。

新キャラも登場しますが、色々はっちゃけた感があります。

今更ですが、当作品は伏線が単巻で完結しません。次巻はついに《嘆きの亡霊》のメンバーが登場する他、ティノが温泉に沈んだりする予定です。五巻も宜しくおねがいします！

出せなかったらごめん！

そして、いつも言っている気がしますが、今巻のカバーイラストも素晴らしいですね！

チーコ様の守備範囲もさることながら、担当編集様の引き出しの数には驚嘆しきりです。

紙書籍版の方は帯を外せば可哀想なティノちゃんが確認できるので、是非外して上げてください。きっと大ティノも報われる事でしょう。

中身については、今回は色々魔物が出ました。キルキル君然り、ノミモノ然り、もうちょっと女の子を足すべきでしょうか。まぁ次回は温泉で阿鼻叫喚なので今巻くらいは許されるでしょう。

もちろん、可愛い可愛いリィズちゃんもいます！　あとがきから読んでいる方はお楽しみに！

そして、コミカライズも連載が続き、２０１９年10月26日に無事第一巻が発売されました。蛇野らい様のお力で格好良さも可愛さも、そして可哀想さも、大幅に強化されています！

ティノがぴょんぴょんしたり、クライがへんにょりしたりします。まだ未確認の方は是非ご確認ください！


最後はいつも通り、謝辞で締めさせて頂きます。

今回も前巻に続き、素晴らしいイラストを描いて頂きましたイラストレーターのチーコ様。本当にありがとうございました。今回は超ティノを出したいですという具体性の欠片もない要求にもノミモノにキルキル君を乗せますなんて突拍子もない要望にも完璧なイラストを頂き、感謝しかありません。

次巻は（多分）温泉ドラゴンが出ます。これからも何卒、どうぞ宜しくお願い致します。

担当編集の川口様。そして、ＧＣノベルズ編集部の皆様と関係各社の皆様。今回も大変お世話になりました。上がり続けるカバーイラストへの要求に応え続ける姿勢はまさしくプロ中のプロだと思います。本当にありがとうございました。今後も何卒よろしくお願い致します。ちゃんと寝てください。

そして何より、ここまで応援いただきました読者の皆様に深く感謝申し上げます。

ありがとうございました！


ＰＳ．三巻に続き、奥付けのＱＲコードから、アンケートに答える事により、書き下ろしＳＳが閲覧できます。是非ご確認ください！

２０１９年12月　槻影

あとがき短編「頑張れ、シトリーちゃん！」

キッチンでぱたぱたと食事の用意をしているシトリーを眺めながら、僕は腕を組み、唸った。

「シトリーってさ、何が好きなんだろう」

「え？　どうしたの、いきなり？」

「いやー、シトリーって凄いなぁと思ってさ」

シトリーは凄い。とても頼りになる。多大なる迷惑をかけている。

おまけにそれも今回だけではない。いつもだ。

錬金術師《アルケミスト》として誰からも頼られているシトリーはいつも忙しい。にも拘らず、僕の突発的なバカンスの誘いにも嫌な顔ひとつしなかった。旅の荷も用意してくれたし、クロシロハイイロさんを連れてきてくれたのもシトリーだ。馬車はエヴァが用意してくれたが、もしもシトリーに先に声を掛けていたらシトリーが用意してくれていただろう。道中の野宿の準備も大部分をシトリーが担当したし、エランでの隠れ家だって、今いるグラの隠れ家だってシトリーが用意したものだ。

馬車の中では塞ぎがちなティノに話しかけて慰めてくれたし、彼女には本当にお世話になりっぱなしなのである。そして現在進行系で食事の準備までさせてしまっている。

キッチンではどこか機嫌良さげなリズミカルな包丁の音が響いていた。

僕は昔からシトリーと仲がいいし、ついでに昔からお世話になりっぱなしなのだが、ここまで手を尽くされると僕としても思うところくらいある。

「まぁ、昔っから考えるのは得意だったからねぇ……シトは。最近は色々心配しすぎって感じだけど。適材適所でしょ」

リィズがリラックスしたように、ソファの上で足をぴょこぴょこさせながら言う。彼女は強いし器用だが、基本的に働かない。

キッチンに手伝いに行こうとして追い返されてしまったティノが少し寂しそうに言う。

「シトリーお姉さまは凄いです。私も……色々、教えて頂きたいです」

「たまにはお礼したいなぁ……」

親しき仲にも礼儀ありとも言う。いくら彼女が優秀だからって、甘えっぱなしは余りに情けない。

「えー、いいって、クライちゃん。シトは好きでやってんだから、クライちゃんの食事を作るのがご褒美みたいなもんでしょお？　最初の方は私も作るって言ったのに追い出してきたんだから……」

食事当番がご褒美って、どんなご褒美だよ……。

だが、シトリーは確かにとても楽しそうに料理をするし、僕が美味しい美味しいと言うと心の底から嬉しそうな顔をするのだ。そして実際に美味しいのである。

シトリー・スマートは全体的に隙がない。僕に可能な事はシトリーにも可能であり、おまけに僕以上の成果を叩き出すので、おおよそ僕にできる手伝いはないのであった。逆に迷惑をかけそうだ。

ならば、プレゼントなんてのはどうだろうか？

「シトリーって何か欲しい物あるかな？」

「うーん…………クライちゃん？」

「？　何？」

いきなり名前を呼ばれてリィズを見る。リィズは目を瞬かせ、大きく首を振った。

「…………んーん、なんでもない。シト、ねぇ…………クライちゃんからのプレゼントなら何でも喜びそうだけど……」

確かに喜びそうだ。だが、それでは困るのである。彼女は色々僕に気を使いすぎだ。

そして、もう十年以上の付き合いなのにシトリーの欲しい物すらわからない自分に嫌気が差す。

「……アクセサリーとかも欲しくないよね」

シトリーは普段から隙がないし魅力的だが、余りお洒落をしているようには見えない。そもそも研究者であり、商人であるシトリーにとって重視すべきは実利なのだろう。

首を傾げる僕に、リィズは目を丸くした。

しばらく思案げな表情をしていたが、身を起こしすり寄ってくる。

「あー………確かに、シトは欲しがらないかも。ねぇ、クライちゃん………私に頂戴？　私だったら、とっても嬉しいよ？」

リィズもシトリー同様、何を貰っても喜ぶからな。嫌そうな顔をした事など数えるくらいしかない。リィズはお洒落が大好きだ。たびたびショッピングにもつきあわされている。だから本当にアクセサリーを貰ったら嬉しいのだろうが、シトリーはわからない。

何を作っているのだろうか、キッチンの方でがしゃんと大きな音がした。

ティノがちらちらとそちらを気にしながら言う。

「あのぉ……ますたぁ。ますたぁは、シトリーお姉さまに借金があるんじゃ……」

「ぐっ」

そうだった。すっかり忘れていた。借金がある身でプレゼントなど身の程を知らないにも程がある。

そもそも、シトリーは大金持ちだ。僕にプレゼント出来るような物など、自分で買えるだろう。シトリーならば気持ちが嬉しいと言うかもしれないが、僕が納得できない。

「プレゼントはダメかぁ……でも僕にできる事なんてないしなぁ」

先程まで規則正しい音が鳴っていたキッチンがガタガタしている。

リィズが両腕を伸ばし、しなだれかかりながら言う。甘えている声だ。

「そうだ。ねぇ、クライちゃん。お腹を撫でるなんてどう？　ねぇ、撫でてぇ？」

どうやら狼だった頃の事を覚えているらしい。ティノが顔を真っ赤にしてお姉さまを見ている。

あの頃は僕も若かった……幼馴染の女の子相手にやることではない。代わりに髪を撫でてやる。

「今はシトリーにできる事がないか考えてるんだよ。まさか、シトリーのお腹を撫でるわけにはいかないし……」

シトリーはいつもリィズと違って分厚いローブを着ているし、着ていなかったとしても彼女は淑女だ。万に一つも喜ぶことはないだろう。仲が悪くなるかもしれない。

「確かに、シトはそういうの……好きじゃないかも。スキンシップとかも厳しいしぃ……ねぇ、クライちゃん。難しいシトの事なんて放っておいて、私と遊ぼ？」

「遊ばないよ。しかし、甘い物が嫌いなシトリーを連れて洋菓子店巡りする訳にもいかないしなぁ」

せっかくチョコレートが名産のグラに来たのだからチョコレートを食べに行きたいが、甘いもの嫌いなシトリーを連れ回すわけにもいかない。喜んではくれるだろうが、気を使わせてしまっては意味がないのだ。

いつも笑顔だからこそ、何で喜んでくれるのか全然わからない。

「うーん、難しいなぁ」

なにか硬い物でも切っているのか、キッチンの方でだんだんと包丁を叩きつける音が聞こえる。

ティノがその音にびくりと身を震わせ、上目遣いで言った。

「ま、ますたぁ……ますたぁは、その……もしかして、シトリーお姉さまに恨みでもあるのですか？」

すやすや
クリュス
2020.1

嘆きの亡霊は引退したい
4巻発売!!
おめでとうございます!
蛇野らい

GC NOVELS
嘆きの亡霊は引退したい ～最弱ハンターによる最強パーティ育成術～ 4

2020年2月3日　初版発行
2020年6月30日　第2刷発行

■本書は小説投稿サイト「小説家になろう」(http://syosetu.com/)
に掲載されていたものを、加筆の上書籍化したものです。

著者
槻影

イラスト
チーコ

発行人
武内静夫

編集
川口祐清

装丁
伸童舎

DTP
STUDIO 恋球

印刷所
株式会社平河工業社

発行
株式会社マイクロマガジン社
URL:http://micromagazine.net/

〒104-0041
東京都中央区新富1-3-7　ヨドコウビル
TEL 03-3206-1641 FAX 03-3551-1208（販売部）
TEL 03-3551-9563 FAX 03-3297-0180（編集部）

ISBN978-4-89637-974-7 C0093

ファンレター、作品のご感想をお待ちしています！

宛 先　〒104-0041　東京都中央区新富1-3-7　ヨドコウビル
株式会社マイクロマガジン社　GCノベルズ編集部
「槻影先生」係　「チーコ先生」係

アンケートのお願い

左の二次元コードまたはURL（http://micromagazine.net/me/）を
ご利用の上、本書に関するアンケートにご協力ください。

■ご協力いただいた方全員に、書き下ろし特典をプレゼント！
■スマートフォンにも対応しています（一部対応していない機種もあります）
■サイトへのアクセス、登録・メール送信時の際にかかる通信費はご負担ください。